Es begann im EKZ

Volker Grigo

Er lebt und arbeitet in Wachtberg und er ist erst sehr spät zum Schreiben gekommen. Für ihn ist das wie Therapie!

Wachtberg ist seine Wahlheimat, hier fühlt er sich wohl und findet, wie er selber sagt, die nötige Ruhe zum Schreiben. Er liebt es oben im Obsthof zu sitzen und die Leute bei ihren Einkäufen zu sehen.

Er sitzt dann meist mit seiner Frau bei einem Kaffee Latte und geniest die tolle Atmosphäre.

Volker Grigo

Es begann im EKZ

Der erste Fall für Tom Bauer

© Volker Grigo 2017

ISBN 978-3-7439-2181-8 Taschenbuch

ISBN 978-3-7439-2182-5 Hartcover

ISBN 978-3-7439-2183-2 E-Book

Verlag: tredition GmbH, Hamburg

Ein WACHTBERGKRIMI

Ein Buch von Volker Grigo

Vorwort:

Liebe Leser, es sei Ihnen versichert, dass alle genannten und in der folgenden Geschichte benannten Personen rein erfunden sind und dass es sich um eine rein in meinem Kopf entstandene Story handelt. Des Weiteren sind auch alle Namensähnlichkeiten und Örtlichkeiten rein zufällig und nicht als wörtlich zu nehmende Tatorte zu verstehen. Ich wünsche allen viel Spaß und Spannung beim Lesen

Der Autor

Samstag, 3.Okt.2015

Der Tag begann ganz normal, und nichts deutete darauf hin, dass es ein sehr aufregender oder bedeutender Tag werden würde.

Tom Bauer saß gerade, noch im Schlafanzug, beim Frühstück zu Hause in Werthhoven, in seinem gemütlichen Häuschen, und genoss die Zeit mit seiner Frau, die er sonst so selten sah. Er war durch seine Arbeit als Sonderermittler für die Bonner Polizei sehr viel unterwegs und immer wieder froh, mal einen Tag ganz normal zu Hause zu beginnen.

Wie gesagt, er saß beim Frühstück, las etwas im General-Anzeiger, als plötzlich das Telefon klingelte.

„Hallo, Herr Bauer, ich bin es, Klaus Müller von der Polizei in Berkum. Wir haben hier ein Problem im Einkaufszentrum, und im Bonner Büro sagte man mir, dass Sie da genau der Richtige Ansprechpartner wären. Die Kollegen sind auch schon hier.

Könnten Sie sofort kommen, wir sind im Edeka hinten neben der Fleischerei Rasting im Lager?"

„Klar", sagte Tom, „ich bin schon unterwegs, um was geht es denn?"

„Wir sprechen gleich über Näheres", kam es von der anderen Seite, „bitte kommen Sie schnell".

[6]

Und schon hatte sich der erfahrene Ermittler aus seinem Pyjama gepellt und in seine Cordhose gesteckt, schnell noch die Bootsschuhe an und los ging es. Rasch verabschiedete er sich von seiner Frau und dann war er schon unterwegs zum Einkaufscenter nach Berkum. Dort angekommen, machte er sich auf den Weg durch den Edeka ins Lager, wo schon sämtliche Kollegen auf ihn warteten.

Klaus Müller, der Chef der Berkumer Polizei begrüßte ihn kurz und lotste ihn durch die anderen Anwesenden zu einem Mann, der reglos zwischen den Regalen auf dem Bauch am Boden lag.

„Ach du meine Güte", sagte Tom sofort, „was ist denn hier geschehen?"

„Das wüssten wir auch gerne", entgegnete Klaus Müller aufgeregt. „War die „SpuSi" schon da?" fragte Tom.

„Ja, alles schon erledigt", erwiderte Müller, „die Dame von der Gerichtsmedizin sagte uns auch schon, dass der Tod so zwischen 8:00 und 9:00 Uhr eingetreten sei. Mehr konnte sie aber erst auch mal nichts feststellen".

„Na, dann wollen wir mal sehen", antwortete Tom und begann seine Arbeit damit, den toten Mann erst einmal auf den Rücken zu drehen. Was ihm sofort auffiel war, dass der Leichnam sehr verfärbte Lippen hatte, sie waren dunkelblau, fast lilafarben, was auf Herzprobleme hinweisen könnte.

Weiter stellte er fest, dass die Fingernägel der Leiche auch dunkel, ins rot gehend, verfärbt waren, was seine Theorie eines Herzfehlers weiter bestätigte.

„Herr Müller, könnten Sie bitte veranlassen, dass die Leiche in die Gerichtsmedizin nach Bonn überführt wird, meine Kollegin Sabine Heinrichs sollte diese intensiver untersuchen, aber schnell bitte!"

Müller bestätigte und umgehend wurde der Abtransport vorgenommen. Der Leichenwagen stand ja schon vorm EKZ.

Tom machte sich rasch auf den Weg zu seinem Wagen, um die Kollegen vom Bestattungshaus nach Bonn zu begleiten. Von unterwegs rief er noch schnell seine Frau an und teilte ihr mit, dass es heute sicher spät werden würde.

Der Tag verging wie im Fluge. Nachdem Tom in Bonn angekommen war, begrüßte er rasch seine liebe Kollegin Sabine. Mit dieser machte er sich sofort ran, den Toten anzusehen. Sie fanden erst einmal nichts Besonderes, und Sabine Heinrichs war mit ihrem Latein auch fast am Ende.

„Tom, lass uns eine kurze Pause machen, wir trinken einen Kaffee und versuchen es dann nochmal, okay?", kam es aus Sabines Mund.

„Ja, du hast wohl recht", erwiderte Tom.

Die beiden kannten sich nun schon ein paar Jahre und jeder wusste vom anderen, wie er tickte.

Der erfahrene Ermittler trank seinen heißen Kaffee, den er immer mit etwas Milch und natürlich ohne Zucker genoss, als ihm plötzlich ein Gedanke durch den Kopf schoss. Er stellte seinen Becher ab und verschwand wieder im Raum, wo die Leiche lag.

Sabine hastete hinter ihm her. „Was ist los?", fragte sie.

„Ich habe da so einen Verdacht. Da war mal so ein Fall, vor ein paar Jahren. Du arbeitetest, glaube ich, damals noch in Koblenz.

Auf jeden Fall fanden wir damals auch keinen Hinweis zum

Todeshergang. Es war zu der Zeit eine junge Frau, die fand man im

Mehlemer Bach in Niederbachem unten, hinter dem Raiffeisenlager. Man hatte erst angenommen, sie hätte Selbstmord begangen, doch fanden wir auch damals keinen Hinweis darauf".

„Und weiter? Worauf willst du hinaus?", Fragte seine Kollegin aufgeregt.

„Ich sah mir dann die Leiche etwas genauer an und fand damals unter dem rechten Schulterblatt der Toten einen ganz winzigen geröteten Punkt auf der Haut, fast nicht zu sehen. Wir konnten dann bei der weiteren Untersuchung in der Gerichtsmedizin aber auch feststellen, dass sich etwas angetrocknetes Blut rund um diesen Punkt befand. Dann war uns ziemlich schnell klar, dass es sich um einen

Einstich handeln musste. Der Kollege von der Gerichtsmedizin, also dein Vorgänger, fand dann noch recht rasch heraus, dass sich Rattengift in einer hohen Konzentration im Blutkreislauf der Leiche befand. Es war wohl vermischt mit einem hochkonzentrierten Pflanzengift.

„Was? Rattengift vermischt mit Pflanzengift? Wer macht denn sowas?", kam es aus Sabines Mund, „schrecklich, das hatte ich auch noch nicht auf meinem Tisch."

Tom war schon wieder in Gedanken und machte sich an dem leblosen Körper zu schaffen. Es waren wohl schon zwei Stunden vergangen, als die beiden plötzlich auf etwas stießen, was ihnen kurz den Atem raubte.

Auf der linke Seite am Schädel des Toten, direkt hinter dem Ohr im Haaransatz, fanden sie einen Einstich, welcher schon leicht lila angelaufen war, ganz winzig, und wenn Tom nicht etwas die Haarbüschel durchsucht hätte, wären sie wohl nie darauf gestoßen.

„Bingo!", kam es Toms Mund, Sabine stand immer noch sprachlos da.

Jetzt war es auch klar, dass sie schnell eine Blutprobe nehmen mussten. Die junge Gerichtsmedizinerin hatte auch schon eine Kanüle und Spritze in den Händen und schritt zur Tat. Nachdem sie mit der Blutentnahme fertig war, löste sie die Kanüle vom Spritzmechanismus und packte das entnommene Material in einen bereitgestellten Plastikbehälter, dieser verschwand in einem großen braunen Umschlag und flugs war das Ganze mit einem Kurier von GO Bonn unterwegs nach Frankfurt ins Labor.

Das Warten hatte nun begonnen.

Tom hatte sich von seiner Kollegin verabschiedet und war schon wieder auf dem Weg noch einmal zurück ins Einkaufszentrum nach Berkum. Er wollte noch einige Fragen beantwortet haben, und vor allem hätte er gerne gewusst ob der Tote dort im Hause bekannt war.

Er fuhr gerade von Niederbachem Richtung Oberbachen, am Raiffeisenlager vorbei, als ihm die Sache von damals mit der jungen Frau erneut in den Kopf schoss.

„Mann", dachte er „fängt das jetzt wieder an?"

In Berkum angekommen, machte er sich sofort auf in den Edeka. Er ging zur Information und fragte dort nach der Geschäftsführung und wurde sofort in deren Büroräume im Obergeschoss geführt. Lothar Schmidt, der Filialleiter, und einige andere Herrschaften erwarteten ihn schon sehr aufgeregt. Er versuchte erst einmal, etwas Ruhe in die ganze Gesellschaft zu bringen, und ließ bis auf Lothar Schmidt alle aus dem Büro entfernen.

„Sagen Sie", begann Tom mit ruhiger Stimme, „ist der Tote Ihnen eigentlich bekannt? Oder hat er was mit dem Einkaufscenter zu tun?"

Herr Schmidt stockte kurz, „ja, ja klar, es ist Nils Spor von Nivea".

„Ah, ein Vertreter also?"

„Ja, ja genau, und ein sehr netter noch dazu".

„Kennen Sie ihn schon länger?"

„Ja, schon einige Jahre, wir gingen sogar früher zusammen in die Uni. Unfassbar, Mann, Mann."

Tom merkte, dass die ganze Sache dem Filialleiter doch sehr nahe zu gehen schien. Er machte eine kurze Pause und man bot ihm einen Kaffee an, was er gerne annahm. „Bitte nur mit Milch, ohne Zucker", fügte er noch hinzu.

„Sie haben also mehr ein freundschaftliches Verhältnis zum Toten gehabt, stimmt's?", fragte Tom dann weiter.

„Ja, das kann man wohl sagen, ich, ich bin auch Trauzeuge und Patenonkel seiner kleinen Tochter."

„Was wird wohl jetzt aus seiner Frau und der kleinen Lena? Wie soll es denn weitergehen?", stotterte Herr Schmidt. Nach diesen Worten brach Tom dann erst einmal die Befragung ab und verabredete für den nächsten Montag, 8:00 Uhr einen neuen Termin mit dem Filialleiter.

Soll sich doch alles erst einmal etwas beruhigen, dachte der Ermittler, trank den Rest seines Kaffees hastig aus und machte sich nach der Verabschiedung von Herrn Schmidt auf den Weg. Er ging noch kurz durch den Markt und besorgte eine gute Flasche Rotwein, Spät-Burgunder, seine Lieblingsmarke, um diese später mit seiner Frau vorm Kamin zu genießen.

Er verließ den Edeka und stieg in seinen Wagen. Jetzt überkam ihn auch das gute Gefühl, gleich zu Hause zu sein.

In Werthhoven angekommen, freute sich Evelyn, seine Frau, auch schon auf ihn und Lulu seine Tochter kam auch schnell angelaufen und sprang ihrem Vater in die Arme. „Endlich bist du da, Paps, endlich kuscheln."

Er drückte die 4-Jährige innig und begrüßte seine Frau mit einem dicken Kuss. Nachdem sie gemeinsam zu Abend gegessen hatten, brachte Tom Lulu ins Bett und las ihr, wie meistens, noch eine Geschichte vor. Seine Frau hatte schon den Burgunder geöffnet und diesen in den Dekantier umgefüllt, damit der Wein etwas atmen konnte. Tom hatte sich noch schnell unter die Dusche gestürzt und sich dann einen bequemen Hausanzug übergestreift. Sie setzten sich dann zusammen vor den gerade angefeuerten Kamin und genossen ihren Feierabend und die verdiente Ruhe.

Sonntag, 4.Okt.2015

Der nächste Tag begann mit leichten Kopfschmerzen, was wohl der Wein erledigt hatte. Tom bediente sich einer Ibu 400 und damit war es erträglich geworden. Er hatte sich dann eine ganze Flasche Orangensaft einverleibt und somit seinen Flüssigkeitshaushalt in Ordnung gebracht.

Der weitere Sonntag wurde damit ausgefüllt, dass sich Tom wichtige Stichpunkte zur Beweisaufnahme in seinem kleinen schwarzen Hemingway notierte und sich weiter Gedanken zum evtl. Täter bzw. Täterin machte.

Seine Frau und Lulu hatten sich um 9:00 Uhr von ihm verabschiedet da sie im Schwimmbad in Bad Breisig mit einer Freundin verabredet waren. So konnte sich Tom noch ein paar Stündchen konzentriert seinen Fällen widmen.

Er musste sich unbedingt mit der Frau des Verstorbenen unterhalten und auch noch einmal mit Herrn Schmidt sprechen. Er hoffte auch das sich der Filialleiter etwas beruhigt hätte, damit sie etwas intensiver über den Toten würden reden können. Des Weiteren hatte sich Tom eine Skizze, schon am Tatort angefertigt,

die er sich nun noch einmal ansah. Ihm fiel auch gleich auf, dass es zwei Zugänge zum Lager gab. Einmal vom Laden aus, direkt durchs Rolltor hinten rechts bei den Fleischwaren von Rasting, und ein zweiter vom Hinterhof direkt neben der Anlieferung. Und was ihm Samstag schon aufgefallen war, die Tür neben der Anlieferung war nicht verschlossen gewesen. Zufall? Oder war das vielleicht immer so? Das würde er schnell herausbekommen

Montag, 5.Okt.2015

Der Wecker klingelte, es war Montagmorgen und Tom wurde nicht so richtig wach, es war gerade 7:00 Uhr und er hatte nicht so gut schlafen können, weil sich der Fall doch sehr in ihn hinein genistet hatte.

Der Kaffeeduft zog schon durchs Haus ins Schlafzimmer und half Tom dabei, nun doch aufzustehen. Seine Frau hatte schon alles vorbereitet, denn sie musste noch früher raus, da sie als Dozentin an der Uni Bonn tätig war und noch einiges im Büro vorzubereiten hatte. Sie begrüßte ihn mit einer Umarmung und einem Kuss auf die Stirn, dann verabschiedete sie sich rasch. Im nächsten Augenblick war sie auch schon aus der Haustür verschwunden und mit ihren kleinen roten Smart vom Hof gefahren.

Im nächsten Augenblick kam Lulu ins Zimmer gelaufen und sprang aufs elterliche Bett, wo Tom sich noch einmal kurz hingesetzt hatte. „Hallo, Papa, aufstehen!", rief sie mit einem Lächeln im Gesicht. „Hallo, meine Süße", erwiderte er und drückte sie fest an sich. „Na dann komm, Papa muss sich auch schnell anziehen, denn gleich kommt Claudia auch schon."

Claudia Kern war die Perle des Hauses und gleichzeitig Lulus Kindermädchen. Sie arbeitete schon seit Lulus erstem Geburtstag bei den Bauers. Sie kam auch aus

Werthhoven und war immer pünktlich um 7:30 Uhr vor Ort, um die Kleine zu übernehmen.

Und schon klingelte es an der Tür, welche auch gleichzeitig aufgeschlossen wurde, denn Claudia hatte einen Schlüssel von den Bauers bekommen. Sie klingelte trotzdem jedes Mal, um sich anzukündigen. Sofort war Lulu zu ihr unterwegs und beide begrüßten sich herzlich.

Tom machte sich ins Bad und dann runter in die Küche, um seinen morgendlichen Kaffee zu trinken, dabei hatte er schon wieder seine Notizen und Skizzen vom Vortag vor sich auf dem Tisch liegen. Der Fall ließ ihm keine Ruhe, und vor allem hatte er im Hinterkopf schon den Gedanken, was, wenn jetzt noch mehr passierte und das nicht das einzige Opfer sein würde? Dabei schoss ihm auch immer wieder das schreckliche Bild mit der Leiche des jungen Mädels durchs Gehirn.

Er trank noch eine zweite Tasse bis zur Hälfte und zog sich dann rasch seine Cordhose über, schnell noch die Schuhe an und seinen Pullover übergestreift, Herr Schmidt würde sicher schon auf ihn warten.

Er drückte Lulu noch einen dicken Kuss auf die Wangen und verabschiedete sich von Claudia. „Einen schönen Tag euch beiden, tschüssi, bis heute Abend, meine Kleine." Und schon war er aus der Tür und in seinem BMW verschwunden.

Im Edeka angekommen ging er sofort in die erste Etage zum Büro des Filialleiters. Wie erwartet saß dieser schon recht nervös hinter seinem Schreibtisch, was aber auch verständlich war.

„Ah, hallo, Herr Bauer, da sind Sie ja, ich habe Sie schon erwartet, guten Morgen", mit diesen Worten gab Herr Schmidt Tom die Hand und wies ihm den Freischwinger gegenüber seinem Schreibtisch, zu.

„Kaffee?" meinte Herr Schmidt.

„Äh, nein danke, ein Wasser wäre mir recht, ich hatte heute schon zwei, das genügt", entgegnete Tom freundlich. Worauf Schmidt irgendetwas unverständliches in sein Telefon auf seinem

Schreibtisch flüsterte.

Kurz darauf kam auch schon eine junge Dame ins Zimmer und servierte Tom ein frisches Glas Wasser.

„Sagen Sie, Herr Schmidt", begann Tom, nach einem guten Schluck

„noch einmal zurückkommend auf den Verstorbenen. Wie ich von Ihnen schon erfahren habe, war er ja wohl ein guter Freund von Ihnen?"

„Ja, ja, das kann man wohl so sagen", antwortete Schmidt, „ich mochte ihn sehr und schätzte ihn auch in seiner Arbeit".

„Welchen Bezug hatten Sie nochmal zu seiner Frau?", fragte Tom weiter.

„W… was… worauf wollen Sie hinaus?", kam zittrig und leicht verstört über Schmidts Lippen.

„Nur rein informativ, ich muss alle Möglichkeiten ausschließen und leider gehört diese Frage dazu. Ich als Ermittler und Profiler muss mir immer ein Gesamtbild der Situation machen, um daraus Schlüsse ziehen zu können. Das bringt mein Beruf so mit sich."

„Naja, wir hatten, haben natürlich auch ein freundschaftliches Verhältnis", beteuerte Schmidt schnell, „wir kennen uns ja schon recht lang und, wie gesagt, ich bin ja auch Pate deren Tochter.

Die arme kleine Lena, was macht sie jetzt bloß ohne ihren geliebten Vater? Ich begreife es einfach nicht."

Tom betrachtete den Filialleiter sehr genau und ihm fiel auch auf, dass dieser sehr zu schwitzen begann, aber das war wohl der Situation zuzuschreiben, außerdem hatte Herr Schmidt ja auch einen engen Freund verloren. Er zitterte am ganzen Körper.

Der sehr angespannte Mann teilte Tom noch, nach Anfragen des Ermittlers, die Anschrift des Toten bzw. deren Familie mit, damit dieser sich eine eigene Meinung zur familiären Situation machen könnte.

Sie gingen dann noch einmal gemeinsam ins Lager des Marktes. Tom wollte sich noch einmal genau die Örtlichkeiten ansehen und seine Skizze vervollständigen.

Der Filialleiter ließ ihn allein im Lager zurück, da er wichtige Termine wahrnehmen musste.

So begann Tom, sich das Lager genau anzusehen. Schon nach kurzer Zeit fand er in einer Mülltonne am Lagereingang neben der Anlieferung eine weggeworfene Spritze mit einer kleinen Nadel als

Aufsatz. Er hatte für solche Funde extra immer kleine Plastikbeutel und natürlich Gummihandschuhe dabei. Er packte Gefundenes ein und steckte es in seine Jackentasche. Die Tür neben der Anlieferung war auch wie am Samstag nicht verschlossen, was Tom aber dann doch nicht weiter verwunderte. Weiter fiel ihm eigentlich nichts auf und er machte sich auf den Weg zu seinem Fahrzeug.

Sein Handy klingelte.

„Hallo, Tom Bauer hier, ah Sabine, du bist es, was gibt es Neues? Was, Rattengift, nein, das gibt es ja nicht. Okay, ich bin sowieso unterwegs zu dir, ich habe da nämlich was Interessantes gefunden. Na gut, bis gleich."

Eine halbe Stunde später war Tom auch schon bei Sabine in der Gerichtsmedizin im Bonner Zentrum angekommen.

„Hey, na, was sagst du dazu, doch Rattengift, als wenn ich es geahnt hätte", kam es aus Tom gesprudelt.

„Hallo, Tom, ja das ist wirklich krass, ich bin etwas sprachlos", entgegnete Sabine. „Du sagtest, du hättest noch etwas gefunden, was interessant wäre?"

„Ja, schau hier". Der Ermittler zog das Plastiktütchen mit der gefundenen Spritze aus der Jackentasche und hielt es seiner Kollegin vor die Nase. „Was sagst du dazu? Habe ich in der

Mülltonne im Lager vom Edeka gefunden!" „Oh, ja das ist allerdings interessant, aber…"

„Was aber?", meinte Tom.

„Aber es könnte auch einfach eine Insulinspritze sein, das muss ich mir kurz ansehen."

Sabine nahm das Utensil mit ins Büro, setzte sich an einen Tisch, der hell angeleuchtet war. Sie schaute sich das Ganze sehr genau an und nahm das Teil kurzerhand auseinander.

Tom stand nur daneben, sah zu was seine Kollegin da machte und wartete insgeheim auf ein positives Feedback.

Er wurde nach einer kleinen Weile dann doch enttäuscht, denn Sabine hatte anhand von Rückständen, die sich noch in der Kanüle befanden herausgefunden, dass es doch „nur" Insulin gewesen ist, was damit verabreicht wurde. „Da gab es wohl im Edeka jemanden, der ein kleines Zuckerproblem hat", schmunzelte sie, „und was daran allerdings etwas ungewöhnlich ist, kann ich dir auch sagen." „Was denn?", Tom ganz neugierig.

„Ja, Spritzen werden eigentlich so nicht mehr ausgegeben, heute haben alle Patienten nur noch Sticks mit einstellbarer Abgabemenge des Insulins."

„Okay, ist ja interessant."

Das Telefon der Gerichtsmedizin klingelte, es war wohl so 17:00 Uhr und beide waren etwas erschrocken, da sie so intensiv in ihrer Aufgabe steckten. Brrrrrring es klingelte weiter.

Sabine nahm den Hörer ab: „Gerichtsmedizin Bonn, Sabine Heinrichs, hallo."

„Hallo, Frau Heinrichs", kam es sehr aufgeregt aus der Leitung: „ich bin es, Klaus Müller von der Berkumer Polizei."

„Ah ja, hallo, Herr Müller, was gibt es? Sie hören sich so aufgeregt an", antwortete Sabine.

„Also… hier…. also…", Klaus Müller war wohl sehr geschockt. „Also, hier ist schon wieder eine Leiche", kam es dann stockend.

Sabine hatte das Telefon auf Lautsprecher umgeschaltet und alle beide, sie und auch Tom, waren gerade wie vor den Kopf geschlagen. „Was", fragte sie, „schon wieder, was ist passiert?"

Klaus Müller hatte keine Antwort parat. „Wissen Sie, wo Tom Bauer ist? Man sagte mir in Bonn, ich könnte ihn wahrscheinlich bei Ihnen finden."

„Ja, Herr Bauer ist hier, er hat alles mitgehört. Wir kommen sofort. Wo treffen wir uns?", sagte Sabine hastig.

„Wir stehen hier in Berkum. Wenn Sie von Oberbachen hochfahren, gleich die erste Kreuzung bei der Apotheke rechts. Dann der Straße um die kleine Kurve folgen und direkt links rum, dann sehen Sie uns schon, b... bis gleich also, danke", sagte Klaus Müller noch und legte dann auf.

Die beiden brachen ihre Untersuchung sofort ab und machten sich rasch auf, um in Toms Wagen zum Fundort zu gelangen.

Tom Bauer und Sabine waren also im Auto nach Berkum unterwegs. Als sie bei der Apotheke am Ortseingang abgebogen waren, konnten sie gleich nach der Kurve auch schon den Bestimmungsort ausmachen, da dieser mittlerweile gut ausgeleuchtet und mit reichlich Blaulicht versehen war. Als sie sich näherten, glaubten sie ihren Augen kaum. Da standen die Kollegen von der Polizei um eine Bank am Waldesrand, auf der eine Person zu sitzen schien. Die Aufregung war, wie schon vor Tagen im Wachtbergcenter, riesengroß.

Tom parkte den Wagen und die beiden packten ihr Arbeitsmaterial, um sich die ganze Situation genauer anzusehen.

Erst einmal begrüßte Tom Polizeihauptmeister Müller und wies diesen an, alle etwas zu beruhigen und vor allem den Platz freizugeben, damit er und seine Kollegin ihre Arbeit machen könnten.

Da saß ein junger Mann, ca. 20-25 Jahre alt, leichenblass und mit aufgerissenem Mund, gleich einer Horrorgrimasse, auf der Bank. Er war wohl schon ein paar Stunden tot, denn sein Körper war stocksteif, was auch etwas mit der Witterung zu tun haben dürfte.

Sabine untersuchte die Leiche und fand dann auch schnell in der Innentasche der Jeansjacke, die der Tote trug, ein Portmonee mit Inhalt.

Tom nahm dieses sofort an sich und stöberte die Fächer nach Ausweispapieren durch. Er fand einen Studentenausweis der Uni Bonn, welcher auf Rick Schneider ausgestellt war, Student im

2. Semester Jura. „Rick Schneider?", dachte sich Tom, „da war doch was? Hmmm."

„Armer Kerl", dachte Tom weiter, „was geht hier bloß vor?"

Sabine konnte leider nichts weiter finden, außer dass die Zunge des Jungen extrem verfärbt war. Das wollte sie sich noch näher ansehen, allerdings sollte man dies in der

Gerichtsmedizin weiterführen. Sie wies den mittlerweile eingetroffenen

Leichenbestatter an, den Toten einzuladen und zu ihr nach Bonn zu bringen. Sie verabschiedete sich noch kurz von Tom und fuhr gleich mit.

Der Ermittler sah sich noch kurz am Fundort um, fand aber sonst keine Hinweise mehr, die mit der Sache zu tun haben könnten. Er schaute auf seinen Chrono: „Auweia schon wieder 21:00 Uhr, ich mach Schluss für heute."

Er sprach noch rasch mit Klaus Müller, verabschiedete sich dann und fuhr dann langsam durch Berkum, Richtung Werthhoven.

Dort angekommen, lenkte er seinen Wagen in die Einfahrt, vor seine Garage. Evelyn, seine Frau, stand am Fenster in der Küche und erwartete ihn schon. Sie öffnete die Haustür. „Na, da bist du ja, mein Engel", kam sie ihm schon entgegen, „du siehst aber fertig aus, mein Lieber, na komm, ich habe was Feines gekocht."

Tom umarmte seine Frau liebevoll und sie verschwanden im Haus.

Drinnen duftete es herrlich nach Grünkohl. Dazu gab es Pinkel und Kleikartoffeln, die sie von Ihrer letzten Ostfrieslandreise mitgebracht hatten.

„Oh ja, mein Leibgericht", dachte Tom, gab seiner Frau einen dicken Kuss des Dankes und stürzte sich auf das

Festmahl. „Danke, meine Liebe, das ist genau, was ich jetzt brauche."

Auf dem Tisch stand auch ein frisches Glas Augustiner Bier, von diesem nahm Tom auch einen riesen Schluck und genoss dies sichtlich.

Dienstag, 6. Oktober 2015

Tom war schon recht früh aus den Federn gesprungen, denn heute wollte er gerne schnell noch eine Runde mit dem Rennrad fahren, bevor er sich wieder um seinen Fall würde kümmern müssen. Es war 7:00 Uhr, als er aufs Rad stieg und anfing, in die Pedale zu treten. Gerade fuhr er durch Adendorf, der Hauptstraße entlang, als plötzlich sein Telefon zu klingeln begann. Er kam schnell zum Stehen und nahm den eingehenden Anruf an: „Tom Bauer, hallo? Bitte, wer ist da? Ich kann Sie nicht verstehen? Ach so, Sabine, du bist es, bist aber früh im Büro, was? Was gibt es Neues?"

Wir hatten doch gestern Abend diesen neuen Leichenfund, dort auf der Bank in Berkum", kam aus Sabines Mund, „ich hatte diese dann noch weiter in der Gerichtsmedizin untersucht…" „Ja, und was? Sag schon", drang Tom dazwischen.

„Ich hatte ja schon als dieser noch auf der Bank saß bemerkt, dass er eine komisch verfärbte Zunge hatte. Ich habe ihn dann hier über den Ypsilon-Schnitt geöffnet und mir sofort Zugang zum Magen verschafft."

„Und", Tom war ganz aufgeregt, „was hast du gefunden? Lass es dir doch nicht aus der Nase ziehen."

„Da fand ich erst einmal einen frisch verzehrten Hotdog, und dieser war recht üppig mit Rattengift versehen. Das Zeug hatte sich im Magen und auch schon in den Zugängen zu allen anderen Organen verteilt. Echt nicht so appetitlich."

„Hab ich mir doch gedacht", entgegnete Tom. „Okay, ich fahr schnell nach Hause, bin nämlich mit dem Rad unterwegs, und dann besuch ich erst einmal die Frau des ersten Opfers, damit wir da mal eine Linie hineinbekommen. Ich melde mich bei dir, okay?" „Alles klar, bis später."

Tom saß schon wieder im Sattel und machte sich schnellen Fußes auf den Weg nach Werthhoven zurück.

Zu Hause angekommen, sprang er schnell unter die Dusche, dann ratzfatz in seine geliebte Cordhose, schnell noch Schuhe und Pullover an und los ging`s.

Unterwegs nach Fritzdorf, wo die Frau des ersten Verstorbenen wohnhaft sein soll, überlegte er sich noch genau, was er sie wohl fragen wollte, ohne diese noch weiter verletzen zu wollen.

Zehn Minuten später war er vor Ort. Ein ansehnliches Häuschen mit großem Garten und rundherum mit einem schönen weißen Bretterzaun versehen. Recht hübsch anzusehen. In der Einfahrt stand ein marineblauer Mercedes mit einem großen Nivea-Logo auf den Seiten und auf der Motorhaube. Das war wohl der Wagen von Nils Spor, dem Toten. Tom selber stand vor einer wuchtigen Eichenholztür. Auf dem Klingelschild rechts davon stand „Hier wohnen die Spors, Nils, Johanna und Lena".

Dann drückte der Ermittler den Klingelknopf bis zum Anschlag in die wie eine Blume aussehende Halterung. Erst tat sich nichts, doch dann regte sich etwas im Inneren des Hauses.

Die Tür öffnete erst etwas zaghaft, dann aber wurde diese zügig ganz aufgetan.

Ein elegante, noch junge Frau stand in der geöffneten Haustür und schaute Tom mit ihrem verheulten, traurigen Gesicht fragend an. Kein Wort kam über ihre Lippen.

„Guten Tag", sagte der Ermittler, „sind sie Johanna Spor?"

„Ja… ja, das bin ich. U… und wer sind Sie?", kam stotternd mit verweinter Stimme aus ihrem Mund.

„Ich bin Tom Bauer, Sonderermittler der Polizei in Bonn. Ich würde Ihnen gerne, wenn es überhaupt möglich ist, ein paar kurze Fragen stellen. Ich komme aber auch gerne an einem anderen Tag, wenn Sie jetzt noch nicht fähig dazu sind", fügte er noch hinzu.

„Nein, kommen Sie doch herein, bitte, wie unhöflich von mir", antwortete Johanna Spor sofort, mit doch klaren Worten.

Tom trat hinein ins Haus und nachdem die Tür wieder verschlossen war, wurde er ins Wohnzimmer gebeten. Ein großer lichtdurchfluteter Raum mit durchgängig weißem Mobiliar und bodentiefen Fenstern erwartete ihn.

„Bitte setzen Sie sich. Mögen Sie einen Kaffee oder etwas Kühles zum Trinken?", fragte Frau Spor.

„Wasser wäre okay, danke Ihnen, Frau Spor", entgegnete Tom kurz.

Nachdem ihm das Wasser gereicht wurde, trank Tom einen kleinen Schluck und Johanna Spor setzte sich ihm gegenüber in den weißen Sessel. „Nun denn, fragen Sie, ich werde versuchen, Ihnen alles zu beantworten", begann sie.

Tom überlegte kurz. „Sagen Sie, Frau Spor, wann haben Sie Ihren Mann das letzte Mal gesehen?"

„Am Samstagmorgen, ich machte ihm wie immer seinen Morgenkaffee und danach verabschiedete er sich. Es muss so gegen 7:00 Uhr gewesen sein."

„Wissen Sie, wo er an diesem Morgen als Erstes hinwollte?"

„Ja, er sagte noch, er würde als Erstes kurz rüber zum EKZ nach Berkum fahren, um mit Lothar einen Kaffee zu trinken. Ach

Verzeihung, Lothar Schmidt ist der Filialleiter vom Edeka, ein guter Freund und auch der Patenonkel unserer Tochter Lena."

„Ah ja, ich weiß, ich hatte schon das Vergnügen mit Herrn Schmidt zu sprechen. Eine angenehme Person, wie ich finde! Sie kennen sich wohl schon länger?"

„Oh ja, schon über 15 Jahre. Er war damals zusammen mit Nils…", sie stockte kurz und schluchzte, „mit Nils zusammen an der Uni in Heidelberg."

„Sollen wir lieber aufhören?", sagte Tom mitfühlend.

„Nein, entschuldigen Sie, es geht schon, fragen Sie ruhig weiter."

Tom fuhr fort: „Sagen Sie, können Sie sich vorstellen, dass Ihr Mann irgendwelche Feinde oder vielleicht Neider hatte? Gab es jemanden, der ihn nicht mochte?"

„Ne… nein, nicht, dass es mir bewusst wäre. Er war überall beliebt, war immer gut drauf und versuchte es immer allen recht zu machen. Wieso fragen Sie?"

„Frau Spor", erwiderte Tom, „ich habe leider den Verdacht, dass ihr Mann…", Tom machte eine kurze Pause, „dass er umgebracht wurde."

„Bitte was? Umgebracht? Mein Nils? Wieso? Warum? Das kann doch nicht sein." Sie fing bitterlich zu weinen an. Tom reichte ihr ein Taschentuch und versuchte, sie wieder zu beruhigen.

„Frau Spor", sagte er, „ich werde den oder die Täterin finden, und die Sache aufklären, das verspreche ich Ihnen. Wir werden hier für heute Schluss machen, damit sie erst einmal zur Ruhe kommen können. Ich melde mich wieder bei Ihnen, wenn ich mehr in Erfahrung bringen konnte, okay?"

Johanna Spor nickte kurz und Tom verabschiedete sich. Als er die Wohnungstür hinter sich geschlossen hatte, musste er kurz innehalten und tief durchatmen. Das Ganze nahm auch ihn sehr mit und er wollte diese Geschichte auf jeden Fall weiterverfolgen und den Täter oder die Täterin zur Strecke bringen.

Als Tom wieder in seinem Wagen saß, sausten ihm tausend Sachen durch den Kopf, und er entschloss sich, noch einmal zum Edeka zu fahren, um mit Lothar Schmidt, dem Filialleiter, zu sprechen. Eventuell konnte dieser ihm ja weiterhelfen?!

Das Handy klingelte. Tom schaltete auf „Freisprechen". „Ja hallo, Tom Bauer hier."

„Hallo, Tom, ich bin`s Sabine. Ich habe noch was gefunden, was dich interessieren dürfte. Hier bei dem Toten von gestern auf der Bank in Berkum."

„Okay, und was ist es?"

„Komm doch später vorbei, und ich zeige dir dann Näheres, okay? Du wirst verwundert sein, glaube mir", antwortete Sabine und verabschiedete sich hastig.

„Ja kein Pro…" tuuuuuuuuuuuuuuuuut. Das Gespräch war schon beendet worden.

Tom Bauer war kurz etwas sprachlos, machte sich dann aber weiter von Fritzdorf auf nach Berkum zum Einkaufszentrum. Als er in den Kreisverkehr beim Obsthof Schneider und der Tankstelle einfuhr, überkam in ein spontanes Hungergefühl, darum hielt er noch kurz an der Imbissbude gegenüber der ESSO-Tankstelle an. Er bestellte sich eine Currywurst und trank dazu Cola. Nachdem er sich etwas gestärkt hatte, begab er sich auf direktem Wege zum Edeka. Seinen Wagen parkte er wie immer auf dem großen Parkplatz vorm Eingangsbereich.

Nachdem Tom den Laden betreten hatte, kam ihm schon Herr

Schmidt entgegen: „Ah, hallo, Herr Bauer, das passt ja prima, guten Tag."

„Ja, hallo, guten Tag, Herr Schmidt, na, wie geht es Ihnen? Meinen Sie, Sie könnten mir noch ein paar Fragen beantworten?"

„Na klar werde ich das, kommen Sie, wir gehen in mein Büro", antwortete Lothar Schmidt. „Was halten Sie von einem Espresso?", fügte er noch hinzu.

„Oh ja, gerne, gute Idee, danke Ihnen, da sage ich nicht nein", freute sich Tom.

Kaum im Büro des Filialleiters angekommen, servierte man ihnen auch schon den angepriesenen Espresso. Die beiden Gesprächspartner genossen diesen erst einmal und versuchten, sich dann auf ihr Gespräch zu konzentrieren.

„Herr Schmidt, sagen Sie", begann Tom, „sagen Sie, kennen Sie einen Rick Schneider?"

„Ja klar", erwiderte Schmidt, „das ist unser Student. Er hilft dann und wann im Lager aus, und auch bei den Regalauffüllungen und der Inventur. Wieso?"

„Herr Schmidt, wir haben diesen gestern Abend tot aufgefunden."

„Wie? Was? Das gibt es doch nicht. Was geht denn hier vor?"

Schmidt sprang von seinem Stuhl auf und war leichenblass im Gesicht. Im nächsten Augenblick sackte dieser auch schon in sich zusammen und fiel zu Boden - Kreislaufkollaps.

Tom stürzte sich auf ihn und drehte ihn auf den Rücken. Batsch, batsch, zweimal kurz auf die Wangen geschlagen und Herr Schmidt kam wieder zu sich. Er schüttelte kurz den Kopf und Tom setzte ihn auf, hielt ihn aber immer noch helfend fest.

„Herr Schmidt, alles gut? Geht`s wieder?"

„Ja, ja, alles gut bin wohl kurz schwach geworden."

Tom half ihm auf und setzte ihn wieder auf seinen Schreibtisch-stuhl, reichte ihm ein Glas Wasser, welches auch auf dem Tisch bereitstand.

„Hier nehmen Sie erst mal einen guten Schluck, das hilft meistens", sagte Tom.

„Oh ja, vielen Dank Ihnen", entgegnete Schmidt und trank gleich das ganze Glas aus. „Rick ist tot, sagten sie? Warum? Wer tut so etwas? Er war so ein netter junger Mann, ich verstehe überhaupt nichts mehr."

„Herr Schmidt", so Tom weiter, „wissen Sie, ob Rick erkrankt war? Hatte er irgendwelche Beschwerden? Ist Ihnen da irgendetwas aufgefallen? Oder hat jemand anderes evtl. etwas mitbekommen?"

Schmidt überlegte: „Ich glaube, er hatte Diabetes, wenn ich mich recht erinnere, habe ich ihn mal im Pausenraum getroffen, als er sich gerade eine Spritze in den Bauch setzte. Allerdings glaube ich, dass er damit keine großen Probleme hatte. Er ging damit ganz normal und offen um."

„Eine Spritze, okay", erwiderte Tom, „das ist doch eigentlich nicht mehr so üblich." Der Ermittler musste kurz nachdenken, aber auch leicht schlucken. Hatte er doch eine Spritze im Lager gefunden.

„Sagen Sie", eröffnete Tom weiter das Gespräch, „die hintere Tür am Anlieferungstor, ist diese immer unverschlossen?"

„Äh, soviel ich weiß ja! Meine Mitarbeiter öffnen diese morgens bei Schichtbeginn und verschließen diese erst wieder am Abend. So können unsere diversen Lieferanten immer sofort ins Lager und sich bei der Anlieferung anmelden", entgegnete Schmidt.

„Klar, das leuchtet ein", antwortete Tom.

„Na gut, Herr Schmidt, ich muss dann mal weiter, ich habe mich noch mit meiner Kollegin in Bonn verabredet, ich halte Sie aber auf dem Laufenden, okay?"

Die beiden verabschiedeten sich, und Tom war schon wieder in seinem Wagen unterwegs Richtung Wachtberg-Pech. Als er die Kreuzung nach rechts Richtung Pech eingeschlagen hatte, war er dann leider so in Gedanken, dass er nicht daran dachte, dass auf der Strecke ein Blitzer installiert war.

BLITZ machte es, in einem schönen warmen Rotton, so dass es ihm reichlich warm wurde im Gesicht. „Shit, schon wieder mit 80", dachte er laut. Er bremste dann leicht ab und konzentrierte sich wieder auf die Straße. Als er in Bad

Godesberg angekommen war, kürzte er die Strecke nach Bonn etwas ab und fuhr links über Kessenich. Auf der Parallelstraße zur B9 war nicht so viel Verkehr, außerdem mochte Tom diese Ecke von Bonn.

Vor der Gerichtsmedizin, hinter der Sandkaule in Bonn eingetroffen, parkte er seinen Wagen direkt vorm Tor, hierfür hatte er eine Sondergenehmigung hinter der Windschutzscheibe klemmen. Er klingelte und Sabine Heinrichs öffnete kurze Zeit später die Tür.

„Oh, hey Tom, na, alles klar?", begrüßte sie ihren Kollegen.

„Hallo, Bienchen, ja, alles soweit okay. Hab ein paar Neuigkeiten."

„Na dann komm erst mal rein, ich mach uns schnell einen Kaffee und dann zeige ich dir, was ich gefunden habe", erwiderte Sabine.

Im Büro von Sabine angekommen, tranken die beiden erst einmal in Ruhe den versprochenen Kaffee. Tom las noch kurz in seinen Notizen, die er sich heute gemacht hatte, und wendete sich dann seiner Kollegin zu.

„So, nun sag schon, was hast du gefunden?", eröffnete Tom.

„Schau mal hier die Fotos, was fällt dir daran auf?", erwiderte sie.

Der Ermittler sah sich die Fotos an, und konnte aber erst einmal nichts Auffallendes feststellen. Doch im zweiten Anlauf: „Was sind denn das für rote Punkte da auf dem einen Bild? Ist das etwa ein Ausschnitt vom Bauch des Toten?", kam es aus Toms Mund.

„Ja, das ist es, und was du da siehst, sind Einstiche einer Injektionsnadel, wie sie von Diabetikern noch teilweise genutzt werden", sagte Sabine.

Tom war darüber nicht weiter verwundert, da er ja von Herrn Schmidt erfahren hatte, dass Rick Schneider wohl zuckerkrank sei und regelmäßig spritzen würde.

„Ja, das wusste ich schon, war gerade noch einmal im Edeka und habe mit dem Schmidt geredet, der wusste gut über Rick Bescheid. Der Junge hat im Laden ausgeholfen, hat die Regale befüllt und war immer bei den Inventuren dabei", gab Tom an Sabine weiter.

„Oh, na dann war das ja nun doch nichts Besonderes mehr für dich, verstehe", sagte Sabine etwas enttäuscht.

„Nee, nee, ich bin ja froh, dass du mir dies nun auch bestätigen kannst. Ich frage mich nur, wie das alles zusammenpasst."

Die beiden unterhielten sich noch eine Weile, bis Tom sich dann von Sabine verabschiedete, um sich auf den Weg nach Hause zu machen. Es war nun schon 18:00 Uhr und er hatte Evelyn noch versprochen, kurz im Lidl in Berkum anzuhalten, um noch ein paar Einkäufe zu erledigen.

Er schwang sich in seinen BMW und fuhr gemütlich über die Kreuzung am Bertha-von-Suttner-Platz der B9 entlang Richtung Bad Godesberg. Kurze Zeit später hatte er den Straßentunnel Richtung Mehlem- Koblenz verlassen und bog dann links ab, um durch Mehlem zu fahren. Er mochte diese Strecke und genoss das wirtschaftliche Treiben in der kurzen Ortsdurchfahrt, außerdem befand sich hier ja auch der Laden, wo er seinen Whisky kaufte.

Schon war er rechts abgebogen und Richtung Niederbachem unterwegs, und dachte noch zum Glück daran, dass Evelyn ihm mitgeteilt hatte, dass der mobile Blitzer heute wieder am Ortsausgang stehen würde. Bei seinem Glück wäre er sicher wieder hineingerauscht, es hatte sich ja schon eine schöne Collage von Fotos im Bonner Büro angesammelt.

Im Lidl angekommen, erledigte Tom schnell die abgesprochenen Einkäufe und fuhr dann rasch noch beim Obsthof vorbei, um seiner Frau ein Blümchen zu besorgen.

„So, nun aber heim, es wird Zeit", dachte er sich. Und zügig wie er immer war, machte er sich auf den Weg nach Hause. Er fuhr gerade auf die Einfahrt, da stand auch seine kleine Tochter schon an der Eingangstür und erwartete ihn.

„Haaloo Papa, da bist du ja!", rief sie ihm entgegen. Er schnappte sie sofort, nachdem er ausgestiegen war, und knuddelte die Kleine erst mal eine Runde. „Schau mal, was ich dir mitgebracht habe." Tom hielt Lulu ein Überraschungsei unter die Nase und diese freute sich sehr darüber. Sie verschwand dann schon wieder im Haus und Evelyn stand schon in der Tür und begrüßte ihren Tom. Er packte schnell noch den Strauß Gerbera vom Rücksitz seines Wagens und überreichte diesen seiner Frau.

Die drei machten sich dann gemeinsam ans Abendessen. Danach brachte Tom seine Tochter ins Bett und las ihr noch aus einem Buch, es heißt „Eine Kindergeschichte", vor. Die Kleine liebte dieses Werk sehr, denn ihr Vater hatte es verfasst. Nach kurzer Zeit schlief sie auch schon ein und Tom deckte sie ganz zu. Mit einem Gutenachtkuss verließ er das Zimmer.

Seine Frau hatte schon eine Kanne schwarzen Ostfriesentee aufgesetzt, welchen sie noch gemeinsam genossen, bevor sie dann im Schlafzimmer verschwanden.

Mittwoch 7. Oktober

Tom wurde wie immer von seinem „geliebten" Wecker aus dem Schlaf gerissen. Er drückte wie automatisch die Schlummertaste, um noch 5 Minuten Zeit zu gewinnen. Rinnnnnnnggggggg, da war es schon wieder, dass schlimme Klingeln seines Weckers. Er stand auf und begab sich ins Bad. „Erst mal ne Dusche", dachte er sich und tat dies auch gleich. Als er seine Badgeschäfte erledigt hatte, zog er sich schnell an, um sich über seinen Kaffee herzumachen. Er hörte Lulu seine Tochter schon laut und vergnügt lachen, Claudia war wohl schon da und die beiden hatten hörbar Spaß.

Tom begrüßte die beiden erst einmal und ging dann weiter in die Küche. Evelyn hatte wohl schon früh das Haus verlassen, das hatte er gar nicht richtig mitbekommen. Er setzte sich an den Esstisch und genoss den vorbereiteten Kaffee, als er plötzlich im General Anzeiger, den er sich zuvor dazu genommen hatte, folgenden Artikel las:

Niederbachem

Gestern Nachmittag wurde in Niederbachem, Waldstraße 7, im Keller eines Wohnhauses eine Leiche aufgefunden. Frau E. Müller schilderte die Geschichte so: „Ich wollte gerade in den Keller, um Wäsche aus der Maschine zu holen und diese aufhängen. Da sah ich im Vorübergehen am Heizungskeller, dass da jemand in der Luft hing." Frau Müller wird zurzeit psychologisch betreut und befindet sich im Waldkrankenaus Bad Godesberg. Im Heizungskeller hatte sich Frau Erika S. (43) mit einer Wäscheleine erhängt. Die Polizei Bonn ermittelt

Tom stoppte kurz, und dann schoss es ihm in den Kopf: „Erika S.? Ja klar, Erika Schneider, Niederbachem, ja klar."

Er schnappte sich das Telefon und wählte die Telefonnummer von der Gerichtsmedizin Bonn. Sabine nahm kurzerhand ab:

„Gerichtsmedizin Bonn, Sabine Heinrichs, hallo?"

„Ja, hey Sabine, ich bin`s Tom. Hör mal, hast du gestern evtl. eine

Leiche aus Niederbachem auf den Tisch bekommen?"

„Oh, ja, woher weißt du?"

„Ist dies vielleicht Erika Schneider gewesen?", so Tom weiter.

„Ja, so hieß sie, glaube ich. Worauf willst du hinaus?"

„Mann, wenn ich da richtigliege, ist das die Mutter von dem Mädel, was damals im Mehlemer Bach gefunden wurde, du weißt doch?", erwiderte der Ermittler.

„Ach Gott, du hast Recht, mir kam auch schon die Adresse des Fundortes so bekannt vor. Ach oje, und Rick Schneider war dann wohl der Bruder, oder wie?"

Dann fiel es Tom wie Schuppen von Augen. „Ja klar, ich Hornochse, ich, na klar, das ist es. Wieso ist mir das nicht gleich aufgefallen? Jetzt kommt auch so langsam mal eine Linie in die ganze Geschichte."

„Weißt du was?", so Tom weiter, „wenn ich mich recht erinnere, ist der Vater der jungen Frau, kurz nach dem Tod des Mädchens, damals in Winningen von der Autobahnbrücke gesprungen. Er hatte wohl den plötzlichen Verlust seiner Tochter nicht verkraftet."

„Ach so", brachte sich Sabine mit ein, „und?"

„Dann ist ja wohl jetzt niemand von der Familie mehr übrig, sind doch alle tot?", fuhr Tom fort, „Was für eine verrückte Geschichte. Wie passt das wohl alles zusammen? Da gibt es doch Parallelen? Ich muss mir das heute Abend noch einmal in Ruhe durch den Kopf gehen lassen, da stimmt was nicht. Das stinkt gewaltig!"

Tom verabschiedete sich von seiner Kollegin und machte sich fertig, um sich noch einmal die Akte der Schneiders im Bonner Polizeirevier anzusehen. Er setzte sich in seinen Wagen und begab sich auf den Weg. Diesmal wählte er die Meckenheimer Autobahn 565, um nach Bonn zu kommen, dies ging etwas zügiger und ohne

Blitzen war es auch angenehmer, dorthin zu gelangen. Gleich am Endenicher Ei macht er sich von der Autobahn und fuhr dann weiter rechts ab Richtung Innenstadt, dann links über die Viktoria Brücke, gleich rechts in die Bornheimer Straße, und schon war er da.

Er parkte seinen Wagen in der Tiefgarage der Polizeidienststelle. Mit seinem E-Key kam er ins Erdgeschoss und wurde dort von seinen Kollegen freundlich empfangen.

„Hey Jungs, na, alles gut hier? Wie sieht es aus in Bonn? Alles ruhig?", fragte Tom.

„Oh, hallo, grüß dich Tommi", kam aus der hinteren Ecke des Büros.

Da kam Kai Ramseeger angelaufen und begrüßte seinen alten Freund: „Na, wie geht es dir, alter Knabe?", rief er schon.

„Ach, hey Kai, moin. Gut, und selber? Was macht die Liebe? Oder hängst du immer noch täglich vor der Glotze und zockst mit deiner Playstation?", antwortete Tom und lachte.

„Komm, komm, nicht frech werden, Alter, sonst muss ich dich festnehmen!", rief Kai. „Na, was verschlägt dich ins Büro? Ist doch gar nicht deine Art."

„Ich brauche deine Hilfe. Kannst du kurz mal nachsehen, ob du in deinem Computer etwas über Nicole Schneider findest?"

„Nicole Schneider? Ist das nicht schon etwas her?", entgegnete Kai Ramseeger.

„Ja, ist es", konterte Tom, „ist gerade aber wieder aktuell geworden, ich berichte dir später mehr. Bitte schau mal nach, ich benötige die komplette Akte!"

Kai setzte sich umgehend an den Rechner und forstete das Intranet der Polizeidienststelle Bonn durch. Es dauert nur kurz und schon war er fündig geworden. „Hier, Nicole

Schneider", so Kai, „Leiche wurde am Mehlemer Bach in Niederbachem, einem Ortsteil von Wachtberg, gefunden. Klar, jetzt bin ich auch wieder auf dem Laufenden. Die Akte liegt unten im Archiv, soll ich sie dir direkt hochbringen lassen?"

„Klar, super, danke dir. Wo kann ich mich in Ruhe darüber hermachen und setzen?", sagte Tom.

„Na, in deinem alten Büro, steht doch leer und wartet nur darauf, dass du es wieder in Beschlag nimmst", erwiderte sein Kollege. Tom war ja nach dem Aufstieg zum Sonderermittler in sein eigenes Büro nach Hause umgezogen, um so konzentrierter arbeiten zu können.

Kai nahm Tom mit in die hinteren Räume der Wache und begleitete ihn in sein altes Büro. „Mann, ist das lange her", dachte Tom laut, „ich wusste gar nicht mehr, wie es hier aussieht. Tut aber auch gut mal wieder da zu sein. Hast du evtl. einen Kaffee für mich?"

„Klar, bring ich dir sofort", sagte Kai und schon verschwand er wieder im Flur. Im gleichen Augenblick kam auch schon eine junge Kollegin in Toms Büro und übergab ihm die dicke Akte. Tom begrüßte sie und bedankte sich, setzte sich aber auch gleich auf seinen alten Bürostuhl und versank konzentriert im Aktenordner.

Es klopfte an der Tür und Kai Ramseeger trat ein, um Tom seinen angefragten Kaffee zu bringen.

„Ach super, danke dir, Kai, wenn du eine Frau wärst würde ich dich glatt heiraten, hahhahahahahaha."

Kai schmunzelte: „Das hätte ich mir ja denken können, aber naja, gerne doch." Und der Kollege verschwand wieder und schloss die Tür.

Tom konzentrierte sich wieder auf seine Arbeit und blätterte Seite für Seite, Fotos um Fotos und prägte sich alles ein oder schrieb sich wichtige Dinge in sein kleines schwarzes Notizbuch. Ihm liefen immer noch kurze Schauer über die Haut, als er sich so manche Fotos ansah. Das Mädchen, damals 16 Jahre alt, wurde vornüber im Mehlemer Bach gefunden. Ihr Kopf und ein Teil des Oberkörpers lagen im und unter Wasser. Sie hatte lediglich ihren Slip und ein Hemdchen an, sonst hatte man zu dieser Zeit keine weitere Kleidung finden können. Ihre Füße waren nackt und mit Schrunden und Wunden übersät. Jemand hatte sie wohl quer durch den Ort gejagt und sie schließlich am Bach eingeholt, ihr dort, nach Angaben der Gerichtsmedizin, wohl eine Injektion verpasst und sie einfach dort liegen lassen. Was hatte sie Schreckliches erleben müssen?

Es waren schon einige Stunden vergangen, als Tom schließlich die Akte schloss und erst einmal tief durchatmete, er streckte sich, stand kurz auf und ging ein paar Schritte auf und ab im Büro. Er sah kurz aus dem Fenster, es dämmerte schon. Es klopfte an der Tür und Kai trat ins Zimmer. „Na, wie sieht es aus? Hast du was finden können?"

„Ja, das habe ich allerdings! Wahnsinn, was manchmal so passiert und wie dann alte Fälle mit neuen kombinierbar sind, grausig." Entgegnete Tom.

Sie setzen sich gemeinsam und Tom begann seinem Kollegen die ganze Story zu erzählen und was in den letzten Tagen so passiert war. Dieser war danach auch ziemlich entsetzt und musste mehrmals sichtlich schlucken.

Nach zirka zwei Stunden war dann alles angesprochen und diskutiert. Tom bedanke sich noch einmal bei seinem Freund und Kollegen und machte sich dann auf den Weg.

Er saß schon in der Tiefgarage in seinem PKW als sein Handy mit dem Titel „Spiel mir das Lied vom Tod" einsetzte. Makaber ja, aber Tom mochte diesen musikalischen Hochgenuss, wie er es mal abends in geselliger Runde nannte.

„Hallo, Tom", kam es aus der Freisprecheinrichtung, „ich bin`s,

Evelyn." „Oh, Hey Schatz, na was gibt es?" „Ich habe eine kleine Überraschung für dich", so sie weiter, „ich habe Karten für den neuen Bond gekauft. Specture heißt der. Kommst du direkt nach Godesberg ins Kinopolis? Ich erwarte dich im Subway, okay?"

„Äh, ja klar, super Spatz, ich bin so in fünf Minütchen da, fahre gerade die B9 raus aus Bonn. Bis gleich." „Okay, klasse, ich freue mich auf dich, Kuss." Evelyn beendete das Gespräch.

In Godesberg angekommen, steuerte Tom direkt auf das Parkhaus neben dem Kinopolis zu und parkte seinen Wagen dort. Er schloss diesen ab und machte sich schnell zum ausgemachten Treffpunkt. Evelyn saß schon an einem Tisch, was Tom durch ein Fenster sah, im Subway und genoss ihr Baguette und trank dazu Coke. Tom ging sofort durch an die Theke und bestellte sich auch eines dieser leckeren Brote. Er orderte dazu eine Sprite und gesellte sich zu seiner Frau an den Tisch.

Sie begrüßten sich innig, aßen gemeinsam ihre Baguettes und machten sich dann auf ins Kino 11, um den Film zu schauen. Tom war schon nach kurzer Zeit genervt und fand die ganze Story ziemlich blöd. Seine Frau fand ihn klasse, aber vor allem stand sie wohl auf Daniel Craig, dieses Blauauge, das den Bond gab. Jedes Mal, wenn er im Bild erschien, machte sie so komische Geräusche. Tom war dann wohl eingeschlafen, denn als Evelyn ihn wieder anstieß, war der Film schon rum. Er hatte nichts mitbekommen. Sie verließen das Kino und waren auch schon in der Garage angekommen. Tom gab seiner Lieben noch einen dicken Kuss und sie stiegen in ihre Fahrzeuge. Er fuhr den ganzen Weg hinter ihr her und war dann froh, als sie in Werthhoven ihr Haus erreicht hatten. Evelyn war etwas enttäuscht, dass ihrem Tom der Film nicht so gut gefallen hatte, doch Tom drückte sie noch einmal vor der Eingangstür und sagte ihr, dass es nicht schlimm sei. Er öffnete und sie betraten gemeinsam das Haus. Nachdem sie noch ein Glas Säntis, einem extrem guten Schweizer Whisky mit tollen

Schinkenaromen, vorm Kamin genossen hatten, ging es ins Bett. Claudia Kern hatte sich an diesem Tag um Lulu gekümmert, welche schon tief und fest in ihrem Zimmer schlief.

Donnerstag, 8. Oktober

„Hallo, guten Morgen, mein Engel." Mit diesen Worten wurde Tom aus dem Schlaf geholt. „Na, hast du gut geschlafen", so Evelyn weiter. Sie küsste ihn noch einmal und machte sich dann ins Bad. Tom musste sich erst einmal kräftig recken und öffnete die Augen. Die Sonne strahlte schon hell ins Zimmer. Plötzlich wurde die Tür aufgestoßen und die kleine Lulu stürzte hinein in den Raum und war mit einem Satz aufs Bett und Tom auf den Bauch gesprungen „Hallo, guten Morgen, Papi, du alte Schlafmütze." Sie drückte sich fest an ihn und küsste ihn wild auf die Wangen. „Komm schon, Mama sagte, es ist schon 9:00 Uhr, und was machst du? Du schläfst noch."

„Was, schon neun?" Tom saß im nächsten Augenblick kerzengerade im Bett. „Ach du meine Güte, ich hab doch noch so viel vor heute!" Lulu war fast vom Bett gefallen und hielt sich an Tom fest. „Mann, Papa, pass doch auf."

[47]

„Ach entschuldige bitte, meine Süße, ich wollte dich nicht erschrecken." Und wieder knuddelten die beiden eine Runde.

Das Telefon im Flur klingelte. Tom setzte Lulu schnell neben sich ins Bett und stürzte auf den Gang, die Treppe runter und nahm den Hörer ab: „Tom Bauer, hallo? Bitte, wer ist da? Ah, Herr Müller, ja, was gibt es? Ein Streit im Edeka? Was ist passiert? Wer? Was? Okay, ja gut, ich komme gleich mal rüber, sagen wir so in einer Stunde bei Ihnen im Büro? Ja, okay, dann bis gleich, tschüss."

Der Ermittler zog sich seine Cord über, schlüpfte in einen dünnen Pullover und zog sich seine geliebten Bootsschuhe an. Er verschwand auch im Bad, um sich etwas zurecht zu machen. Lulu sprang vom Bett und war mittlerweile wieder runter zu Claudia ins Esszimmer gerannt, um mit ihr gleich zum Kindergarten zu fahren. Tom beendete seinen Besuch im Bad, ging gemütlich die Treppe runter und begrüßte unten die liebe Claudia. Er verabschiedete sich auch gleich von seiner Tochter, wobei er ihr einen dicken Kuss auf die Lippen presste, und wünschte ihr viel Spaß im Kindergarten.

Als die beiden das Haus verlassen hatten, setzte sich Tom Bauer noch kurz hin, um seinen Kaffee zu genießen. Er las noch im General-Anzeiger. Seine Frau gesellte sich zu ihm und trank auch noch schnell einen Milchkaffee. Sie machte sich dann auch schnell fertig, um das Haus Richtung Uni Bonn zu verlassen. Die zwei drückten sich kurz und gaben sich zu Abschied einen Kuss. Und schon war auch Evelyn in ihrem Smart vom Hof gehuscht.

Tom schloss die Wohnungstür ab, setzte sich in seinen Wagen und machte sich auf nach Berkum zum Polizeipräsidium gegenüber der Volksbank. Er hatte wohl fünf Minuten gebraucht und stand schon vor dem Gebäude. Klaus Müller hatte ihn schon gesehen und kam gleich an die Tür gelaufen.

„Oh hallo, guten Morgen, Herr Bauer", begrüßte Klaus Müller den Ermittler freundlich, „da sind Sie ja schon."

Tom gab ihm die Hand und die beiden verschwanden im Präsidium. Im Büro von Müller angekommen, es lag gleich hinter dem Eingangsbereich links hinter einer Glastür, setzten sich die zwei und schon wurde ihnen von einer jungen Kollegin Kaffee serviert. „Oh, für mich bitte nur mit Milch und ohne Zucker, danke Ihnen", nahm Tom freundlich an.

„So Herr Müller, was gibt es? Sie sagten am Telefon, es hatte im Edeka einen Streit gegeben? Was war denn los da?"

„Ja, Sie haben richtig verstanden. Es gab einen Streit. Und zwar war Frau Spor..." „Frau Johanna Spor?", unterbrach ihn Tom forsch.

„Ja, Johanna Spor, die Frau des Verstorbenen im Wachtberg Center. Sie war wohl ins Geschäft gekommen, um Herrn Schmidt zur Rede zu stellen. Dabei wurde es aber schnell sehr laut und aus welchen Gründen auch immer, hatte man uns vom Präsidium dann dazu gerufen. Als meine Kollegin und ich dort ankamen, konnte man das laute Geschrei schon unten im Laden hören und es hatte sich schon eine beträchtliche Menge an neugierigen Leuten angesammelt, die darumstanden. Wir kämpften uns dann durch die Meute und gelangten schließlich hoch ins Erste OG, wo wir noch kurz zögerten bevor wir in das Büro des Filialleiters eintraten.

„Ja, und? Was war da los? Sagen Sie schon", war Tom schon gespannt.

„Da standen sich Herr Schmidt und Frau Spor gegenüber und sie schrie ihn wie wild an. Was aber auch kurz nach unserem Eintreten schlagartig aufhörte. Wir beruhigten die zwei erst einmal so gut wir konnten, und meine Kollegin nahm Frau Spor mit auf den kleinen Flur vor dem Büro.

„Haben Sie etwas herausfinden können? Warum haben die beiden gestritten?"

„Nein, Herr Schmidt war ziemlich angespannt und Frau Spor wollte einfach nur nach Hause. Sie sagten uns nichts und wir konnten uns auch keinen Reim darauf machen. Ich bin kurz darauf dann auch mit meiner Kollegin zu unserem Wagen zurück. Frau Spor stieg auch in ihren Pkw und verließ das Gelände mit quietschenden Rädern. Daraufhin hatte ich mir das Telefon genommen und Sie angerufen."

„Okay, dann werde ich wohl gleich mal unseren Herrn Schmidt besuchen müssen. Da ist irgendetwas faul und ich werde es herausbekommen", so Tom. „Sagen Sie, Herr Müller, haben Sie denn gar nichts mitbekommen, um was es da bei dem Streit ging?"

„Nein, nichts, es war auch durch die vielen Leute nichts Richtiges zu verstehen, war viel zu laut dort."

„Na gut, klar, verständlich. Okay, kein Thema, ich werde gleich mal hinfahren und versuchen, was rauszubekommen."

Tom Bauer verabschiedete sich vom Polizeiobermeister und begab sich zu seinem Wagen.

Am Wachtberg-Center angekommen, parkte er seinen Pkw auf dem großen Parkplatz und machte sich auf den Weg ins Gebäude. Er ging sofort die Stufen hoch und auf das Büro des Filialleiters zu.

Vor der Tür wurde er kurz von der Sekretärin desselben aufgehalten, doch ließ er sich nicht abwimmeln und trat einfach ins Büro ein. Die junge Dame hatte sich noch etwas darüber aufgeregt, war aber dann auch wieder in ihrem Zimmer verschwunden.

Schmidt telefonierte gerade und gab Tom mit einer Geste zu verstehen, dass er sich setzen solle. Dies tat er auch und wartete respektvoll das Ende des Telefonats ab. Er bekam nur mit, dass es sich wohl um einen Termin mit einem Anwalt handelte. „Okay", dachte sich der Ermittler, „das ist ja interessant!"

Der Anruf wurde beendet und Schmidt begrüßte Tom doch recht freundlich und gab ihm die Hand: „Was führt Sie her?", fragte dieser dann neugierig.

„Ich", begann Tom, „habe mitbekommen, dass Sie wohl einen heftigen Streit mit Frau Johanna Spor hatten! Was hat das zu bedeuten? Und um was ging es da? Möchte ich von Ihnen wissen."

„Das geht Sie nichts an", erwiderte Schmidt dann doch sehr angespannt, „das sind Privatangelegenheiten."

„Herr Schmidt, hier ist vor ein paar Tagen ein Mord passiert! Nils Spor wurde hier in Ihrem Einkaufscentrum ermordet. Sie hatten heute einen heftigen Streit mit dessen Ehefrau und wollen mir nun erzählen, dass mich das nichts angeht? Und wie mich das etwas angeht, Herr Schmidt. Raus mit der Sprache, oder ich nehme Sie sofort mit zur Wache. Was wird hier gespielt?"

Tom kochte und musste sich sehr zurückhalten.

Schmidt zog sich doch sichtlich eingeschüchtert wie ein kleiner Junge in seinen Schreibtischstuhl zurück. Tom hatte das Gefühl, er wolle sich hinter seinem Tisch verstecken.

„Kommen Sie, raus mit Sprache, was ist hier los?", ließ Tom nicht locker.

Ruhe setzte ein und Tom atmete erst einmal tief durch, um nicht komplett aus der Haut zu fahren. Da saß ihm ein erwachsener Mann gegenüber, welcher sich von einem Augenblick auf den anderen komplett verändert hatte. Seine angebliche Souveränität war total zerbröselt, er zitterte am ganzen Körper und war ganz abwesend.

„Jetzt kommen Sie, sagen sie etwas!", Tom weiter.

„Ich, äh, weiß nicht was Sie von mir wollen", kam aus dem Munde von Schmidt, „ich bin unschuldig, nur selber ein Opfer."

„Wie? Was? Wollen Sie mich jetzt zum Narren halten, Herr

Schmidt? Ist das wirklich Ihr Ernst? Passen Sie auf, ich werde Sie für heute in Ruhe lassen, aber morgen Nachmittag werde ich wiederkommen und wenn Sie dann keine plausible Antwort für mich haben, lasse ich Sie einsperren, so lange, bis Sie zur Vernunft kommen. Ist das klar, Herr Schmidt? Haben Sie mich verstanden?"

„Guten Tag, Herr Schmidt!" Tom verließ das Büro und knallte die Tür, dass es nur so schepperte, hinter sich ins Schloss.

Das Ganze hatte den erfahrenen Ermittler doch sehr aufgewühlt, es war mittlerweile so 12:00 Uhr und er hatte einfach nur Hunger und wollte sich vor allem schnell beruhigen. Er beschloss, sich zum Imbiss gegenüber der ESSO Tankstelle zu begeben, um dort einen leckeren Hamburger zu verspeisen. Was er dann auch tat. Beim besagten angekommen, bestellte er einen Burger mit viel Zwiebeln und etwas Bacon, dazu gab es eine Coke. Er stellte sich zur Seite an den Tisch und genoss das Mahl sichtlich. So langsam setzte die Ruhe wieder ein und Tom gelang es, sich weiter auf seine Aufgabe zu konzentrieren. Er aß auf und leerte den Rest aus seiner Cola Dose. Dann verabschiedete er sich freundlich vom netten Imbissinhaber und schmiss den übriggeblieben Müll in die dazu bereitgestellte Abfalltüte.

Als Tom an seinem BMW angekommen war, setzte er sich hinter das Steuer und machte sich noch einige Notizen in sein Buch, weiter machte er sich ein dickes Kreuz auf den Kalender für den kommenden Tag, um Schmidt noch einmal zur Rede zu stellen. Er war sicher, dass da etwas gewaltig stinken würde und er musste dies herausbekommen.

Er machte sich dann auf den Weg, seine kleine Lulu vom Kindergarten abzuholen. Claudia Kern war heute mit einer Freundin zum Shoppen verabredet. Für Tom war dies eine tolle Abwechslung, er hatte sich vorgenommen, mit seiner kleinen Tochter ein Eis essen zu gehen und mit ihr den weiteren Nachmittag zu verbringen. Gute Laune machte sich in ihm breit und er genoss die Fahrt zum St.

Maria-Rosenkranzkönigin-Kindergarten Am Bollwerk in Berkum.

Als er am Kindergarten angekommen war, stieg Tom aus dem Wagen. Die kleine Lulu kam schon, begleitet von Frau Sturm, ihrer Kindergärtnerin, aus dem Haus gelaufen. Sie hatten ihn schon gesehen, als er auf den Parkplatz gefahren kam.

„Hallo, Frau Sturm, hallo, meine Kleine", begrüßte Tom die Herannahenden. „Na, wie geht´s?"

„Hallo, Herr Bauer, danke, sehr gut, und Ihnen?", antwortete die junge Frau Sturm und gab ihm zur Begrüßung die Hand.

Lulu sprang ihrem Vater sofort auf die Arme und die beiden drückten sich ganz fest. „Oh Papa, ist das schön, dass du da bist, gehen wir Eis essen?", fragte Lulu sofort.

„Ja klar, machen wir das, hab ich dir doch versprochen", entgegnete Tom gut gelaunt und die zwei verabschiedeten sich von Frau Sturm.

Er ließ Lulu hinten im Wagen Platz nehmen und schnallte sie über ihren Kindersitz an.

Dann ging es schon los Richtung Bad Godesberg, sie fuhren hoch, an der Kreuzung rechts, am Einkaufscentrum vorbei über den Kreisel und immer geradeaus den Berg runter, dann rechts an Pech vorbei. Schön langsam mit 60 dort an der Blitze entlang Richtung Godesberg. Sie parkten in der Fronhofe Galeria unten im

Parkhaus. Von dort ging es die Treppen hoch in die Einkaufspassage, am Tchibo vorbei Richtung Ausgang. Und schon waren sie im Eiscafé Bella Vista angekommen.

Tom bestellte sich wie immer seinen heißgeliebten Amarena Becher und für Lulu gab es einen Pinocchio-Teller. Die beiden hatten viel Spaß und Tom genoss die Zeit mit seiner Tochter sehr. Nachdem sie ihr Eis genossen hatten, bekam Lulu noch eine Sprite und Tom hatte Lust auf einen Espresso.

Tom hatte noch eine Überraschung für Lulu, doch wollte er ihr dieses noch nicht verraten und sie löcherte ihn deshalb mit Fragen. Er hatte jedoch Spaß daran, sie etwas an der Nase herumzuführen. Dann beglich Tom die Rechnung und die beiden trotteten wieder auf den Eingang der Fronhofe Galeria zu. Unten im Parkhaus zahlte Tom noch schnell am Kassenautomaten die Parkgebühren und schon saßen sie wieder im Auto. Es ging auf die B9 nach Bonn, Tom ergatterte einen Parkplatz in der Nähe des Museums König, welches er mit Lulu besuchen wollte, und was gleichzeitig auch die Überraschung für die Kleine war. Als sie vor der Eingangstür angekommen war, freute sich Lulu sehr, sie war schon sehr aufgeregt. Sie betraten das Gebäude und Tom kaufte erst einmal die Eintrittskarten: „Bitte einmal Erwachsener und ein Kind", sagte er freundlich zur Dame an der Kasse. „Das macht 5 € bitteschön", kam es zurück.

„Hier bitte, danke Ihnen".

„Viel Spaß Ihnen beiden", sagte die nette Dame noch.

Und die zwei machten sich ins Abenteuer Savanne. Lulu hatte wie immer ganz große Augen bekommen, als sie die Fülle an Tieren in dieser großen Halle zu Gesicht bekam, man wusste nie, wo man eigentlich beginnen sollte mit der Tour. Tom folgte seiner Kleinen einfach und genoss es zu sehen, wieviel Spaß Lulu bei ihrer Erkundung hatte. Sie mochte am liebsten die Giraffen, dort stand sie immer lange davor und schaute sich diese sehr genau an. Dann ging es weiter zu den Schimpansen, diese hatten es ihr auch besonders angetan. Tom musste immer zusehen, dass er Lulu nicht aus den Augen verlor, da sie immer schnell ihren Standort wechselte. Aber genau das mochte er besonders, sollte sie sich doch austoben und an allem erfreuen, sie war doch Kind und Kinder sollten Spaß haben und sich entwickeln und ausprobieren. Er war zwar schon ziemlich außer Atem, aber das machte nichts.

Nach wohl zwei Stunden waren sie am Ende der Tour angekommen und Lulu war auch sehr erschöpft. Tom hatte sie auf den Arm genommen und war mit ihr Richtung Ausgang unterwegs. Am Auto angekommen, setzte er sie in ihren Sitz, auf dem sie schon eingeschlafen war, bevor er sie richtig angeschnallt hatte. Er war zufrieden und Lulu hatte vor allem richtig viel Spaß gehabt. So stieg er auch in den Wagen und fuhr gemütlich nach Werthhoven zurück. Dort angekommen öffnete er die Haustür, dann schnallte er Lulu vorsichtig ab und trug sie ins Wohnzimmer, um sie dort auf die Couch zu legen. Er deckte sie noch mit der bereitliegenden Wolldecke zu und begab sich dann ins Esszimmer gleich nebenan, um gemütlich einen Kaffee zu genießen. Gleich danach machte er sich dran, das Abendessen vorzubereiten. Er wollte mal wieder Lachspizza machen. Das war ja das Leibgericht der Bauers. Er schnappte sich den XXL-Teig, dazu den Orangenlachs, Creme Fraiche und Mozzarella zum überbacken aus dem Kühlschrank. Dazu nahm er auch gleich etwas Rucola, um diesen später nach dem Backen auf der Pizza zu verteilen. Der Ofen war schon vorgeheizt und Tom packte das ganze Blech auf die mittlere Backschiene. Kaum hatte er die Zeit eingestellt, hörte er schon ein

Geräusch, welches wohl von der Eingangstür herrührte.

Tatsächlich, da kam Evelyn schon und steckte ihre Nase vorsichtig zur Küche herein. „Hallo, Schatz, ich bin's", sagte sie kurz, „na, was zauberst du denn da?" Und schon hatte Tom einen dicken Knutscher auf der Wange.

„Hey Süße, hallo, ich habe uns Lachspizza in den Ofen geschoben", konterte er.

„Hmmmmmmm, gute Idee, und wo ist Lulu?"

„Schau mal ins Wohnzimmer, sie liegt auf der Couch und schläft."

Lulu aber hatte ihre Mama schon gehört und kam in den Flur gelaufen, um sie zu begrüßen. Sie sprang ihr in die Arme und die beiden drückten sich.

Die 20 Minuten Backzeit für die Pizza waren um und Tom bereitete alles vor. Die drei setzten sich an den Esszimmertisch und genossen gemeinsam ihr Abendessen. Lulu hatte gar nicht so viel Hunger, weil sie doch so geschafft war, und Tom legte sie in ihr Bett. Das mit dem Geschichtenerzählen hatte sich dann auch erledigt, denn Lulu war schon eingeschlafen. Er ging runter zu Evelyn und sie tranken noch gemeinsam ein Glas Rotwein, bevor sie sich dann auch schlafen legten.

Freitag, 9. Oktober

7:00 Uhr, der Wecker klingelte. Tom erschrak etwas, denn er war mitten aus einem Traum gerissen worden. Er schlug nach dem verflixten Teil, worauf das Ding zu Boden fiel. Evelyn schlief noch tief und fest und hatte wohl von dem ganzen Kampf nichts mitbekommen. Sie hatte heute frei und wollte den Tag mit Lulu verbringen.

Tom gab ihr einen Kuss auf die Wange und deckte sie richtig zu, dann stand er auf, ging ins Bad und stellte sich unter die Dusche. Schnell noch die Zähne geputzt, dann war auch schon angezogen und machte sich runter in die Küche. Er steckte eine Kaffeekapsel in den Automaten und drückte den Brühknopf. Hmm, wie das roch, ein wohliges Gefühl machte sich in ihm breit, er goss sich reichlich Milch obenauf und setzte sich, nachdem er den General-Anzeiger aus dem Zeitungsschlitz geangelt hatte, an den Tisch im Esszimmer. Tom hatte sich angewöhnt, die Zeitung immer von hinten nach vorne zu lesen, warum auch immer. Nachdem er beim

Kreuzworträtsel einige Lösungen eingetragen hatte, blätterte er weiter bis auf die Todesanzeigen. Das hatte wohl auch mit seinem Job zu tun, dass er immer genau dort alle Anzeigen durchschaute und teilweise auch etwas betroffen war, vor allem, wenn es dort junge Leute betraf.

Unter anderem stand da die Anzeige zum Tod von Frau Schneider. Das war die Mutter des damals aufgefundenen Mädchens am Mehlemer Bach.

Die Beisetzung fand heute auf dem Friedhof in Niederbachem, Mehlemer Straße 6, um 15:00 Uhr statt. Tom war sofort klar, dass er da hinmusste, zwar nur im Hintergrund, aber er wollte auf jeden Fall anwesend sein. Er notierte sich die Zeit sofort im Terminkalender seines Smartphones. „Wollen doch mal sehen, wer sich da so alles die Ehre gibt", dachte er sich.

Weiter war nichts Interessantes zu lesen und Tom schlug die Zeitung zu, um sich seiner Arbeit zuzuwenden.

Tom trank den letzten Schluck seines mittlerweile kalten Kaffees und machte sich dann fertig, um noch einmal ins EKZ zu fahren. Er verabschiedete sich noch schnell mit einem Kuss auf die Wangen von seinen beiden Mädels und schon war er durch die Tür.

Als er die Ahrtalstraße in Werthhoven hochfuhr, betete er noch schnell sein Vaterunser, was sein tägliches Ritual war. Am Einkaufszentrum angekommen, holte er noch einmal tief Luft und ihm war klar, dass jetzt kein freundliches Geplauder stattfinden würde. Er stieg aus dem Fahrzeug und ging in den Edeka. Oben im ersten Geschoß angekommen, klopfte er kurz an die Tür des Filialleiters. Nichts regte sich, er versuchte es erneut. Wieder gab es keine Reaktion. Er trat ein und fand ein leeres Büro vor, nicht mal ein Licht war eingeschaltet „Okay", dachte Tom, „und was wird das nun?", fragte er sich weiter.

Er klopfte an die Tür der Sekretärin und trat dann aber ohne aufgefordert zu werden ein. Da saß die junge Dame am Tisch und tat so, als hätte sie ihn gar nicht bemerkt. „Also, jetzt platzt mir gleich der Kragen!", kam es aus Toms Mund, „Können Sie mir gefälligst sagen, wo Ihr Chef, Herr Schmidt, ist?" Die junge Frau tat etwas erschrocken, aber sie sagte keinen Ton. Ihr Gesicht war etwas gerötet, Tom konnte fühlen, wie sie unter Druck stand. „Sie sollen mir sagen, wo ihr Chef ist!"

„Er, er hat sich für heute krankgemeldet", stotterte sie, „er wird in dieser Woche nicht mehr ins Büro kommen, sagte er mir."

„Bitte, was? Was geht hier vor? Sie geben mir jetzt sofort seine Adresse, und das etwas zügiger, wenn ich bitten darf."

„Nein, das werde ich nicht tun! Da bekomme ich ein Riesenärger."

„Hören Sie, Frau…?"

„Kramer, Julia Kramer."

„Frau Kramer, Sie bekommen einen noch größeren Ärger, wenn Sie mir seine Adresse nicht geben, ich ermittle hier in einem Mordfall, haben Sie überhaupt eine Ahnung, wie ernst diese Sache ist? Mann, Sie machen sich strafbar, raus mit der Sprache."

Julia Kramer brach in Tränen aus und brach dann ein. Sie notierte etwas auf einen kleinen weißen Zettel und reichte ihn dann Tom. Da stand:

Waldstraße 21, Wachtberg- Pech.

Tom drehte sich um und ging ohne sich zu verabschieden, er schloss die Tür und war schon auf der Treppe. Er ging langsam und die Gedanken in seinem Kopf waren voller Fragezeichen. Bei seinem Wagen angekommen, musste er wieder tief Luft holen, um runterzukommen. Er setze sich hinein, startete dem Motor und fuhr los. Es war mittlerweile 11:00 Uhr.

Er fuhr an Pech vorbei und wurde wieder einmal geblitzt, was ihm gerade ziemlich egal war, er kochte vor Wut und wollte Schmidt unbedingt zur Rede stellen. An der Kreuzung bog er links ab und nahm sofort die zweite rechts, den Nachtigallenweg, hoch durch den Ort. Er wusste wo die Waldstraße sich befand, denn sein Freund und Kollege Kai Ramseeger wohnte dort.

Bei der 21 angekommen, parkte er den Wagen unmittelbar vor dem Haus, er konnte ja nicht ahnen, was heute noch passieren sollte. Er ließ, nicht ganz konzentriert, den Schlüssel im Zündschloss stecken und trat vor die Eingangstür des Hauses. Anstatt einer Klingel hing dort eine kleine Glocke mit einem Schlägel von der Decke. Er bediente sich dieser, dass es nur so schepperte. Die Tür wurde geöffnet und kurz erschien Lothar Schmidt im Türrahmen. Dieser schlug urplötzlich die Tür wieder zu, allerdings so, dass Tom sie noch kurz vorm Schließen aufhalten konnte. Schmidt war verschwunden. Tom registrierte schnell die Situation und stürmte ins Haus, dem Flüchtenden hinterher. Er sah noch, wie dieser aus dem großen Wohnzimmerfenster nach draußen verschwand. Tom rannte ihm nach, doch stolperte er über einen auf dem Boden liegenden Schuh und fiel kurz hin. Er war schnell wieder auf den Beinen und machte sich auch durchs Fenster in den hinteren Außenbereich des Hauses. Tom schaute rechts und links, konnte aber niemanden sehen und entschloss sich dann für rechts, um vors Haus zu gelangen. Dort hörte und sah er dann auch, wie ein silberner Mercedes mit Vollgas aus der Garage schoss und am Ende der Straße abbog und verschwand. Der Ermittler stürmte zu seinem Wagen und musste dann feststellen, dass sein Schlüssel nicht mehr im Zündschloss steckte. „Oh Mann, ich Idiot!", schrie Tom. Er nahm sein Smartphone und tippte die 110 ins Display.

„Moin, hier Hauptkommissar Tom Bauer, ich möchte, dass Ihr sofort eine Fahndung rausgebt. Flüchtige Person, Lothar Schmidt, 48 Jahre, in einem silbernen S-Klasse-Mercedes, Kennzeichen SULS 222. Bitte zügig und schickt mir bitte eine Streife nach

Wachtberg-Pech Waldstraße 21, der Flüchtende hat mir den PKW- Schlüssel entwendet."

Eine halbe Stunde später kam dann auch ein Streifenwagen angefahren, um Tom abzuholen. Er stieg in den Wagen und lotste die Kollegen nach Werthhoven, um dort seinen Ersatzschlüssel zu bekommen. Hinter Schmidt brauchten sie nun nicht mehr her, außerdem lief ja die Fahndung, früher oder später würde man ihn finden.

Die Kollegen brachten Tom wieder zurück nach Pech, er bedankte sich und begab sich in sein Fahrzeug. Erst wollte Tom sofort losfahren, doch dann kam ihm der Gedanke, wenn er doch schon hier sei, könnte er auch das Haus durchsuchen. „Wer weiß, wofür dies gut sein könnte?", dachte er.

Er hatte einen Dietrich dabei und schon stieg er wieder aus dem

Wagen. Es hatte wohl zwei Minuten gedauert und schon stand Tom im Haus, er schloss die Tür hinter sich und begann mit der Untersuchung. Wie von Geisteshand gesteuert ging er sofort ins Wohnzimmer und durchstöberte die Schubladen unter dem Fernsehgerät. In diesem Raum fand er aber nichts, und so macht er sich auf, auch die anderen Räume des Hauses zu durchstöbern. Tom war im Schlafzimmer des Herrn Schmidt angekommen und machte sich an dessen Schrank zu schaffen. Im unteren Abschnitt, etwa in der Mitte des großen Schrankes, waren Schubladen, welche Tom nun öffnete. „Ach nee, was haben wir denn hier? Dieser Misthund!" Tom kochte schon wieder. „Meine Fresse, die ganze Schublade ist voll davon. Na warte, wenn ich dich erwische, mein Freund!"

Tom hatte eine ganze Kiste voll mit DVDs gefunden und alle waren beschriftet mit Dingen, die man eigentlich nicht finden wollte. Alles Teenie-Pornos und Nacktbilder von minderjährigen Mädchen. Tom war extrem geschockt, da lagen auch Unterwäsche und Slips in kleinen Größen, er rief sofort noch einmal die Kollegen an.

„Ja, hier nochmal Hauptkommissar Bauer. Bitte sagt mir sofort Bescheid, wenn ihr den Gesuchten ergriffen habt, ich muss ihn unbedingt sofort verhören. Jaja, okay, ja, bis dann."

Tom schaute auf die Uhr. „Ach Mist, schon gleich drei, ich muss unbedingt nach Niederbachem, die Beerdigung." Und schon war er aus dem Haus und in seinem Wagen unterwegs nach Niederbachem.

Dort am Friedhof angekommen, stellte er sein Fahrzeug ab und ging behutsam auf das Gelände zu. Er sah schon von Weitem, wo sich die Leute um ein Grab versammelt hatten, er konnte den Priester sprechen hören. Dann, als er etwas nähergekommen war, sah er sich die Anwesenden etwas genauer an. Er traute seinen Augen kaum, da stand sogar Lothar Schmidt im Hintergrund und beobachtete das Ganze. „Hat denn der gar keine Skrupel? Dieser Misthund, na warte, dich krieg ich!", dachte Tom und Wut stieg in ihm auf, doch musste er innehalten, denn hier würde er nicht zugreifen können. Er informierte kurz übers Handy die Kollegen, welche vor dem Friedhof in Stellung gehen sollten.

Als die Zeremonie vorbei war, sah Tom, wie Schmidt sich aus dem Staub machen wollte. Er verließ den Friedhof durch das vordere Tor und wollte sich gerade in seinen Wagen setzen, doch da waren schon die Jungs der Polizei Bonn und hielten ihn auf. Tom lief auch durchs Tor und auf den Gefassten zu. Dieser wehrte sich, hatte jedoch keine Chance, die Kollegen hatten im fest im Griff und setzten ihn in den Polizeiwagen.

„Na, Herr Schmidt", begrüßte ihn Tom, „so sieht man sich wieder, was? Bringt ihn sofort nach Bonn und sperrt ihn ein", sagte er zu seinen Kollegen und übergab ihnen noch die Kiste mit den DVDs und die anderen von ihm sichergestellten Dinge, die er im Haus des Gefassten gefunden hatte. „Ich bin ja mal gespannt, Herr Schmidt, wie Sie sich da rausreden wollen. Und jetzt geben Sie mir auf der Stelle meinen Wagenschlüssel, bevor ich mich ganz vergesse." Lothar Schmidt zögerte nicht lange und gab Tom den Schlüssel. Tom verabschiedete sich von seinen Kollegen und begab sich ohne weitere Worte zu seinem Fahrzeug. Er setzte sich hinein, startete den Motor und fuhr zügig los.

Als Tom ein Weilchen später an der Kreuzung beim EKZ angekommen war, bekam er plötzlich Lust auf Kaffee und Kuchen und er bog rechts ab, um sich kurz beim Obsthof Schneider Erwünschtes abzuholen. Er parkte seinen Wagen direkt vorm

Gebäude und war schon im Innenraum des Obsthofes verschwunden. Er ging rechts durch den Laden bis hinten zur großen Holzbank, setzte sich dort hin und genoss das rege Treiben der Leute und das tolle Flair. Dann reichte man ihm den bestellten Milchkaffee und er holte sich an der Kuchentheke ein schönes Stück Mandeltorte. Nun machte er sich sofort darüber her.

Sein Telefon meldete sich, Tom ging ran: „Ja Tom Bauer hier, ah Schatz, du bist es. Was, ach so, ich denke so in einer Stunde bin ich da, okay? Ja gut, dann bis gleich, hab dich lieb, Kuss."

Nachdem Tom Mandeltorte und Kaffee verspeist hatte, stand er auf und wollte zahlen. Dann fiel ihm ein, seiner Frau und Lulu doch ein paar Blümchen mitzubringen. Er fand einen schönen Gerbera Strauß für Evelyn und ein kleines Blumentöpfchen mit Strauchröschen für Lulu, dann zahlte er seine Rechnung an der Kasse und verließ den Hofladen gut gelaunt.

Zu Hause angekommen, wurde Tom schon von seinen Mädels erwartet. Evelyn kniete mit Lulu vor der Haustür und sie hatten die ganze Einfahrt mit bunter Kreide angemalt. Tom blieb auf der Straße davor mit seinem Wagen stehen und stieg aus, er nahm sein Smartphone und fotografierte die beiden Künstlerinnen. „Na, was macht ihr denn da? Das sieht ja richtig schön aus."

„Hallo, Papa, ja gell", rief Lulu.

„Hallo, Schatz, wie geht's", meldete sich Evelyn immer noch kniend und im Mal-Wahn.

Er nahm Lulu erst mal auf den Arm und ging dann mit ihr weiter zu Evelyn. Die drei drückten sich gemeinsam und freuten sich aufeinander.

„Schaut mal im Wagen auf den Rücksitz, da hab ich euch was mitgebracht."

Evelyn und Lulu begaben sich zum Auto und öffneten die hintere rechte Tür und erblickten die Blumen. Sie waren beide sehr erfreut und Lulu hüpfte vor Begeisterung von einem Bein auf das andere. Beide wussten auch sofort, was für wen bestimmt war.

„Oh, danke Papa, Blümchen, die bring ich sofort in mein Zimmer und stell sie zu den anderen auf die Fensterbank", freute sich Lulu, sie küsste Tom im Vorübergehen auf die rechte Wange und verschwand im Haus.

Evelyn drückte ihren Tom und dann machten die zwei sich auch rein, um zum gemütlichen Teil des Abends zu kommen. Sie konnten hören, wie Lulu vergnügt oben in ihrem Zimmer war. Sie summte ein Liedchen und tanzte wohl rum.

Tom hatte die Idee, heute doch Pizza zu bestellen, da sagten Lulu und Evelyn natürlich nicht nein und schon hatten sie die Speisekarte von Sorrento zur Hand. Nachdem sie die Bestellung aufgegeben hatten, bereiteten sie den Tisch im Esszimmer vor und warteten ungeduldig auf das Eintreffen des Pizzalieferanten.

Nach wohl einer halben Stunde klingelte es an der Haustür und Lulu war schon ganz aufgeregt, sie sprang ihrem Vater hinterher, um den Pizzamann zu begrüßen. Tom zahlte gerade und verschloss die Tür wieder.

„Hmmmm, schau mal, was ich hier habe", meinte er zu Lulu, „alles meins."

„Och Papa, nö, ich hab auch was ausgesucht", schluckte sie nur.

Und schon waren sie im Esszimmer. Tom rollte nur noch schnell mit dem Pizzamesser durch die Leckereien, dann verteilte er diese auf die bereitgestellten Teller.

Der Schmaus hatte begonnen und die drei hatten sichtlich Spaß dabei. Später, nachdem sie fertig mit dem Essen waren, räumten sie gemeinsam den Tisch ab und spielten noch zusammen eine Runde UNO. Lulu mochte dieses Spiel besonders, und weil sie noch in der Lernphase war, wurde mit aufgedeckten Karten gespielt.

Später brachte Tom sie zu Bett und las ihr noch etwas von seiner selbstgeschriebenen Kindergeschichte vor. Lulu war auch dieses Mal nach kurzer Zeit eingeschlafen. Tom deckte sie ganz zu und ging leise aus dem Zimmer. Die Tür ließ er immer einen Spalt offen, so war Lulu es gewöhnt und die beiden konnten ihre Kleine sofort hören, wenn sie rufen sollte oder schlecht träumen würde.

Evelyn hatte noch zwei Gläser mit einem guten Schluck Cao-Ila vorbereitet, welchen sie und Tom dann noch gemütlich genossen. Im Fernsehen lief eine Geschichtsdoku, was die beiden gerne mochten. Tom war auch ziemlich geschafft und war dann auch schnell auf dem Sofa eingenickt.

Evelyn weckte ihn, nachdem die Dokumentation geendet hatte, und die beiden machten sich ins Bett.

Samstag, 10. Oktober

Es war kurz nach 9:00 Uhr und Tom saß schon, noch in den Pyjama gekleidet, am kleinen Tisch in der Küche und blätterte in seinem General-Anzeiger. Er hatte sich dazu ein schönes Glas Milchkaffee gezaubert und genoss gerade die Ruhe.

Das Smartphone in seiner Jackentasche im Flur meldete sich. Tom stürze in den Gang, um es schnell zu beruhigen, seine Mädels sollten doch noch schlafen können.

Er sah aufs Display. „Ach, Moin, hallo, Kai, du bist es, wer hat dich denn so früh aus dem Bett geworfen? Was? Wann? Seit wann weißt du das? Mann, Leute, wieso muss ich euch immer alles aus den Nasen ziehen? Wieso kommt nicht einer mal auf die Idee, mir was zu sagen oder mitzuteilen, wenn es wichtig scheint? Ja, danke dir, schönes Wochenende."

Noch etwas verärgert nahm Tom wieder Platz am Tisch in der

Küche und nahm einen großen Schluck vom Kaffee. Er legte seinen Hemingway vor sich, schlug ihn auf und notierte, was Kai Ramseeger ihm gerade mitgeteilt hatte.

Er schrieb:

Günther Schneider, Vater der Toten Nicole Schneider, hatte kurz nach dem Tod der Tochter den Filialleiter des EDEKA; Lothar Schmidt, im Büro aufgesucht. Dieser musste nach diesem Kontakt im Krankenhaus verarztet werden. Was war da passiert?

„Na, jetzt wird es aber doch spannend", dachte Tom, „was hat denn das jetzt wieder zu bedeuten? Ich glaube, der Schmidt hat ganz schön was auf dem Kerbholz, mehr als für ihn gut wäre. Am Montag werde ich ihn erst einmal richtig zur Rede stellen."

Er schlug sein Notizbuch wieder zu und genehmigte sich noch einen Milchkaffee, dazu stöberte er weiter in der Zeitung. Tom schlug die Seite mit dem täglichen Kreuzworträtsel auf und machte sich darüber her. Als er keine Lösungen mehr parat hatte, legte er diese zur Seite, trank seinen Rest Kaffee aus und sprang dann unter die Dusche.

Evelyn und Lulu schliefen noch tief und fest und Tom wollte sie auch nicht wecken, er zog sich an und ging runter in den Flur, um sich seine Schuhe anzuziehen, außerdem wollte endlich mal den Wagen waschen, das war dringend nötig. Tom öffnete das Garagentor, schloss den Gartenschlauch am Wasserhahn über dem Waschbecken an und begann damit, seinen BMW zu waschen. Als er damit durch war, nahm er sich auch noch schnell den SMART seiner Evelyn vor, was dann schnell erledigt war.

Solche Samstage genoss der Ermittler, er konnte dabei richtig gut entspannen. Tom holte sich noch einen Kaffee aus der Küche und setzte sich damit auf die kleine Bank vors Haus, die Sonne strahlte und gab ihm die Energie, die er gerade brauchte. „Hach, herrlich", schluchzte er zufrieden und legte seinen Kopf nach hinten gegen die Hauswand, wobei er die Augen schloss.

Tom schreckte auf, er war kurz eingenickt, sein Smartphone spielte mal wieder das Lied vom Tod.

Er nahm das Gespräch an: „Tom Bauer, hallo? Ah, hey Sabine, na, was gibt es?"

„Hallo, Tom, ich habe da was entdeckt, was mich etwas stutzig macht!"

„Ah, okay, was genau?", hakte der Ermittler nach.

„Du erinnerst dich doch noch an Nicole Schneider?"

„Ja klar, die Kleine, die damals im Mehlemer Bach gefunden wurde, wieso?"

„Da gibt es was, was ich dir mitteilen muss. Halt dich fest."

„Okaaaay?!", kam es etwas verwundert aus Toms Mund.

„Ja, da gab es etwas, was mich nicht in Ruhe lässt. Die SpuSi hatte damals Hautpartikel unter den Fingernägeln und Fremdhaar in der einen geschlossenen Hand der aufgefundenen Toten gefunden und sichergestellt."

„Ja, und weiter?", der Ermittler war doch sehr aufgeregt.

„Na, man hat dieses aber wohl nicht weiter untersucht. Ich werde mich heute noch ins Archiv an der Bornheimer Straße begeben und versuchen, ob ich da noch irgendetwas finden kann, ich würde mich dann später bei dir melden."

„Äh, klar, ja, mach das, komische Sache. Das wird ja immer verrückter", stotterte Tom.

„Okay, dann bis später also, ich melde mich, tschüss Tom."

„Ja, danke dir, bis nachher."

Tom versuchte, sich wieder etwas zu beruhigen und holte sich noch einen Kaffee aus dem Haus, um diesen draußen zu genießen. Kaum saß er wieder vor der Tür an der Hauswand, überkam ihn die Ruhe und er genoss dies sehr.

Nebenbei hatte er sich noch Notizen in seinen Hemingway geschrieben.

„Die Geschichte wird echt immer verrückter", dachte er und schüttelte den Kopf. Er nickte kurz ein.

Da wurde die Tür aufgezogen und Evelyn reckte sich in der Sonne, sie stand auf der obersten Stufe, schaute sich ihren schlafenden Mann an und musste schmunzeln.

„Hey, alte Schlafmütze!"

„Äh, was?" Tom erschrak etwas. „Ach du bist es, na, Schatzi, alles gut, hast du schön geschlafen?"

„Ja, habe ich", entgegnete sie.

„Und du, was machst du?"

Och, ich habe nur die Autos gewaschen und war wohl gerade kurz eingenickt. Komm, setz dich zu mir, es ist gerade so bequem", so Tom weiter.

„Du", so Evelyn zaghaft, „ich habe eine Überraschung."

„Okay, und?"

„Also, wir, wir sind wieder schwanger." Evelyn musste grinsen.

Tom schluckte kurz und sprang auf. „Was, ich werde wieder Vater, jaaaaa, wie schön ist das denn!" Er schnappte sich seine Frau und drückte diese fest an sich. „Oh Mann, wie ich mich freue, was wird es denn? Wie weit bist du?", kam es aus ihm geschossen. Er war nun sehr aufgeregt und auch nervös.

„Also, was es wird, weiß ich noch nicht, aber ich bin in der 3.Woche und alles ist so, wie es sein sollte, sagt Frau Dr. Wegener." Evelyn strahlte übers ganze Gesicht und ihre Freude war ihr anzusehen.

Die beiden drückten sich weiter innig und tanzten leicht über die Hofeinfahrt.

Wieder wurde die Haustür aufgezogen und die kleine Lulu stand, noch ins Nachthemdchen gekleidet, im Rahmen. Sie schaute die beiden fragend an und war noch sehr zerknittert in ihrem Gesicht.

Guten Morgen, meine Kleine, rief Tom und lief auf sie zu, um sie auf den Arm zu nehmen. Er packte sie und hob sie in die Luft. „Na, du kleine Maus, hast du gut geschlafen?"

Lulu war noch fast im Schlaf und antwortete nicht, sie kuschelte sich an ihren Vater, was dieser sehr genoss.

Die drei machten sich auf ins Haus, um gemeinsam zu frühstücken und Tom machte sich daran, Lulu anzuziehen. Danach half er ihr noch kurz im Bad und die beiden setzten sich dann vergnügt zu Evelyn an den Tisch in der Küche, der schon reichlich gedeckt war.

Als sie das Frühstück abgeschlossen hatten, räumten sie gemeinsam den Tisch ab. Tom räumte die Spülmaschine ein Evelyn putzte noch kurz mit einem feuchten Tuch über den Tisch.

Evelyn und Lulu waren mit einer Freundin verabredet, um in Bonn shoppen zu gehen, sie machten sich schnell fertig und verabschiedeten sich von Tom. Kurz darauf waren sie auch schon in Evelyns Smart verschwunden und rollten vom Hof.

Tom zapfte sich noch einen Kaffee aus der Maschine und nahm seine Notizen zur Hand.

Er setzte sich wieder raus auf die Bank und studierte die Aufzeichnungen. Er konnte bei dieser ganzen Geschichte keinen richtigen Faden finden und kaute diese Tag um Tag noch einmal durch. Was stimmte hier nicht?

Montag, 12. Oktober

Sabine Heinrichs, die junge Rechtsmedizinerin, war schon Tage lang auf der Suche nach den Beweismitteln aus dem Fall Nicole Schneider. Nichts hatte sie bis heute finden können. Sie war sehr sauer und genervt, hatte sie sich doch einiges von den Beweismitteln versprochen.

Wo sind diese nur verblieben? Was wurde hier gespielt? Was soll hier vertuscht werden? Es muss doch einen Grund geben, warum diese Dinge nicht mehr aufzufinden sind!

„Keine Angst, ich komme dem noch auf die Schliche", dachte sich Sabine und gab nicht auf, weiterzusuchen, „und wenn ich hier alles auf den Kopf stellen muss."

Tom hatte sie auch schon darüber informiert, und er war genauso überrascht und sprachlos gewesen. Er wurde auch mittlerweile sehr misstrauisch gegenüber jedermann, deshalb hatte er mit seiner Kollegin abgesprochen, nichts mehr an die große Glocke zu hängen, egal was sie nun finden würden. Hier wurde bestimmt jemand geschmiert und er wollte diese Person zur Strecke bringen, egal was passieren würde.

Am Abend traf er Sabine noch einmal, um mit ihr ein paar Dinge abzuklären. Sie hatte sich beim Obsthof Schneider zum Kaffee verabredet und kamen fast zeitgleich dort an.

„Na, Bienchen", meinte Tom.

„Na, du", gab sie zurück.

„Komm, lass uns erst mal einen Kaffee bestellen, und dann können wir uns ja nach draußen setzen, okay?"

„Klar, Tom, gerne."

Nachdem sie dies getan hatten, kamen sie wieder aus dem Laden und setzten sich linker Hand in einen Pavillon.

Tom hatte sich noch ein Stück Schwarzwälder Torte geholt und Sabine gab sich mit einem Puddingteilchen zufrieden.

Nachdem die beiden aufgegessen hatten, unterhielten sie sich noch eine ganze Weile und beschlossen vor allem, keine

Nachrichten mehr nach außen zu tragen, die mit ihrem Fall zu tun hatten. Erst einmal müssten sie herausfinden, wo hier das Leck im Boot ist, wie Tom es nannte.

Es war nun schon 18 Uhr, Tom verabschiedete sich von Sabine und machte sich auf den Weg nach Hause. Dort angekommen parkte er seinen Wagen vor der Haustür, stieg aus und schloss diesen ab.

Er wollte gerade die Tür zum Haus öffnen, als er etwas am Boden liegen sah. „Hä, was ist das denn?", fragte er sich. Er nahm vorsichtshalber Gummihandschuhe zur Hand und bückte sich, um das Gefundene aufzuheben. Es war ein grauer Briefumschlag, den wohl jemand dort abgelegt hatte, dieser war leicht unter die Tür geschoben worden.

„Okay, was kommt jetzt", sagte Tom zu sich.

Er öffnete das Kuvert. Drinnen befand sich ein in der Mitte gefaltetes Papier. Tom faltete dieses auseinander und musste doch kurz innehalten.

„Also, also was wird das jetzt?", überkam es ihn.

Er hielt ein Schreiben in den Händen, welches wohl mit einer alten Schreibmaschine getippt worden war. Darauf stand:

LASSEN SIE AB VON DEM FALL IM EKZ.

ES WÄRE BESSER SO. WENN NICHT WERDEN SIE MICH KENNENLERNEN:

ER WÄRE BESSER SIE HALTEN SICH DARAN!!!

Tom schluckte noch einmal kurz und war dann doch wieder ganz klar. Von wem war dieses Schreiben? Was geht hier vor? Er steckte das Schriftstück erst in eine kleine Plastiktüte und dann in die Hosentasche und ging erst einmal ins Haus. Drinnen begrüßte er seine Frau und Lulu kam auch schon angelaufen.

Evelyn konnte ihm sofort ansehen, dass etwas nicht in Ordnung war.

„Hey Schatz, was ist los? Du schaust so besorgt?"

„Ach, ahm, nee nee, alles gut soweit, es ist nur…"

„Was denn? Komm schon, sprich mit mir!"

„Warte bis Lulu im Bett ist, okay? Ich muss noch kurz Sabine in der Gerichtsmedizin anrufen, dann komm ich zu dir", sagte Tom etwas nervös.

Evelyn willigte ein und machte Lulu bettfertig. Sie goss danach etwas Rotwein in einen Dekantier und stellte zwei Gläser dazu. Sie setzte sich vor den Kamin und wartete auf Tom.

Tom saß in seinem kleinen Büro und wählte Sabines Nummer. Es klingelte und dann wurde der Hörer abgenommen.

„Ja, hallo, Sabine, ich bin es, Tom."

„Ah, Tom hey, du so spät noch? Hast aber Glück gehabt, ich wollte gerade gehen. Was ist denn los?"

Tom erzählte ihr die Geschichte vom Fund vor seiner Haustür und sie war merklich geschockt.

„Was, vor deiner Tür? Was geht denn hier ab?

„Ich werde dir das Schreiben morgen früh vorbeibringen, kannst du bitte dann schnell nach Spuren oder Fingerabdrücken darauf suchen?"

„Ja klar, mach ich."

„Okay Sabine, dann bis morgen, mach´s gut."

„Ja, dir einen schönen Abend und mach die keine Sorgen, alles wird sich aufklären, tschüssie."

Tom legte den Hörer auf und machte sich auf den Weg runter ins Wohnzimmer zu seiner Evelyn, die schon mit dem Wein wartete.

Er setzte sich zu ihr und berichtete, was heute so passiert war und dass er vor der Wohnungstür diesen mysteriösen Brief gefunden hatte.

„Was, hier vor unserer Tür? Oh Gott, Tom, was hat das zu bedeuten?"

„Schatz, beruhige dich, ich werde das schon in Ordnung bringen.

Du brauchst in deiner jetzigen Situation sowieso absolute Ruhe..."

„Was meinst du damit, Tom? Ich kann doch so keine Ruhe finden?!"

„Nein, das ist mir klar, Liebes, aber ich habe da so eine Idee."

Evelyn schluckte kurz. „Dann raus damit, komm schon, Tom." Sie nippte an ihrem Wein.

„Ich, ich möchte, dass du dir die Kleine nimmst und nach Esens fährst."

„Aber Tom, ich…"

„Nichts aber, Schatz, hier geht es jetzt in erster Linie um eure Sicherheit, ich weiß nicht, was noch passieren wird! Ihr seid dort in guten Händen und Klaus Weiler weiß auch schon Bescheid. Er hat schon alles vorbereitet und erwartet euch. Aufregung ist für dich nun keine Option, du bist schwanger und solltest geschont und beschützt sein. Ich möchte einfach, dass es dir und Lulu gut geht."

„Na gut, okay, du hast ja Recht, ich werde gleich in der Uni anrufen und mich für ein paar Tage beurlauben lassen, das ist sicher kein Problem", willigte Evelyn dann ein.

„Du kannst ja Claudia fragen, ob sie Lust und Zeit hat mitzukommen. Sie würde natürlich wie immer bezahlt werden und um ihre weiteren Auslagen würden wir uns auch kümmern. Hauptsache ihr seid in Sicherheit, und an den Wochenenden würde ich versuchen, zu euch zu kommen. Es wird auch sicher nicht so lange dauern, bis die Sache hier erledigt ist."

„Ja klar, ich verstehe schon, ich werde gleich unsere Taschen packen und Claudi anrufen. Ich würde sagen, wir fahren gleich morgen früh, dann kommen wir am besten über die 31 Richtung Emden."

„Ja genau, Liebes, das ist eine gute Idee. Ich werde noch kurz bei Enterprise anrufen, damit ihr einen vernünftigen Wagen für die Fahrt bekommt. Den können die ja morgen früh hier anliefern, okay?"

Evelyn nickte und machte sich an die Arbeit. Sie war zwar etwas aufgeregt, aber sie wusste auch, dass sie ihrem Tom vertrauen konnte. Er würde sie nicht darum bitten, wenn es nicht nötig wäre, außerdem würden ein paar Tage Küste richtig guttun und Lulu hätte sicherlich auch viel Spaß dabei.

Toms Frau nahm sich zuerst das Telefon zur Hand, um Claudia Kern anzurufen. Diese war etwas überrascht, sagte aber dann gerne zu und wollte am Morgen wie immer bei den Bauers sein.

Tom trank seinen Wein aus und setzte sich noch einmal ins Büro, um ein paar Sachen vorzubereiten und bei Enterprise anzurufen. Das klappte alles ganz gut und der Wagen wurde auch sofort bestätigt. Man würde ihn um 8:00 Uhr zustellen, sagte man Tom.

Dienstag, 13. Oktober

Die Bauers waren schon früh aufgestanden und auch Lulu rannte schon freudig im Haus auf und ab. Mama hatte ihr erzählt, dass sie für ein paar Tage ans Meer fahren würden, um etwas Urlaub zu machen. Die Kleine hatte schon einiges an Wasserspielzeug zusammengetragen und ihre Schwimmsachen rausgekramt. Evelyn hatte ihr einen kleinen Koffer geöffnet aufs Bettchen gelegt und sie versuchte nun, alles in diesem unterzubringen.

Evelyn, Tom und Claudia Kern tranken noch zusammen einen Kaffee und besprachen einige Dinge, die beachtet werden müssten. Es klingelte an der Haustür und Tom ging vor, um diese zu öffnen.

„Hallo, guten Morgen, ich bin Stefan Schmidt von Enterprise und würde Ihnen gerne den bestellten Pkw übergeben. Sie sind wohl Herr Bauer?"

„Ja, guten Morgen, Herr Schmidt, das bin ich, das klappt ja prima mit ihrem Service", entgegnete Tom.

Sie gingen noch kurz zusammen rund um den Wagen, der auf der Einfahrt parkte, um festzustellen, ob es irgendwelche Vorschäden gab. Als dies erledigt war, überreichte Herr Schmidt den Wagenschlüssel an Tom und verabschiedete sich dann. Er stieg zu seinem Kollegen in ein Fahrzeug, welches vor der Einfahrt stand, und schon waren sie davongebraust.

Tom schaute sich noch kurz den Innenraum des Wagens an und war zufrieden mit dem, was ihnen da geliefert worden war, es war ein 3er Audi in silbergrau, sehr schön anzusehen.

Er ging wieder ins Haus und setzte sich wieder zu Evelyn und Claudia an den Esstisch. Nachdem alles Weitere besprochen war und alle Taschen und Köfferchen sicher im Wagen verstaut waren, machten sich die drei „Damen" auf den Weg nach Ostfriesland. Tom hatte sie noch verabschiedet und winkte den Abfahrenden lange hinterher.

„So, nun nichts wie an die Arbeit", dachte er laut, packte sich seine sieben Sachen zusammen, schloss die Haustür zu und verschwand in seinem Pkw. Er war unterwegs nach Bonn, erst bei Sabine Heinrichs vorbei, um den aufgefunden Brief abzugeben und dann zur Polizeidienststelle auf der Bornheimer Straße, um endlich eine Soko zusammenzustellen. Er hatte am Abend noch mit Kai Schneider telefoniert, der alles vorbereitet haben sollte.

Gerade war er vor der Gerichtsmedizin eingetroffen, da klingelte auch schon sein Smartphone.

„Tom Bauer, hallo, was, sprechen Sie bitte etwas lauter! Ach, hey Sabine, kannst auflegen, ich stehe vor der Tür!

Was, du bist gar nicht da? Was ist los? Deine Reifen sind zerstochen? Ja, ja klar, ich hol' dich ab, kein Problem. Wo nochmal, Endenicher Straße 14, ja klar, kein Thema, bis gleich." Tom legte das Telefon beiseite und machte sich auf den Weg. „Was geht hier vor? Wer horcht uns hier aus? Langsam bin ich doch etwas irritiert", dachte Tom.

Bei Sabine vor der Wohnung angekommen, sprang er kurz aus dem Wagen, um sich das Malheur anzusehen. Da hatte doch tatsächlich jemand die Räder des Pkw zerstochen, man konnte ganz klar die Einstiche sehen. Er rief sofort die SpuSi an und wartete gemeinsam mit Sabine auf deren Eintreffen.

Nachdem dies alles geschehen war, fuhr Tom Sabine zur

Gerichtsmedizin und übergab ihr den Umschlag mit dem

Schreiben, er verabschiedete sich dann schnell von ihr und machte sich auf den Weg zur Polizeidienststelle. Kai Ramseeger stand schon vor der Tür und erwartete seinen Freund und Ermittler. Tom parkte den Wagen dieses Mal vor dem Revier auf dem Stellplatz für Dienstfahrzeuge.

„Na, Alter, da bist du ja. krasse Sache das Ganze, was?"

„Ja, hey Kai, ja, das kann man wohl sagen. Ich bin echt etwas irritiert. Sind alle da? Können wir sofort beginnen?"

„Ja, alles ist vorbereitet, wir können sofort loslegen, komm rein." Im Besprechungsraum des Präsidiums saßen die Kolleginnen und Kollegen und sahen Tom schon neugierig an.

Regina Sturm, Oberkommissarin und alte Kollegin von Tom, nahm das Wort an sich und eröffnete die Runde: „Hallo zusammen, ich hoffe, wir sind nun vollzählig, damit wir beginnen können? Ja, okay, dann los. Ihr kennt alle Tom Bauer, wir haben unter seiner Anweisung eine Soko zusammengestellt und möchten hiermit auch alle bitten, nichts von dem, was hier in den nächsten Tagen besprochen und ermittelt wird, nach außen weitezugeben. Egal, wer danach fragt, striktes Redeverbot, und das muss wirklich allen klar sein. Jeder, der dabei ertappt wird, ist sofort ohne Warnung raus aus der Truppe. Okay! Das zu Beginn und nun die Sachlage, bitte Tom."

Dieser räusperte sich kurz und setzte dann fort: „Hallo zusammen. Wie ihr teilweise schon erfahren haben solltet, arbeite ich gerade zusammen mit Sabine Heinrichs von der Gerichtsmedizin an einem interessanten Fall. Interessant deshalb, da es sich hier wohl um eine Geschichte handelt, die wohl schon vor ein paar Jahren begonnen hat. Ihr habt den alten Fall vor euch in der angefertigten Mappe liegen. Bitte lest diesen gut durch prägt euch Wichtiges ein und fragt mich, wenn es was zu klären gibt. Ich habe alles, was ihr braucht, so zusammengestellt, dass es übersichtlich ist, teilweise gibt es auch Fotos und andere diverse Beweismittel, die euch allen zur Verfügung stehen.

Es gibt einen kleinen Haken. Sabine sucht immer noch nach Beweismitteln die damals sichergestellt wurden, und danach wohl verschwunden sind, was die Sache sicherlich nicht einfacher macht. Allerdings bin ich ziemlich zuversichtlich, dass wir diese Dinge noch finden werden. Wie gesagt, strickte Geheimhaltung bitte! Fragen nur an mich oder Regina. Okay, das war alles im Moment, ich muss weiter und werde aber morgen wieder hier sein und wir legen dann los.

Gibt es Fragen? Nein? Okay, dann allen einen anregenden Abend, wir sehen uns morgen, ich werde ab mittags, sagen wir gegen 12:00 Uhr, da sein."

Tom verabschiedete sich noch und war schon wieder durch die Tür, um kurz noch einmal bei Sabine in der Gerichtsmedizin vorbeizuschauen.

Als er dort ankam, musste er feststellen, dass Sabine wohl schon Feierabend gemacht hatte. „Naja egal, dann fahr ich auch erst mal heim und versuche, etwas Ruhe zu finden", dachte er sich und fuhr Richtung Heimat.

Mittwoch, 14. Oktober

Toms Smartphone meldete sich, es war eine Nachricht von seiner Evelyn: „Hallo, guten Morgen, mein Schatz. Wir sind super durchgekommen, war fast nichts los auf den Straßen. Hier ist alles in Ordnung, Claudi ist mit Lulu draußen am Strand und ich räume gerade noch hier auf, bevor ich mich dazugesellen werde. Ich hoffe, bei dir ist alles ok soweit? Mach dir keine Sorgen, mit uns ist alles prima und Lulu genießt es hier sehr. P.S. Ich fühle mich gut und freue mich schon auf Dich. Ich melde mich heute Abend. Kuss Evelyn. Ich liebe Dich!"

„Na, das ist doch mal eine gute Nachricht", dachte sich der Ermittler und schwang sich aus dem Bett und rein ins Bad.

Es war schon 9:30 Uhr und er musste sehen, dass er fertig wurde. Schnell die Cordhose und ein bequemes Polo an, die Bootsschuhe angezogen und schon stand er bei seiner geliebten

Kaffeemaschine. Er goss sich etwas Milch in seinen Kaffee-Pott und erwärmte diesen in der Mikrowelle. Dann stellte er das Gefäß unter den Kaffeeauslauf und drückte eine große Tasse Kaffee im Programm. Hmmmm, wie das roch, das machte sofort gute Laune und der Tag konnte kommen.

Wieder meldete sich das Smartphone

„Hallo, Tom Bauer hier, ah, hey Sabine, guten Morgen, was gibt es?

„Du hast Fingerabdrücke gefunden? Ja super, und? Ah, nicht zuzuordnen, okay!? Na, wäre ja auch zu schön gewesen, was? Hast du sonst etwas rausbekommen können? Was, beim BKA in Meckenheim? Wieso das? Okay, na gut, ja, kein Problem, dann also bis später. Ach so, Sabine? Komm doch einfach nachher dazu, wenn wir uns auf dem Revier treffen! Ja, Bornheimer Straße, okay. Ja, melde dich einfach kurz und wir treffen uns dann dort, ist ja auch für den Rest des Teams sicher interessant, was hier wieder läuft. Ach so, ich muss dir noch was Erfreuliches berichten, ich werde zum zweiten Mal Papa. Ja, du hast richtig gehört, schön was? Ja, ich freue mich auch riesig, Ja okay, tschüss bis später."

Tom genoss weiter seinen Kaffee, er hatte sich wieder vors Haus auf die kleine Bank gesetzt und ließ sich die Sonne etwas um die

Nase streicheln. Er wollte heute auch noch mit Lothar Schmidt sprechen, der ja noch in Untersuchungshaft auf der Bornheimer Straße saß. Die ganze Sache wurde ja nun richtig spannend und wer wusste, wie groß die Rolle des Herrn Schmidt in diesem bösen Spiel war?

„Aber was zum Teufel hat das BKA mit der ganzen Geschichte zu tun? Wer steckt da noch mit seinen Fingern drin? Da stinkt doch was zum Himmel hoch, aber was?

Tom begab sich hoch in sein kleines Büro, um sich noch einige Dinge zu notieren, er nahm seinen Hemingway dazu und fing zu schreiben an.

Lothar Schmidt

Nils Spor

Rick Schneider

Wie standen diese drei in Kontakt? Da muss es eine Verbindung geben, welche?

Warum hatte Johanna Spor den Schmidt im EKZ aufgesucht?

Wieso hatte Günther Schneider, der Vater der Toten Nicole Schneider, Herrn Schmidt aufgesucht? Und warum kam es dort zu einer Auseinandersetzung?

Als Tom mit seinen Notizen fertig war, steckte er diese in seine Jackentasche und genoss den restlichen Kaffee aus seinem Becher.

Er schaute kurz auf seine Uhr und stellte fest, dass er sich auf den Weg machen musste, es war schon 11:00 Uhr, und wer wusste, was auf dem Weg nach Bonn unterwegs so los sein würde?

An der Bornheimer Straße angekommen, parkte Tom sein Fahrzeug wieder auf einen der Parkplätze vor dem Haupteingang des Gebäudes. Kaum war er ausgestiegen, stand Kai Ramseeger schon in der Tür und begrüßte den

Ermittler freundlich: „Hey Alter, na, wie sieht es aus? Geht's dir gut?"

„Naja, den Umständen entsprechend, ich schlafe gerade nicht so gut", erwiderte Tom hastig, „ist Lothar Schmidt schon im Verhörraum?"

„Äh, nein, hattest du darum gebeten?"

„Ja klar, ich habe doch extra gestern Abend noch angerufen, sonst würde ich doch nicht fragen! Also bitte sorge doch dafür, dass dies sofort geschieht, okay?", so Tom etwas ärgerlich.

„Ja, klar, kein Thema, so komm doch erst mal rein."

Tom ging erst einmal zum Kaffeeautomaten und warf dort eine Münze ein. Wie immer funktionierte dieses Gerät mal wieder nicht so, wie es sollte, er trat einmal heftig dagegen, und schon fiel ein Trinkbecher in die dafür vorgesehene Halterung. Dann noch einen kleinen Tritt, schon kam Kaffee aus den Leitungen und schoss in den Becher. „Na, geht doch, altes Mist Ding", dachte Tom. Er wiederholte das Ganze noch einmal, um Lothar Schmidt einen Becher beim Verhör bereitzustellen. Er tat dies immer bei seinen Gesprächen, unter anderem bot er auch immer mal eine Zigarette an oder einfach nur ein Kaugummi, nur um die Situation etwas zu entspannen.

Er betrat den Verhörraum und die Tür fiel hinter ihm ins Schloss. Lothar Schmidt saß leicht nach vorne gebeugt, mit den Armen auf den kleinen Tisch gelehnt, auf seinem

Stuhl und schmollte vor sich hin. Er hatte sich wohl ein paar Tage nicht rasieren können, das sah man sofort.

Tom setzte sich ihm gegenüber an den Tisch und reichte Schmidt den mitgebrachten Kaffee, dieser nickte kurz und nahm sofort einen Schluck davon. Als der Ermittler noch eine Zigarette dazu anbot, nahm Schmidt auch diese dankend an. Tom zündete ihm diese an und sein Gegenüber genoss erst einmal zwei, drei gute Züge.

„Guten Tag, Herr Schmidt", begann Tom mit ruhiger Stimme. Er bekam allerdings keine Antwort, was ihn aber nicht davon abhielt, einfach weiter fortzufahren mit seinem Verhör.

„Nun, Sie hatten ja doch schon ein paar Tage, an denen Sie hätten nachdenken können, warum sie eigentlich hier sind. Ich gebe Ihnen nun die Gelegenheit, sich zu der Sache zu äußern, und denken Sie auch daran, dass Sie das entlasten könnte. Alles, was hier gesprochen wird, bleibt unter uns. Niemand wird davon erfahren. Aber eines sage ich Ihnen vorweg, versuchen Sie nicht, mich zu veräppeln, sonst wird die ganze Sache sehr unangenehm für Sie, das verspreche ich Ihnen. Ist das soweit klar, Herr Schmidt?"

Schmidt nickte etwas ungehalten und sah Tom wütend an. Dieser konnte mit solchen Blicken gut umgehen, hatte er doch schon so viele Gespräche in diesen Räumen geführt, das gehörte einfach dazu, Psychologie war eines seiner Lieblingsfächer gewesen auf der Polizeischule.

„Sagen Sie, Herr Schmidt, es kommt mir etwas spanisch vor, dass Sie in Ihrem Wohnhaus so viel Kinderpornografie und diverse andere geschmacklose Dinge aufbewahren. Was hat es damit auf sich?"

„Das geht Sie nichts an", antwortete Schmidt forsch.

„Das geht mich nichts an, aha. Aber Sie wissen schon, dass wir hier in einer Mordsache ermitteln und dass Sie sich, um es mal nett auszudrücken, ziemlich verdächtig verhalten haben. Weswegen Sie ja auch hier festgehalten werden! Ich muss sagen, da bin ich doch etwas sprachlos, wenn ich eine solche Antwort von Ihnen zu hören bekomme, Herr Schmidt." Tom holte tief Luft, um nicht gleich aus der Haut zu fahren und nahm einen Schluck von seinem Kaffee.

In diesem Moment wurde die Tür aufgestoßen und zwei Männer traten in den Raum. Das eine war Kai Ramseeger, Toms Kollege, und der andere war Anton Klaas, der Anwalt von Herrn Schmidt, wie er sich Tom vorstellte.

„Was ist denn hier los? Was wird meinem Mandanten vorgeworfen? Er wird nun keine weiteren Fragen mehr beantworten. Ich fordere Sie hiermit auf, diesen sofort aus der Haft zu entlassen."

Tom, etwas vor den Kopf geschlagen, sah Herrn Klaas nur kurz an und entgegnete: „Ihr Mandant, wie Sie ihn nennen, hat sich sehr verdächtig, um nicht zu sagen dumm verhalten, und da ist die Sache mit dem Diebstahl meines Dienstwagenschlüssels noch ein Bagatellfall, wenn man das so nennen möchte."

„Also, was werfen Sie meinem Mandanten dann vor?", so Herr Klaas etwas fordernd.

„Ihm wird vorgeworfen, in einer aktuellen Ermittlung mit seinen

Fingern zu stecken, und das wohl nicht zu knapp."

„Aha, und was sind Ihre Beweise dafür?"

„Wir ermitteln in einem bzw. in mehreren Mordfällen, von denen ich Ihnen nichts weitererzählen werde, und ihr Mandant hat da wohl mit zu tun. Zumal er, als wir ihm zu Hause einen Besuch abstatten wollten, flüchtete und dazu meinen

Dienstwagenschlüssel entwendete. Das finden wir schon sehr verdächtig, oder was meinen Sie?"

Herr Schmidts Anwalt schluckte kurz und setzte sich dann erst einmal mit an den Tisch. Kai Ramseeger hatte den Raum schon wieder verlassen.

Der Anwalt flüsterte einem Mandanten etwas zu, was Tom nicht zuordnen konnte, aber auch solche Spielchen kannte der erfahrene Ermittler zur Genüge.

„Gibt es, außer den sichergestellten Dingen, noch etwas an Beweismitteln, die gegen meinen Mandanten sprechen?", fragte Anton Klaas weiter.

„Nein, ich muss gestehen, gibt es leider nicht, noch nicht", entgegnete Tom.

„Ja, dann muss ich doch sehr bitten, Herr Bauer, dann ist doch klar, dass Sie meinen Mandanten sofort freizulassen haben, oder meinen Sie nicht?"

Tom war zwar verärgert, musste aber dann doch klein beigeben und dem zustimmen, was Anton Klaas da verlangte.

Und so war das Gespräch schneller vorbei als erwartet und Lothar Schmidt wurde erst mal auf freien Fuß gesetzt.

Was Tom aber vielmehr verärgerte war, dass dieser Schweinehund ihn noch blöd angrinste, als er das Gebäude über den Vordereingang verließ. Am liebsten wäre er ihm an die Gurgel gesprungen. Aber die Möglichkeit wird sich noch ergeben, dachte Tom sich und verkniff sich, seinen Ärger zu zeigen.

Er packte seine Sachen und verabschiedete sich bei seinen Kollegen und machte sich auf den Weg nach Hause. Er war sich auch sehr sicher, dass er Schmidt nun beschatten müsste, denn sicherlich würde dieser nun irgendwann einen Fehler machen und Tom würde dann sofort zuschlagen und ihn wieder einbuchten, das war klar.

Gerade als Tom am Kreisverkehr am Wachtbergcenter angekommen war, überkam ihn mal wieder etwas Hunger und er hatte Lust auf Kaffee und Kuchen. Er bog ab und parkte direkt vorm Obsthof Schneider, um dort sein Verlangen zu stillen. Es war ein angenehmer Tag und er wollte sich nach draußen setzen um dort etwas das rege Treiben zu genießen.

Tom hatte sich einen Milchkaffee und ein schönes Stück Frankfurter Kranz bestellt, welches im Moment von einer netten Dame vor ihm auf den Tisch gestellt wurde: „Guten Appetit", sagte diese noch und war schon wieder verschwunden.

Das Smartphone meldete sich mal wieder.

Tom schaute aufs Display und konnte sofort erkennen, dass es seine liebe Evelyn war, er nahm das Gespräch an: „Hallo, mein Engel, na wie geht's? Wie geht es meiner Lulu? Seid ihr wohlauf?

„Ja, hallo, Tom, mein Schatz, hier ist alles prima und das Wetter hält sich auch. Lulu sitzt gerade am Tisch und trinkt an ihrem Kakao, den ich ihr gerade zubereitet habe. Na, wie läuft es bei dir? Kommst du voran an deinem Fall?"

„Ja, mehr oder weniger, mussten leider den Schmidt heute wieder gehen lassen, hatten nicht genug Beweise gegen ihn. Naja, aber jetzt, denke ich, wird er hoffentlich unvorsichtig und ich kann ihn dabei erwischen. Mal abwarten, was passiert", so Tom.

„Habt ihr soweit alles, was ihr benötigt? Und geht's dir vor allem gut? Was macht dein Bauch?"

„Ja, alles super, mir geht es prima, wir haben alles, was wir benötigen, mach dir da keine Sorgen. Claudia kümmert sich so sehr um uns, ich bin froh, dass wir sie haben."

„Ach Schatz, ja, das hört sich doch alles ganz gut an, und ich habe auch eine Überraschung für euch!"

„Was ist es? Komm schon, Tom, raus mit der Sprache!"

„Also gut, ich werde Freitagabend in den Wagen steigen, um euch zu besuchen!"

„Oh Schatz, das ist eine super Idee, werde ich gleich Lulu und Claudia weitermelden, das ist ja so toll, ich freue mich, mein Schatz, das kannst du dir nicht vorstellen!" Evelyn weinte wohl vor Freude, das konnte Tom gut hören.

„Okay, Schatzi, dann gib Lulu noch einen dicken Schmatzer von mir und drücke sie ganz fest, wir sehen uns Freitagabend, okay?"

„Ja Schatz, prima, okay, bis Freitag, mein Süßer, und fahr bitte vorsichtig, wir erwarten dich, Kussi." Evelyn legte auf und Tom legte sein Telefon auf die Seite und genoss den Rest Milchkaffee und seinen Kuchen.

Donnerstag, 15. Oktober

Toms Wecker klingelte und bekam von dem Ermittler erst mal richtig einen auf den Kopf, dass es nur so schepperte. Das Ding fiel vom Nachttisch und knallte auf den Fußboden neben dem Bett, er fiel in mehreren Teilen auseinander. „Uups", dachte Tom, „das sollte so nicht passieren." Er hob die Einzelteile auf und entsorgte diese im Abfalleimer im Bad.

„Muss ich mir unbedingt notieren und gleich einen neuen besorgen, wenn ich beim Edeka vorbeikomme, sonst verpenne ich morgen früh."

Tom machte sich eine Notiz ins Smartphone und wusch sich dann erst einmal. Nachdem er sich angezogen hatte, begab er sich runter in die Küche und stellte den Kaffeeautomaten an, dieser machte ein paar lustige Geräusche und reinigte dann vollautomatisch die vorhandenen Leitungen durch. Tom entnahm den Wassertank und wusch diesen mit frischem Leitungswasser durch, um ihn dann wieder zu befüllen und wiedereinzusetzen. Dann nahm er einen Kaffeebecher aus dem Schrank über dem Automaten, schüttete laktosefreie Milch aus dem Kühlschrank bis zur Hälfte in diesen und packte alles zusammen in die Mikrowelle. Nachdem die Milch erhitzt war, bekam diese noch einen großen Schuss Kaffee vom Automaten obenauf und Tom setzte sich dann mit Kaffee und vorab an der Wohnungstür entnommenem General-Anzeiger an den Tisch und genoss die morgendliche Ruhe. Dazu hatte er noch das kleine Radio unterm Küchenschrank aktiviert, welches gerade zufällig etwas von Linkin Park zum Besten gab.

Heute wollte sich der Ermittler mit einigen Kollegen treffen, um abzusprechen, wie bei der Beschattung von Lothar Schmidt vorgegangen werden sollte, außerdem wollte er selber auch dabei sein. Er hatte sich mit ihnen zum Kaffee beim Obsthof verabredet. Als Tom in der Zeitung von der Freilassung von Lothar Schmidt las, schlug er das Blatt wütend zu und bereitete sich noch einen zweiten Kaffee zu, um runterzukommen. Er blätterte die Seite mit dem Kreuzworträtsel auf und schnappte sich einen Kugelschreiber vom Regal an der Wand. Und schon war er vertieft und konzentriert dabei.

Das Telefon im Flur meldete sich und Tom erschrak etwas und sprang auf, um den Hörer abzunehmen.

„Tom Bauer hier, hallo? Ah, Sabine, du bist es, was gibt es?"

„Hey, guten Morgen, Tom. Ich hatte dir doch gesagt, dass ich nach den Beweismitteln bzw. nach den sichergestellten Spuren im Fall Nicole Schneider suchen werde."

„Ja, ja klar, und? Haste was finden können?"

„Ja, habe ich und du wirst Augen machen. Hast du Zeit?"

„Äh, eigentlich nicht, aber wann hattest du denn gedacht, mich zu treffen?"

[100]

„Ich dachte so zu Mittag. Sagen wir so 13:00 Uhr beim Spanier in Plittersdorf?"

„Ach so, klar prima, das passt gut, okay, bis nachher Sabine, tschüss."

Sabine hatte aufgelegt und Tom hatte nun aber doch eine lange Nase bekommen. „Was ist denn nun schon wieder", dachte er und versuchte, wieder auf andere Gedanken zu kommen. Er schlug nochmal seinen Hemingway auf und ging seine Notizen durch. Er strich einiges, schrieb aber auch so manches Neue wieder hinein.

Dann schlug er das Büchlein zu und genoss seinen restlichen Kaffee.

Tom schaute auf seine Uhr. „Ach herrje, schon 10, jetzt aber los, die Kollegen warten schon."

Er zog noch schnell eine Weste über und war schon aus der Wohnungstür verschwunden und in seinen Wagen gestiegen. Er machte sich zügig auf den Weg nach Berkum, um seine Kollegen im Obsthof zu treffen. Dort angekommen, parkte er gegenüber dem Hof auf dem Parkplatz und stieg aus.

Gerade als er die Straße zum Hof überqueren wollte, kam von rechter Seite ein BMW Mini angebraust. Dieser steuerte genau auf ihn zu. Tom war zur Salzsäule erstarrt und zeigte keine Reaktion, außer dass er die Hände in die Luft riss. In diesem Moment ergriff ihn jemand von hinten und warf ihn rücklings um. Der Wagen schoss um

Haaresbreite an ihm vorbei und war auch schon im Kreisverkehr und nach rechts Richtung Villip mit quietschenden Rädern verschwunden. Niemand hatte diesen weiterverfolgt. Alle waren nur auf Tom fixiert und auf die Person, die ihn von der Straße gerissen hatte. Tom war noch ganz abwesend und zitterte am ganzen Körper, als man ihm auf die Beine half. Der junge Mann, der ihn wohl vor dem Schlimmsten bewahrt hatte, fragte noch, ob alles gut wäre und hielt Tom gut fest.

„Ja, ja, alles okay, danke dir, Mann, war das knapp!", kam es nur aus Toms Mund.

„Das kann man wohl sagen", erwiderte sein Retter und lächelte erleichtert. Tom bedankte sich noch einmal und notierte sich gleichzeitig den Namen und die Adresse seines Schutzengels. Die Kollegen der Polizei waren auch schon zur Stelle und sahen nach dem Rechten.

„Was war das denn", meinte einer der jungen Polizisten, „das war ja filmreif."

„Oh, ein Spaßmacher", entgegnete Tom, „da habe ich ja gerade Lust drauf."

Der junge Kollege errötete etwas und entschuldigte sich sofort bei Tom. Dieser musste dann doch selber lächeln, außerdem war ja nichts passiert.

Tom erinnerte sich noch einmal an das Fahrzeug, dass ihn wohl gerade überfahren wollte. „Den Wagen kenne ich doch, aber woher?" Er grübelte aber kam nicht drauf.

„Okay, dann erst einmal zu Ihnen." Tom schaute seine Kollegen an und verschwand mit ihnen im Inneren des Obsthofes. Sie bestellte sich alle etwas zu trinken und setzten sich dann an den großen Tisch hinten in der Markthalle.

Nachdem sie alle wichtigen Einzelheiten besprochen hatten und Tom sie mit Details versorgt hatte, verabschiedeten sie sich und machten sich an die Arbeit. Tom wollte die ersten Stunden der Beschattung selbst übernehmen und begann sofort damit. Er stellte sich mit seinem Wagen auf den Parkplatz des

Einkaufszentrums, aber so dass er nicht sofort auffiel, denn Lothar Schmidt kannte ja das Fahrzeug und würde sofort bemerken was hier läuft.

Der Ermittler lag nun schon einige Stunden auf der Lauer und nichts war passiert. Er machte sich auf, um noch ein paar Einkäufe zu erledigen, er schnappte sich eine Einkaufstasche aus dem Kofferraum und ging in den Edeka. Er überzeugte sich noch kurz davon, ob Lothar Schmidt überhaupt im Büro war und musste sich dabei schnell hinter einem Regal verstecken, denn Schmidt kam gerade durch einen der zahlreichen Gänge gelaufen. Tom konnte gerade noch einen Sprung zur Seite machen, um in Deckung zu gehen.

Dann erledigte er seine Einkäufe und verhielt sich ganz normal, als wenn er nicht im Dienst wäre. Er hatte auch mitbekommen, dass Schmidt ihn wohl doch beim

Einkaufen gesehen hatte, was ihm aber auch sichtlich egal erschien. Er zahlte an der Kasse und ging zu seinem Wagen zurück. Nachdem er die Einkäufe im Kofferraum verstaut hatte, fuhr er erst einmal nach Hause, um etwas Ruhe in die Sache zu bringen. Sicherlich hatte Schmidt ihn noch weiter beobachtet, und Tom wollte ihn nicht noch nervöser machen, als es nötig wäre.

Es war nun schon 12:30 Uhr und Tom musste sich auf den Weg zu Sabine machen, die ja beim Spanier in Plitterdorf auf ihn wartete. Er machte sich noch etwas frisch und war schon wieder in seinem Wagen verschwunden und auf dem Weg. Vor dem Edeka gegenüber dem kleinen spanischen Restaurant, parkte er seinen

Wagen und begab sich dann rüber auf den Eingang des Treffpunktes zu. Drinnen konnte er Sabine direkt ausmachen, und nachdem sich die zwei herzlich begrüßt hatten, setzte er sich zu ihr an den Tisch.

„Na, dann lass uns doch erst einmal was zum Essen bestellen und dann können wir uns in Ruhe unterhalten, okay?", begann Tom. „Ja klar, gute Idee, Tom", erwiderte Sabine und versank mit ihrem Gesicht hinter der Speisekarte, was Tom ihr gleichtat.

Schnell hatten die beiden sich eine Reihe an Antipasti und anderen Leckereien zusammengestellt, die Bedienung war auch schon da und nahm die Bestellung auf.

„Was würden Sie gerne trinken?", fragte die junge Dame freundlich.

Sabine nahm einen Vino Tinto und Tom schloss sich ihr an. Sie waren sich schnell einig, dass Rotwein am besten zum spanischen Essen passen würde. Man reichte ihnen den Hauswein zum Geschmackstest und die beiden waren damit einverstanden. Die

Bedienung goss ihnen die Gläser voll und wünschte noch nett: „Zum Wohl."

Beide nahmen einen guten Schluck und schon stichelte Tom Sabine wieder mit Fragen, sie gab schnell nach und erzählte dann: „Also, wie du ja weißt, bin ich zum BKA nach Meckenheim gefahren, weil die sich ja wohl die sichergestellten Spuren im Fall von Nicole Schneider ins Haus geholt hatten. Was mir, und natürlich auch dir, sehr komisch vorkam."

„Ja, und? Was weiter? Komm schon…", fiel Tom seiner Kollegin von der Gerichtsmedizin mal wieder ins Wort. Er war sichtlich angespannt und nervös zugleich.

„Langsam, Tom, immer der Reihe nach. Es wird noch sehr interessant, glaube mir! Ich kam dort an und man schickte mich sofort weiter zu Harald Felder, dem Kollegen der diese Sache wohl bearbeitet hatte. Ich klopfte an seiner Bürotür und er forderte mich freundlich auf, sein Büro zu betreten und Platz zu nehmen, er war noch bei einem Telefonat, legte dann aber auf und begrüßte mich ganz nett. Ich sprach ihn, ohne großartig drum herumzureden, sofort auf den Fall an. Er schien etwas überrascht und lehnte sich in seinen Stuhl zurück. Ich erzählte ihm weiter von unserem neuen Fall und wie alles zusammenhing. Er hörte gefasst zu und sagte aber erst einmal kein Wort. Ich konnte ihm ansehen, dass etwas in ihm arbeitete, aber er blieb immer noch ruhig. Als ich mit meiner Geschichte fertig war, sah er ziemlich nachdenklich aus und schüttelte auch kurz seinen Kopf, um wieder klare Gedanken zu bekommen, denke ich.

„Ja, und weiter?" Tom zappelte auf seinem Stuhl hin und her.

Gerade als Sabine weitererzählen wollte, kam die junge Dame mit den bestellten Köstlichkeiten an den Tisch und fing an, alles auf dem Tisch anzurichten.

Die beiden machten also eine kurze Pause und bedienten sich erst einmal an den Leckereien.

Doch schon bohrte Tom weiter; er hatte sich gerade eine Olive und ein Stück Scampi in den Mund gesteckt: „Komm schon, erzähl weiter, ich platze sonst", was auch fast so aussah, als er dies mit vollen Backen sagte.

Seine Kollegin war leider nicht zum Schmunzeln aufgelegt: „Ja, ist ja gut", tat sie etwas erschrocken und nahm dann wieder das Wort an sich: „Ja, wie gesagt, Herr Felder schüttelte kurz den Kopf und fing dann auch an, mich einige Dinge zu fragen. Ich gab ihm Auskunft, so gut ich konnte. Er war sehr neugierig, aber das ist wohl auch der Job. Dann entschuldigte er sich kurz und verschwand aus dem Büro."

„Ja und, was dann? Wo ging er hin? Tom hatte Schweißtropfen auf der Stirn und zappelte nervös hin und her. Sabine musste ihn etwas beruhigen, was ihr auch gelang, und sie erzählte dann weiter.

„Nach kurzer Zeit kam er wieder ins Büro zurück und hatte eine dicke schwarze Akte in der Hand. Er setzte sich, schlug diese auf und kramte erst einmal etwas rum. Dann fragte er mich ganz ohne Vorwarnung, ob ich einen Kai Ramseeger kennen würde. Das konnte ich ihm natürlich sofort bestätigen.“

„Was, Kai? Wieso Kai? Was passiert denn nun? Tom fiel die Gabel aus der Hand und er schluckte sichtlich: „Was geht denn hier ab?“

Sabine beruhigte ihn mal wieder etwas und versuchte dann erneut, ihre Geschichte fortzusetzen.

„Also, er fragte mich nach Kai Ramseeger und auch ich war etwas erschrocken, das kannst Du mir glauben. Er fragte mich weiter ein paar Dinge, die ich aber nicht zuordnen konnte, was aber wohl nicht so wichtig für ihn war.

Kai war wohl damals schon mehrmals in das Fadenkreuz des BKA geraten. Harald Felder zeigte mir einige Einträge in der vorliegenden Akte, welche mit Nicole Schneider aber auch mit anderen jungen Mädchen von damals zu tun hatte. Und immer wieder stand dort, dass Kai Ramseeger wohl in Verdacht stand, mit irgendjemandem in Kontakt zu sein, der diese Mädchen wohl bedrängte hatte und ihnen auch nachstellte."

Tom war ganz in seinen Stuhl zurückgesunken und sehr geschockt über die ganze Story. Er bestellte sich noch einen Rotwein und hörte Sabine dann weiter zu.

„Dann las ich die Namen Lothar Schmidt und Nils Spor und mir fiel es wie Schuppen von den Augen."

„Was, nee, oder? War mein Verdacht doch auf dem richtigen Weg, ich glaub es ja nicht", Tom atmete immer schneller, doch er wollte auch den Rest von Sabines Erzählung hören und gab ihr das zu verstehen.

„Ja, das dachte ich mir auch sofort. Ich las noch etwas weiter und war dann auch ziemlich geplättet vom dem, was dort geschrieben stand. Ich frage Felder dann noch, warum man da nicht schon zugeschlagen hätte und die Leute nicht hochgenommen hätte, was er mir damit beantwortete, dass die Beweislast noch immer nicht reichen würde, da dies alles nur Verdachte wären und die einzigen Beweismittel lediglich auf Kai Ramseeger weisen würden. Diesen jedoch wollte man noch nicht verhaften, um an die anderen zu kommen. Was ich dann teils nachvollziehen konnte."

Tom schluckte noch einmal tief. „Kai? Ich bin geschockt. Dieser Drecksack ist mein… war mein Freund! Ich, Moment ich muss erst einmal wieder zu mir kommen. Das haut mich echt um." Der erfahrene Ermittler stand auf und ging kurz vor die Tür. Sabine konnte Tränen in seinen Augen sehen und wusste auch, warum Tom dies so mitnahm, sie ließ ihn gewähren. Nach ein paar Minuten betrat Tom wieder das Restaurant und setzte sich zu Sabine an den Tisch.

„Entschuldige bitte, das ist eigentlich nicht meine Art, sorry. Ich bin nur etwas durch den Wind, aber na gut, es muss weitergehen und wir haben einen Job zu erledigen. Ich bin gerade dabei, mit einigen Bonner Kollegen, den Schmidt zu observieren, ich denke so werden wir auch weiter verfahren und die Sache ruhig und bedacht zu einem vernünftigen Ende zu bringen. Ich werde diese Drecksäcke einbuchten, so wahr ich Tom Bauer heiße, keine Gnade." Tom kochte vor Wut, war aber trotzdem sachlich und wieder konzentriert.

Als die beiden mit ihrem Essen fertig waren, zahlten sie und verließen das Restaurant. Sie verabschiedeten sich vor der Tür voneinander. Er hatte noch einiges zu erledigen und sich für Freitag abgemeldet. Dann trennten sich die beiden und Tom stieg in seinen Wagen und fuhr Richtung Mehlem davon. Sabine war auch unterwegs und wollte nochmal in der Gerichtsmedizin vorbeischauen, da war noch ziemlich was an Arbeit liegengeblieben.

Tom Bauer hatte für den Nachmittag nichts geplant und wollte sich kurz etwas hinlegen, um für seine nächste Spätobservation fit zu sein. Er telefonierte noch kurz mit den Kollegen, die vor Ort am EKZ waren, welche ihm aber nichts Neues erzählen konnten. Er teilte ihnen die neue Sachlage mit, und auch seine Kollegen waren merklich geschockt über die Neuigkeiten. Er bat sie darum, Ruhe zu bewahren und über alles zu schweigen, was hier besprochen wurde. Es sei wohl besser, wenn die Sache nicht so breitgetreten würde, dachte er sich. Sie sprachen noch Details zur weiteren Beschattung ab und verabschiedeten sich dann.

Nachdem Tom etwas geschlafen hatte, stand er von der Couch im Wohnzimmer auf und ging kurz hoch ins Bad um sich etwas frischzumachen. Er wurde den Gedanken nicht los, dass Kai Ramseeger, sein „Freund", seine Finger in einer bitterbösen Geschichte stecken hatte.

Der erfahrene Ermittler setzte sich in die Küche und genehmigte sich noch einen Kaffee. Immer wieder schossen ihm Gedanken in den Kopf, welche ihm nicht gefielen. Er war sich auch schon darüber klar, an diesem Wochenende doch nicht zu seinen Lieben zu fahren, das wäre sicher gerade ein unpassender Moment, von hier zu verschwinden, er wurde hier gebraucht, was außer Frage stand. Tom nahm sich das Telefon zur Hand und wählte die Telefonnummer seiner Evelyn. Es dauerte einen Augenblick und schon wurde eine Verbindung aufgebaut.

„Hallo, Evelyn Bauer", kam es von der anderen Seite. „Wer spricht da?"

„Hey, hallo, Schatz, ich bin es, Tom, na, wie geht es euch, was macht das Baby?"

„Ja, hallo, mein Engel, uns geht es prima, und dem Baby natürlich auch. Wie sieht es bei dir aus? Kommst du voran mit deinem Fall?"

„Äh, ja, nee, so lala. Ich bin da an etwas dran, kann ich aber weiter nichts zu sagen, sorry, streng geheim, weißt ja", antwortete Tom.

„Ja klar, Schatz, kein Problem. Und wann kommst du her?

Tom schluckte mal wieder kurz. „Ja, deshalb rufe ich auch an. Ich muss euch für dieses Wochenende absagen, hier brennt im wahrsten Sinne des Wortes die Luft und ich kann unmöglich weg.

„Och, schade, Tom, die Kleine hatte sich so auf dich gefreut und ich natürlich auch."

„Ja, ich weiß, mein Schatz, aber es geht wirklich nicht, es tut mir auch sehr leid, außerdem hätte ich euch auch gerne in meine Arme genommen, das kannst du mir glauben. Aber es geht nicht, sonst gibt es hier Riesenärger, sorry., Ich werde versuchen, es zum nächsten Wochenende zu ermöglichen. Versprechen kann ich es aber nicht", so Tom weiter.

„Klar, ich verstehe schon, mein Engel, ist ja dein Job, das verstehe ich natürlich, mach dir um uns keine Sorgen, hier ist alles prima und Claudi hat auch noch Zeit, hat sie mir heute gesagt. Hauptsache ist, dass es dir gut geht und du auf dich aufpasst, okay?"

„Klar, Liebes, das mache ich schon, mach dir keine Sorgen, ich bin wohlauf. Okay, dann bis in ein paar Tagen, wir telefonieren so und so zwischendurch, okay? Bis bald, meine Süße, ich hab dich lieb, und einen dicken Schmatzer an Lulu und Grüße an Claudia, sag ihr vielen Dank von mir, tschüssi." Tom legte den Hörer auf und trank den Rest seines Kaffees aus. Es war nun schon 16 Uhr und er musste sich für seine Schicht fertigmachen. Er holte seine Waffe aus dem Tresor schaute nach, ob sie geladen und gesichert war und steckte diese in seinen Brustholster. Er hatte sich auch seine schusssichere Weste angezogen, denn er konnte ja nicht wissen, was noch so alles passieren würde. Dann zog er sich noch seine bequeme Lederjacke über und machte sich auf den Weg zu seinem Fahrzeug. Er setzte sich hinein, startete den Motor und fuhr vom Hof auf die Ahrtalstraße hoch, Richtung Ortsausgang Werthhoven. An der Kreuzung oberhalb von Berkum angekommen, hielt er sich mit seinem Wagen auf der linken Spur, um gerade rüber Richtung des Einkaufzentrums zu fahren. Er fuhr in den Parkplatz ein und stellte sich sofort links aufs Gelände und parkte dort. Jetzt hieß es mal wieder abwarten und Tom machte es sich so bequem wie möglich. Seine Kollegen hatte sich schon telefonisch bei ihm abgemeldet und waren sicher schon wieder an der Bornheimer Wache angekommen.

Freitag, 16. Oktober

Der Abend und die Nacht waren ruhig verlaufen, nichts war groß passiert. Tom wartete am Abend noch bis 19:30 Uhr, dann hatte Lothar Schmidt den Edeka verlassen, war in seinen PKW gestiegen und nach Hause gefahren. Tom hatte ihn verfolgt und saß noch einige Stunden ein paar hundert Meter von Schmidts Haus entfernt in seinem Wagen und observierte ihn. Um 6:00 Uhr waren seine Kollegen auch schon da und lösten Tom ab. Er fuhr gemütlich heim und schaute zu, dass er schnell in sein Bett kam.

Der Ermittler stellte sich seinen Wecker auf dem Smartphone für 11:00 Uhr und schlief dann schnell ein.

11:00 Uhr, der Wecker klingelte. Tom wurde gleich wach und stellte diesen aus. Dann pellte es sich aus seinem Bett und sprang unter die Dusche. Als er im Bad fertig war, zog er sich an und begab sich runter in die Küche, wie immer mit Zeitung, die er vorher dem Einwurf in der Wohnungstür entnommen hatte.

Er machte sich wie immer einen Kaffee und setzte sich an den Tisch im Esszimmer. Ihm ging etwas nicht in den Kopf, was hatten Nils Spor, Lothar Schmidt und Kai Ramseeger miteinander zu tun? Tom musste Lothar Schmidt besuchen und diesen zur Rede stellen, da ging wohl kein Weg dran vorbei, er machte sich wieder einige Notizen in seinem Hemingway und steckte diesen in seine Jackentasche. Dann widmete er sich seiner Zeitung zu und genoss erst einmal seinen Kaffee.

Tom schaute auf die Uhr. „Oh, schon 12, dann sollte ich mich wohl mal auf den Weg machen und etwas tun", dachte Tom und zog sich seine Jacke über. Er schnappte sich den Wagenschlüssel vom Schrank im Flur und machte sich auf den Weg.

Beim Edeka auf dem Parkplatz angekommen, parkte er den Wagen schnell und begab sich ins Gebäude und sofort auf den Weg zu Lothar Schmidts Büro. Dessen Sekretärin kam auch schon angelaufen und wollte ihn aufhalten: „Oh, hallo, Herr Bauer, Herr Schmidt hat leider keine Zeit, Termine, Sie können nicht zu ihm." Tom drängte die junge Dame einfach etwas zur Seite und trat in das Büro des Marktleiters, schloss die Tür hinter sich und ging schnurstracks auf diesen zu. Schmidt war etwas erschrocken und bekam einen ziemlich roten Kopf. Noch bevor er den Mund aufmachen konnte, stellte Tom ihn schon zur Rede, so dass dieser nicht zu Wort kam. Er zuckte etwas zusammen und rutschte mit seinem Bürostuhl zurück. Dann stand er auf: „Was fällt Ihnen ein, hier so hereinzuplatzen? Haben Sie keinen Anstand beigebracht bekommen?"

Tom bremste ihn sofort aus und entgegnete: „Nu machen Sie mal halblang, Herr Schmidt, setzen Sie sich sofort wieder hin und verhalten sich ganz ruhig, sonst werde ich mal laut und das würde Ihnen nicht gefallen, glauben Sie mir."

Lothar Schmidt sagte nichts mehr und setzte sich schnell wieder auf seinen Stuhl, sein Schädel war immer noch errötet und Tom konnte sehen, wie dieser innerlich am Kochen war.

Der Ermittler setzte sich in den Freischwinger gegenüber und schaute Schmidt erst einmal nur an, dieser wurde immer nervöser und zappelte mit seinen Beinen rum.

„Herr Schmidt, wie stehen sie mit Kai Ramseeger in Kontakt? Und was war wirklich mit Nils Spor? Und versuchen Sie mir nicht irgendwelche Geschichten zu erzählen, sonst buchte ich Sie sofort wieder ein. Haben Sie das verstanden?", eröffnete Tom sein Verhör.

„Was, was wollen Sie, Ramseeger, Spor, was?" Schmidt war noch aufgeregter und schwitzte wie verrückt, ihm lief der Schweiß literweise über die Stirn.

„Jetzt hab ich dich, mein Freund", dachte Tom sich und marterte Schmidt weiter: „Herr Schmidt, versuche Sie mich nicht für blöd zu verkaufen, ich weiß über Sie und ihre Komplizen Bescheid. Ich kann Ihnen nur eins nahelegen, sagen Sie aus und ihre Strafe wird milder ausfallen."

Schmidt zappelte in seinem Stuhl hin und her, dann stand er auf und lief im Büro auf und ab. Tom konnte ihm ansehen, dass er nach Worten suchte, doch kam nichts aus dessen Mund.

Er stotterte sich irgendetwas in den Bart, was Tom aber nicht verstand. Dann setzte sich Schmidt wieder hin und starrte Tom wie von Sinnen in die Augen. Dieser konnte die Angst in dessen Blick gut erkennen. Doch wieder passierte nichts und Schmidt blieb stumm.

Tom blieb keine andere Wahl, er telefonierte kurz und nur Minuten später öffnete sich die Tür des Büros erneut und zwei Kollegen der Polizei betraten den Raum.

„Moin Jungs", begrüßte Tom die beiden, „nehmt ihn fest und bringt ihn nach Bonn, ich werde später nachkommen und ihn weiter verhören."

Schmidt war ganz ruhig geworden und ließ sich ohne große Gegenwehr festnehmen. Handschellen legte man ihm nicht an denn Tom sah im Moment keine Fluchtgefahr. Die Kollegen nahmen Lothar Schmidt mit zu ihrem Wagen und setzten ihn im hinteren Bereich hinein. Einer der beiden setzte sich zu ihm und der andere stieg auf der Fahrerseite ein, dann fuhren sie vom Gelände.

Tom kochte auch vor Wut, doch versuchte er sich wieder zu beruhigen, was ihm auch gelang. Er setzte sich in seinen Wagen und machte sich wieder einmal weitere Notizen in sein Buch. Dann drehte er den Zündschlüssel und fuhr auch los. Er wollte kurz über Arzdorf fahren und

Johanna Spor besuchen, um ihr ein paar Fragen zu stellen. Als er seinen Pkw vor deren Grundstück parken wollte, durzuckte ihn eine Erinnerung. Da stand ein BMW Mini in der halbgeöffneten Garage, genau dieser hatte doch auf ihn zugehalten, als er seine Kollegen beim Obsthof Schneider treffen wollte. Er stieg aus und lief auf die Garage zu, um sich den Wagen etwas näher anzusehen. Er hatte bemerkt, dass Johanna Spor an einem der Fenster im Haus stand und ihn beobachtete. Er ließ sich nichts anmerken, ging in die Garage, kurz rund ums Fahrzeug und verließ diese dann wieder. Dann klingelte er an der Tür und diese wurde nach kurzer Zeit nur einen Spalt geöffnet.

„Ja, wer ist da?", kam es von innen mit leiser heller Stimme. Es war wohl die kleine Lena, welche die Tür geöffnet hatte.

„Hallo, Lena, ich bin es, Tom Bauer, kann ich wohl mit deiner Mama sprechen?"

„Mama, Tom Bauer ist da", rief die Kleine nur und schon hörte Tom, dass sich Schritte näherten. Die Tür öffnete sich ganz und Johanna Spor stand vor ihm. Sie trug Jeans und eine schwarze Bluse, dazu offene hohe schwarze Schuhe. Ihre Hände hatte sie vor sich gefaltet und sie sah den Ermittler fragend an.

„Darf ich eintreten?", fragte Tom, „ich würde Ihnen gerne noch ein paar Fragen stellen, geht ganz schnell, denke ich."

„Ja, natürlich, kommen Sie, ich habe gerade einen Kaffee angesetzt", antwortete Frau Spor recht freundlich und gefasst.

Tom betrat das Haus, die Tür wurde hinter ihm geschlossen und er wurde ins Wohnzimmer geführt. Die kleine Lena war wohl in ihrem Kinderzimmer verschwunden, denn Tom sah sie nicht mehr. Er setzte sich auf die Couch und schon hatte Johanna Spor ihm einen Kaffee serviert. Er bat um etwas Milch und goss davon eine Menge in seine Tasse. Nachdem er einen großen Schluck genossen hatte, begann er mit dem Gespräch: „Frau Spor, ich frage Sie nun etwas und hoffe, dass Sie mir die Wahrheit sagen, denn ich bin gerade nicht zu Späßen aufgelegt."

Johanna Spor schluckte und nickte gleichzeitig. Tom konnte ihre Anspannung sofort sehen.

„Ich habe gerade mitbekommen, dass Sie gesehen haben, als ich Ihre Garage betreten habe. Darin steht ein BMW Mini und genau dieser Wagen war gestern im Begriff, mich zu überfahren. Ich habe das Kennzeichen überprüft, was können Sie mir dazu sagen? Und versuchen sie nicht, mir einen Bären aufzubinden, sonst werde ich kein Problem damit haben, Sie sofort einsperren zu lassen."

Tom schaute sein Gegenüber ernst und fragend an und wartete auf eine Antwort, welche aber erst auf sich warten ließ. Dann hob Johanna Spor ganz langsam ihren

Kopf, Tränen liefen ihr übers Gesicht. Mit leiser, leicht zitternder Stimme sagte sie:

„Lothar hatte den Wagen gestern, er sagte, er hätte seinen Mercedes in der Werkstatt und so bin ich hin, habe ihm den Mini gebracht, worauf er mich dann wieder nach Hause fuhr. Was ist denn nur los?"

„Lothar Schmidt?"

„Ja, Lothar Schmidt, wer denn sonst?"

„Frau Spor, ganz ruhig, nicht patzig werden, okay? Ich mache hier meinen Job, und gestern wollte mich jemand überfahren, also halten Sie sich bitte zurück?"

Johanna Spor nickt wieder nur und war etwas errötet: „Entschuldigen Sie, ich…" Sie verstummte, wieder flossen Tränen aus ihren Augen. Tom reichte ihr ein Taschentuch, welches er aus einer Packung zog, die auf dem Tisch vor ihm lag.

„Frau Spor, ich weiß, die Sache ist sicher nicht einfach für Sie, aber Sie haben mir mit Ihrer Antwort sehr geholfen. Ich habe im Moment keine weiteren Fragen, möchte Sie aber bitten, sich bereitzuhalten, falls ich Sie weiter benötige."

Johanna Spor nickte wieder und begleitete Tom zur Haustür, dieser verabschiedete sich und bestieg schnell seinen Wagen und war schon vom Grundstück gefahren.

Tom hatte die Telefonnummer seiner Kollegen gewählt und diesen mitgeteilt, was er soeben erfahren hatte. Er wies sie darauf hin, Lothar Schmidt noch intensiver zu beschatten und auf jeden seiner Schritte zu achten. Tom kochte vor Wut, allein schon bei dem Gedanken daran, dass dieser Mistkerl wohl versucht hatte, ihn zu überfahren.

„Ich werde dich zur Strecke bringen, mein „Freund", und das wird dir nicht gefallen, das verspreche ich", dachte Tom und versuchte sich gleichzeitig doch etwas zu beruhigen. Für heute hatte er Dienstschluss, denn die Beschattung für den Nachmittag und Abend wurden nun auch von Kollegen aus Bonn übernommen, damit Tom sich besser um andere Dinge kümmern konnte.

Tom fuhr gerade oberhalb von Berkum in den Ort ein, um dann sofort links abzubiegen, um sich im Obsthof noch einen.

Nachmittagskaffee und ein Stück Kuchen abzuholen. Wie immer parkte er seinen Wagen gegenüber dem Hof auf den Parkplatz und war schon im Gebäude verschwunden. Nachdem er sich einen Milchkaffee und ein Stückt Erdbeerboden bestellt hatte, setzte er sich rechts im Laden auf die große Friesencouch am Seitenausgang des Ladens und genoss das rege Treiben und die wahnsinnig gute, würzige Luft hier an seinem Lieblingsort.

Tom trank gerade an seinem Kaffee, als ihm Lothar Schmidt ins Blickfeld kam. Dieser hatte ihn wohl gesehen und war schnellen Fußes an Tom vorübergelaufen. Der Ermittler tat aber ganz gelassen und sah sich die ganze Sache nur neugierig an. Er konnte richtig sehen, wie Schmidt sich immer mal wieder nach ihm umsah und total verunsichert war. Er rannte wie ein angeschossenes Reh durch den Laden, schmiss dies und jenes in sein mitgeführtes Einkaufskörbchen und war wohl bedacht darauf, schnell hier rauszukommen. Tom musste etwas schmunzeln, innerlich hatte er diesen Drecksack natürlich schon festgenommen und sicher eingeschlossen.

Dann hatte Besagter auch schon den Laden verlassen und Tom konnte sich weiter um seinen Kuchen kümmern. Als er fertig gespeist hatte und sein Kaffee geleert war, zahlte er und war schon wieder in seinem Wagen verschwunden.

Tom wollte noch kurz nach Meckenheim bei Auto Kempen vorbei, um sich einen neuen Wagen anzusehen. Als er gerade auf den Hof des Autohauses fuhr, fiel sein Blick auf einen Wagen, der noch halb mit Schutzfolie abgeklebt vor dem Eingang des Gebäudes stand.

„Wow, was ist das denn? Der ist ja Knaller", sagte er zu sich. Er parkte seinen Wagen und stieg schnell aus, um sich das Auto näher anzusehen. Kaum war er am Objekt seiner Begierde angekommen, stand auch schon Max Schäfer, einer der Verkäufer von Kempen, neben ihm und begrüßte Tom mit Handschlag: „Na, Herr Bauer, wie geht es Ihnen? Lange nicht gesehen."

„Ja, hallo, Herr Schäfer, ja, ist lange her, bin Ihnen kurz fremdgegangen und auf BMW umgestiegen. Aber Sie sehen ja, man kommt immer wieder zu Ihnen zurück. Sagen Sie, was ist das für ein Modell?"

„Oh ja, gerne, aber kommen Sie doch mit herein, da stehen noch zwei, drei in der Ausstellung."

„Aber ja, gerne", entgegnete Tom und folgte dem netten Verkäufer in die große gläserne Halle.

„So, hier sehen Sie, das ist er, der neue Seat SUW. Gerade frisch im Programm", eröffnete Max Schäfer mit freundlicher Geste.

„Mann, der ist ja echt toll, da brauche ich ja gar nicht weiterzusuchen, den bestelle ich sofort, lassen Sie uns doch über die Details sprechen."

Die beiden setzten sich an den Arbeitsplatz des Herrn Schäfer, dieser servierte Tom noch einen Espresso und das

Verkaufsgespräch wurde fortgesetzt.

Nach einer Weile war wohl alles erledigt, und Tom hatte sogar Glück, ein Wagen war sogar auf dem Hof, dessen Zulassung wurde ihm schon für Mittwoch nächster Woche zugesagt. Dieser hatte genau das an Bord, was Tom sich vorgestellt hatte, und er konnte nun zufrieden und voller guter Eindrücke Feierabend machen und nach Hause fahren. Er verabschiedete sich noch von Max Schäfer war dann in seinen Wagen gestiegen und schon unterwegs Richtung Wachtberg-Adendorf.

Am Abend rief er noch bei seiner Evelyn an, um ihr, Lulu und Claudia eine gute Nacht zu wünschen. Sie sprachen wohl über eine Stunde, Tom fragte noch nach dem Baby und alles war okay. Er verabschiedete sich dann, setzte sich noch mit einem Gläschen CAO ILA vor den Kamin und genoss seinen verdienten Feierabend.

Samstag, 17. Oktober

Es war 10:00 Uhr, Tom war gerade aufgewacht und schon hatte er wieder seine Gedanken in seinem Fall. Was hatten Nils Spor und Lothar Schmidt für ein Geheimnis? Was hatte Kai Ramseeger mit der ganzen Geschichte zu tun?

Tom stand erst einmal auf und ging in die Dusche. Nachdem er im Bad fertig war, zog er sich den schwarzen Trainingsanzug und Turnschuhe an und ging runter in die Küche, um sich einen Kaffee zu holen. Wie immer zog er im Vorübergehen seinen General-Anzeiger aus dem Türschlitz im Flur.

Heute war Ruhe, aber auch Sport angesagt. Tom hatte sich mit ein paar Freunden zum Fußball in der Rheinaue verabredet und freute sich auch schon darauf. Nachdem er mit Kaffee und Zeitung durch war, begab er sich zu seinem Wagen und fuhr los Richtung Berkum.

Die Sonne schien und es war ein herrlicher Tag, um sich etwas auszutoben, dachte er sich und war auch schon kurze Zeit später an der Rheinaue angekommen. Er stellte seinen PKW auf dem großen Parkplatz rechts an der Ludwig-Erhardt-Allee ab und lief dann rüber zur großen Wiese in der Senke des Parks, direkt nach dem Imbiss. Die Jungs waren schon da und warteten auf Tom, sie begrüßten ihn alle herzlich und schon waren die Teams gewählt, es ging sofort los.

Der Ermittler genoss diese Abwechslung sehr, denn es war schon einige Zeit her, dass er das letzte Mal dazu gekommen war, mit seinen Freunden Fußball zu spielen. Kai Ramseeger war dieses Mal nicht von der Partie, was Tom aber auch nicht verwunderte, und es war sicher auch besser so.

Sonntag, 18. Oktober

8:00 Uhr, Tom Bauer wurde durch das Klingeln seines Smartphones geweckt, welches unten in der Küche auf dem Tisch lag. Er sprang auf und auf dem Weg zur Schlafzimmertür stieß er sich noch den Fuß an der Ecke des Kleiderschrankes an, so dass es fast zu Boden stürzte

„Aua, verdammter Mist!", schrie er kurz und rannte weiter in den Flur. Sein Telefon wurde immer lauter und er war sichtlich genervt, als er dieses zur Hand nahm.

„Tom Bauer, hallo, was, wer? Ach Krüger, Sie sind es, was gibt es so früh? Was, gestern Abend? Um welche Uhrzeit? Wo? Aha, okay, ich danke Ihnen. Ich werde am Dienstag so um 10 Uhr auf der Dienststelle in Bonn sein, okay? Ja, gut, dann bis übermorgen, auch so, tschüss."

Tom beendete das Gespräch und schaute sich erst mal seinen schmerzenden kleinen Zeh an. „Oh, Mist, das wird ja schön blau, naja, nicht zu ändern", dachte er sich. Er notierte sich ein paar Dinge in seinen Hemingway, welcher neben dem Smartphone auf dem Schrank lag, und ging dann hoch ins Bad, um sich fertigzumachen. Es war nun 8:30 Uhr, heute wollte Tom seine Evelyn und Lulu überraschen und nach Esens fahren, um sie zu besuchen. Er war schon voller Vorfreude und hatte am Abend noch seinen kleinen Koffer für die Reise gepackt und in den Kofferraum seines Wagens gelegt. Er zog sich seine Lieblings-Cordhose an und die bequemen Bootsschuhe. Darüber ein schickes, dunkelblaues Polo und schon war er fertig. Er ging runter in die Küche, breitete sich noch einen Kaffee-to-go, zog alle überflüssigen Stecker aus den Steckdosen und sah nach, ob alle Fenster geschlossen waren.

Dann nahm er seinen Kaffee, das Smartphone und seine Schlüssel, schloss die Haustür von außen vernünftig ab und setzte sich in den BMW, um sich auf den Weg zu machen. Er fuhr die Ahrtalstraße hoch Richtung Berkum, an der Kreuzung nach dem Fraunhofer- Institut bog er rechts ab und fuhr gemütlich durchs Dorf. In Mehlem angekommen, bog er wieder rechts ab, um auf die B9 zu gelangen, alles war ziemlich frei und Tom gut drauf. Es dauerte nicht lange, dann war er auch schon auf der 59 Richtung Flughafen unterwegs. Nach der Tankstelle Schloss Röttgen ging es rüber auf die Verbindung zur A3 übers Heumarer Dreieck. Wenn Tom mit seiner Evelyn und Lulu hier unterwegs war, hatte er für manche Stellen auf dieser Strecke besondere Namen, damit die Fahrt für Lulu nicht so langweilig wurde. Leverkusen wurde zu Leberwurst, die Abfahrt Mettmann nannte Tom Mettwurst, und das Kreuz Breitscheid wurde zur Bratwurst degradiert. Lulu lachte sich jedes Mal kaputt, wenn Tom mit seinem Quatsch anfing. Er brauchte nun etwa eine Stunde bis zur 31, wo es dann schnurstracks nach Ostfriesland ging. Er mochte diese Autobahn und gab Gas, um schnell zu seinen Lieben zu gelangen. Nach knapp zwei Stündchen hatte er es geschafft und war schon bei Leer abgefahren und auf der Landstraße Richtung Aurich, der Kreisstadt, unterwegs. Von dort ging es dann schnell weiter nach Esens-Bensersiel, im Radio lief gerade mal wieder Linkin Park und Tom drehte das Radio lauter, als er über die Landstraße flog.

12:00 Uhr, Tom war gerade angekommen und in die Einfahrt vor dem Ferienhaus eingebogen, kurz gehupt und schon war er ausgestiegen. Nichts regte sich, Tom nahm seine Reisetasche aus dem Wagen und betrat das

Haus über den Hintereingang bei der Terrasse. Niemand war da „Okay, dann muss ich wohl runter zum

Strand", dachte er sich und kramte schnell ein T-Shirt und die kurze

Hose aus dem Gepäck, um sich schnell umzuziehen. Schuhe brauchte er keine, denn kurz nach dem Garten ging es sofort durch den Sand ans Wasser, wo er seine Frauen vermutete.

Nach kurzer Strecke am Strand hörte Tom seine Lulu schon lachen und fing an, schneller zu laufen, dann sah er die drei Damen im

Watt rumplanschen und rief schon von Weitem: „Hey, ihr Schlammspringer, da seid ihr ja!"

„Papa, Papa, hallo, Papa!", schrie Lulu und war ganz außer sich. Tom rannte schnell zu seiner Kleinen und nahm sie auf den Arm, und zack stürzte er mit ihr auf seinen Allerwertesten. Da saßen sie nun, voll mit Schlamm bedeckt, alle mussten kräftig lachen und nun begrüßten auch Evelyn und Claudia den Überraschungsgast.

„Hey, mein Schatz, da bist du ja. Ist das schön, dass du nun doch da bist, ich freue mich so!", und schon hatte Evelyn sich zu Tom heruntergebeugt und ihn zur Begrüßung geküsst.

Claudia begrüßte Tom auch mit einer Umarmung und nun saßen alle vier gemeinsam im Watt und plauderten noch eine Weile.

„Mann, Mädels, ist das schön mal wieder hier draußen zu sein, kommt, lasst uns Fisch essen gehen, ich kann es nicht mehr abwarten, bis ich welchen bekomme", freute sich Tom. Die vier erhoben sich langsam und trotteten zum Haus zurück. Die Leute, die ihnen entgegenkamen, sahen sie schon sehr verwundert an, weil sie alle so mit Matsch verschmiert waren, das störte aber keinen von ihnen. Sie lachten einfach nur und waren gut drauf. Als alle eine Dusche genommen und frische Kleider übergestreift hatten, ging es schnell los zu „FISCH UND MEE(H)R", ihrem Lieblings Fischrestaurant hier in Bensersiel.

Kaum hatten die Bauers und Claudia ihr Essen bestellt, saßen sie auch schon an einem der zahlreichen Tische im Laden und plauderten drauflos. Alle außer Lulu hatten noch eine Cola bekommen. Für die Kleine gab es ein Glas Orangensaft. Sie prosteten sich zu und tranken einen großen Schluck. Sie hatte sich viel zu erzählen und Tom genoss es, mit seinen Lieben zusammen zu sein.

Dann wurde das Essen serviert und sie machten sich sofort darüber her. „Hmmmm, ist das gut", überkam es Tom und er aß mit großem Appetit weiter.

Plötzlich klingelte sein Smartphone. Tom nahm es zur Hand und wurde ganz ernst: „Na klasse, dass musste ja kommen, können die denn nichts ohne mich?" Er hatte auf dem Display schon gesehen, dass der Anruf aus der Wache in der Bornheimer Straße kam.

Er zog den Finger übers Display und wurde verbunden „Tom Bauer, hallo? Ja, ich bin es, was gibt es? Ja, okay, wenn es denn sein muss. Hey, aber ich fahre erst morgen Nachmittag hier los, okay, ich bin gerade angekommen und werde nicht jetzt noch einmal für drei Stunden in den Wagen steigen. Ist Kai Ramseeger eigentlich im Büro? Nein, ach, das ist ja interessant, aha, okay, bis morgen Abend also. Ja, dir auch, danke, tschüss." Tom schüttelte kurz den Kopf, lächelte aber dann auch schon wieder und kümmerte sich weiter um „seine" Mädels, wie er sie gerne nannte. Sie ließen sich ihre gute Laune nicht nehmen, außerdem war ja mal wieder damit zu rechnen gewesen, die vier kannten das schon zur Genüge.

Nachdem sie mit dem Essen fertig waren, ging es zurück zum Haus, um eine kleine Mittagspause einzulegen. Evelyn hatte für Tom, sich und Claudia noch einen Espresso zubereitet, welchen sie nun gemeinsam genossen. Tom hatte sich schon auf die gemütliche cremefarbene Couch geschmissen und Lulu kuschelte sich an ihren Paps. Es hatte nicht lange gedauert und die beiden waren eingeschlafen. Evelyn nahm die Kamera zur Hand und machte ein paar Fotos von diesem Anblick, dann zogen Claudia und sie sich auf die Veranda zurück und legten sich auf die Liegestühle, um etwas zu lesen.

Dong, dong, dong, dong, die große alte Standuhr in der Wohnstube neben dem Kamin meldete sich, es war vier Uhr.

Tom wurde von Lulu geweckt und tollte mit ihr auf der Couch umher. Die Frauen plauderten waren draußen, eine frische, gute Luft kam durch die offene Verandatür ins Haus, was Tom so liebte. Einfach mal wieder am Wasser sein und genießen, das war schon etwas her. Dann setzte er sich mit Lulu zu den Frauen und sie planten, was sie denn heute noch so tun könnten. Sie entschieden sich, nach Aurich zum Shoppen zu fahren und schon waren sie im Wagen verschwunden und unterwegs. In Aurich angekommen, parkte Tom den Wagen hinter der OLB (Ostfriesische Landesbank) auf den Parkplatz, sie stiegen aus und betraten die Fußgängerzone.

Tom war sehr gerne hier und er liebte das rege Treiben in der Stadt. Nachdem so einiges eingekauft und so manche Läden durchstöbert waren, ging es zurück zum Auto. Lulu war auch schon wieder müde und schlapp, Tom hatte sie schon eine ganze Weile auf dem Arm hin und her getragen und war froh, sie nun ablegen zu können. Er setzte sie ganz behutsam in ihren Kindersitz und schnallte sie an, da war sie auch schon eingeschlafen.

Jetzt ging es gemütlich wieder zurück Richtung Esens und weiter nach Bensersiel. Dort angekommen nahm Tom seine Kleine aus dem Wagen und brachte sie hoch in ihr Zimmer und legte sie dort ins Bett, sie schlief tief und fest.

Die Uhr im Esszimmer schlug 16 Uhr.

Tom hatte sich auf der Terrasse in den schönen großen Strandkorb gelegt und war wohl auch kurz eingeschlafen. „Oh, schon vier", dachte er, „Mann, wie die Zeit vergeht, das ist echt nicht normal."

Evelyn und Claudia saßen ein paar Schritte von ihm entfernt auf einer Decke im Sand und plauderten. Es war ein angenehmer Nachmittag und es waren wohl so 20 Grad, die Sonne schien.

Tom stand auf, ging in die Küche und holte sich `ne Coke aus dem Kühlschrank und setzte sich wieder in seinen geliebten Strandkorb.

Kaum hatte er zum Trinken angesetzt, meldete sich auch schon wieder sein Telefon, er hatte den Ton abgestellt und es vibrierte nur auf dem Tisch vor sich hin. Tom nahm es in die Hand und schaute aufs Display. „Mann, Mann, Mann, das ist doch echt zum Mäuse melken, können die nichts ohne mich?"

„Tom Bauer, hallo. Sabine, du bist es, was gibt es? Warum rufst du von der Wache aus an? Was? Krankgemeldet, mit welcher Ausrede? Okay, du, ich bin morgen Nachmittag auf dem Weg zurück, dann sehen wir uns am Abend beim Obsthof, okay? Ja, prima, ja, dann bis morgen und pass auf dich auf, ciao."

Die Uhr im Esszimmer schlug 17 Uhr.

Plötzlich kam Lulu um die Ecke und sprang Tom auf den Schoß: „Hallo, Papa, ich bin fertig mit schlafen, können wir was spielen?"

„Hey, meine Süße, da bist du ja wieder. Klar, was wollen wir denn spielen?"

Lulu überlegte kurz: „Eine Sandburg bauen?"

„Oh, das ist aber eine super Idee, na klar, komm, fangen wir sofort an, bevor es dunkel wird." Tom nahm seine Kleine an die Hand und schon waren sie zum Strand gelaufen. Lulu schnappte sich noch einen Eimer und die kleine blaue Schaufel und war voller Tatendrang. Als die beiden mit ihrem Bauwerk fertig waren, hatte

Tom auf der Spitze noch einen abgebrochenen Ast mit einem Stoffrest als Fahne eingesteckt.

Sie betrachteten kurz ihr Meisterwerk und machten sich dann zurück zum Haus. Lulu saß auf Toms Schultern und war sehr vergnügt dabei.

Nachdem die vier das Abendessen genossen hatten, ging es für Lulu ins Bett und der Rest setzte sich noch auf ein Weinchen zusammen hin.

Die Uhr schlug mittlerweile 23 Uhr und man begab sich zu Bett.

Montag, 19 Oktober

Tom war schon früh aufgewacht und konnte nicht mehr schlafen. Er hatte sich leise aus dem Zimmer geschlichen und saß in der Küche mit einem frischen Ostfriesentee und seinem Notizbuch, um sich einige Sachen und Gedanken aufzuschreiben.

1. Warum hatten sich Ramseeger und Schmidt getroffen?

2. Was führt Ramseeger im Schilde und warum hat er sich krankgemeldet?

3. Wie kann ich Ramseeger eine Falle stellen, damit wir in seine Wohnung kommen?

4. Warum hatte Schmidt versucht, mich zu überfahren?

Dann schlug er das Buch wieder zu und steckte es in seine Jackentasche zurück. Nun wollte Tom erst einmal die Stunden noch genießen, die er hier mit seinen Lieben verweilen konnte. Er servierte sich noch einen Tee und setzte sich damit ans große Fenster zum Garten in seinen gemütlichen Ohrensessel und versuchte, wieder zu entspannen, was ihm recht schnell gelang.

Tom war wohl kurz eingenickt, da stand auch schon Evelyn an seiner Seite und küsste ihm sanft auf die Stirn: „Na, guten Morgen, mein Schatz, geht es dir gut?"

Er öffnete die Augen und sah sie erfreut an: „Ja, alles prima, und du, hast du gut geschlafen?"

„Oh ja", antwortete sie ihm und war auch schon auf dem Weg in die Küche, um sich auch einen Tee zu nehmen. Sie goss sich etwas Rahm mit dem kleinen Löffel obenauf und betrachtete die Wölkchen, die sich dabei bildeten, dann setzte sie sich zu Tom in den anderen Sessel und sie plauderten eine Weile.

Dann bereitete Evelyn das Frühstück vor. Claudia hatte die beiden auch schon begrüßt und Lulu saß schon am Tisch und wartete darauf, dass es endlich losging.

Nach dem Frühstück ging es gemeinsam nach Carolienensiel, um dort eine kleine Fahrradtour zu unternehmen. Außerdem gab es ein leckeres Eis dort. Tom hatte einen Fahrradverleih ausfindig gemacht, bei welchem man Nostalgiebikes leihen konnte. Diese mochte er besonders, da sie so bequem waren und man super damit fahren konnte.

Sie genossen die gemeinsame Zeit sehr, welche sich aber auch langsam aufs Ende zu bewegte.

Es war nun schon 14 Uhr und Tom musste sich für die Heimfahrt fertigmachen. Es ging also zurück nach Bensersiel.

Dort angekommen packte Tom schnell seine Reisetasche und hatte diese schon in den Kofferraum seines Wagens verfrachtet. Er drückte noch seine Evelyn und gab ihr einen dicken Kuss, das Gleiche tat er auch mit Lulu, welche etwas weinen musste.

Er bedankte sich noch einmal bei der lieben Claudia und war dann auch schon in seinem Wagen verschwunden und vom Hof gebraust, er hupte kurz zum Abschied und alle winkten ihm hinterher, bis er sie im Rückspiegel nicht mehr sehen konnte.

Trotz einiger kleiner Baustellen auf der A31 war Tom gut zurück nach Nordrhein-Westfalen gekommen und nun auf der A3 Höhe Köln-Mühlheim unterwegs.

Am Heumarer Dreieck war alles soweit frei, so dass er schnell auf der Flughafenautobahn war und nach kurzer Zeit in Bonn eintraf.

Tom wählte über die Freisprecheinrichtung die Nummer von Evelyn, um ihr mitzuteilen, dass er gut angekommen sei. Dann suchte er die Telefonnummer von Sabine Heinrichs raus und wählte sie an.

„Hey, Hallo, Sabine, ich bin es, Tom."

„Ah, hey Tom, wieder im Lande?"

„Ja, du, soeben eingetroffen. Du, ich würde jetzt zum Obsthof fahren, hast du Zeit?"

„Klaro, wann bist du dort?"

„So in einer Viertelstunde, denke ich."

„Ja, super, das passt, ich mache mich sofort auf den Weg, bis gleich, Tom."

„Alles klar, prima, bis gleich."

17 Uhr, Tom war gerade am Obsthof oben in Berkum angekommen, da klingelte auch schon sein Smartphone.

„Tom Bauer, hallo?"

„Was, reden Sie bitte etwas lauter und langsamer, ich kann Sie nicht verstehen!"

„Ach Kai, du bist es, was ist los?", Tom etwas unter Druck, da er mit Kai natürlich nicht gerechnet hatte.

„Was, ach Kai, warte bis ich morgen im Büro bin, okay, ich habe gerade keine Zeit. Bis morgen, ja, kein Thema, ja, tschüss."

„Blödmann", dachte sich Tom, „der fehlte mir gerade noch."

Er parkte seinen Wagen vorm Obsthof und stieg aus. Als Tom sich von drinnen einen Milchkaffee und ein Stück Apfelkuchen geholt hatte, setzte er sich nach draußen an einen Tisch und wartete auf Sabine. Es dauerte nicht lange, da kam sie auch schon angebraust und parkte ihren Pkw neben dem von Tom. Sie stieg schnell aus und winkte ihm schon zu: „Hey, Tommi, na mein Lieber, wie geht's?", rief sie ihm entgegen und stolperte fast über einen der zahlreichen Blumenkübel, die vor den Sitzgelegenheiten standen. Tom konnte sie gerade noch am Ärmel greifen, so dass sie nicht der Länge nach auf die Nase fallen musste.

„Uups, das war aber knapp", lachte Tom und machte sich leicht lustig über seine Kollegin von der Gerichtsmedizin. Sabine schaute leicht erschrocken und musste dann doch selber über ihr Ungeschick lachen: „Mann, das hätte aber ins Auge gehen können", gackerte sie und lachte immer noch. Sie besorgte sich dann auch einen Kaffee und brachte sich ein Puddingteilchen mit an den Tisch. Nachdem sie Tom dann mit einer Umarmung begrüßt hatte, setzte sie sich und die beiden genossen erst einmal ihre Leckereien.

„Na, wie war es in Ostfriesland? Wie geht es deinen Mädels?", fragte Sabine neugierig.

„Langsam, langsam", Tom kam mit dem Antworten nicht hinterher und Sabine hatte schon die nächsten Fragen auf der Zunge.

„War total schön, und den Mädels geht es prima. Sie genießen die Zeit an der Küste. Lulu hat so viel Spaß dort und spielt fast täglich mit Claudia im Watt, ich glaube Evelyn muss die Waschmaschine auf Dauerprogramm laufen lassen", schmunzelte Tom.

„Ja, das glaube ich", Sabine lachte, „schön, dass du sie sehen konntest."

„Oh ja", erwiderte Tom, „das ist wohl wahr, wird echt Zeit, dass sie wieder nach Hause kommen können. Wir müssen unbedingt weitermachen und die Sache zum Abschluss bringen."

„Also, was habe ich gehört, Ramseeger und Schmidt haben sich getroffen? Wo war das? Habt ihr irgendetwas herausbekommen können? Ich muss wissen, was die im Schilde führen?!" Tom war schon wieder ganz im Job und er merkte, wie sein Adrenalinspiegel stieg.

„Ruhig, Tom", lenkte Sabine ein, „eins nach dem anderen und vor allem ohne Emotionen." Sie hatte ihre Hand auf seinen rechten Arm gelegt, um ihn zu beruhigen, was ihr auch gelang.

„Die beiden trafen sich im CONTRAST in Godesberg und saßen wohl so zwei Stunden zusammen. Sie tranken einige Whiskys und hatten viel zu bereden, wie es aussah. Die Kollegen aus Bonn sagten mir, dass es teilweise heftig zur Sache gegangen wäre, und es erst danach ausgesehen hätte, dass sie wohl handgreiflich würden. Doch nach einer Weile waren sie wieder ganz ruhig und benahmen sich nicht weiter verdächtig."

Sabine nahm einen Schluck Kaffee und legte sich entspannt in ihrem Stuhl zurück. Sie beobachtete Tom und sah, dass er sehr nachdenklich und sauer war, das lag sicher auch daran, dass Kai, sein ehemals bester Freund, in die Sache verstrickt war.

Er nippte an seinem Kaffee und war sehr nachdenklich, allerdings verzog er keine Miene und schien ganz klar zu sein.

Die zwei sprachen noch eine Zeit lang und verabredeten sich für den nächsten Tag in Bonn auf dem Präsidium, Bornheimer Straße.

Sabine drückte Tom zum Abschied und war schon in ihren Wagen verschwunden und Tom tat es ihr gleich und war unterwegs nach Hause.

Dort angekommen stellte er seinen Pkw in die Garage und betrat das Haus. Wie sehr würde er sich freuen, wenn seine Lieben jetzt da wären, es war so still hier und leblos, er knipste schnell das Radio in der Küche an und machte es sich dann mit einem Glas Wein vor dem Kamin bequem. Er zündete ein Feuer an und versuchte, den angebrochenen Abend so gut wie es ging zu genießen.

Dienstag, 20. Oktober

Tom war erst spät zu Bett gegangen, er hatte sich noch einige Notizen in den Hemingway geschrieben und war darüber im Sessel vor dem Kamin eingeschlafen. Als er wieder aufwachte, das Feuer im Kamin war erloschen und es fröstelte ihn etwas, schaute er auf die Uhr. „Ach du meine Güte, schon zehn, da hab ich ja wohl voll geschlafen? Jetzt aber ins Bett", dachte er noch und begab sich hoch ins Schlafzimmer. Er war schnell eingeschlafen.

Der Wecker klingelte, Tom hatte ihn auf 7:00 Uhr gestellt, so dass er noch genügend Zeit haben würde, um einen Kaffee zu trinken und seinen General zu lesen.

Nachdem er im Bad fertig war, hopste er vergnügt die Treppe ins Erdgeschoss runter und zog die Zeitung im Vorübergehen aus dem Türschlitz. Er ging damit in die Küche, legte sie auf den Tisch und knipste den Kaffeeautomaten an. Das kleine Radio neben dem Fenster hatte er auch eingeschaltet, es lief gerade „achtzig Millionen" und Tom war gut drauf.

Er stellte seinen Kaffee-Pott mit reichlich Milch in die Mikrowelle, um diese zu erhitzen. Danach noch einen schönen Schuss Kaffee obenauf und ab damit zum Tisch, um gemütlich den General zu lesen, was ein Ritual war, welches Tom morgens einfach brauchte, um seinen Kopf wach zu bekommen.

Er hatte wohl so eine halbe Stunde gelesen, da kam ihm eine Idee, er nahm sich schnell den Hemingway zur Hand und schrieb diese auf, um sie später mit seinen Kollegen abzusprechen. Schon hatte ihn der Fall wieder im Griff und Toms Ermittler-Motor war gestartet. Er trank noch einen zweiten Kaffee und machte sich dann auf den Weg zu seinem Wagen.

9:00 Uhr, Tom war gerade auf der Bornheimer Straße angekommen, er stellte seinen Pkw vor dem Gebäude auf einen der freien Parkplätze. Kaum war er in der Dienststelle, wurde er auch schon von seinen Kollegen begrüßt. Was ihm sofort auffiel war, dass Kai Ramseeger nicht anwesend war, er fragte sofort nach warum, und man teilte ihm mit, er habe sich krankgemeldet.

„Aha", dachte sich Tom und ließ sich aber nicht weiter davon irritieren. Er ging in sein Büro und ordnete erst mal seine Gedanken, indem er einen Plan zu Papier brachte, mit dem sie Ramseeger eine Falle stellen könnten.

„Wir müssen unbedingt in seine Wohnung, ohne dass er was mitbekommt, und das umgehend", dachte Tom. Ihm wollte einfach nichts einfallen, wie sie es würden anstellen können, aber eventuell hatten ja die Kollegen eine Idee dazu. Tom schaute auf seine Uhr, es war kurz vor zehn. „Na dann mal los, ich werde sicher schon erwartet." Er stand auf und begab sich in den Besprechungsraum in der ersten Etage des Gebäudes, Raum 104. Er klopfte kurz an und trat dann ein.

Regina Sturm, die Hauptkommissarin, begrüßte ihn sofort: „Hallo, guten Morgen, Tom, na dann können wir ja loslegen."

Tom übernahm: „Guten Morgen zusammen."

Ein „Guten Morgen" kam wie im Chor zurück und alle schienen sehr konzentriert und angespannt.

„Ich habe gesehen, dass Kollege Ramseeger nicht anwesend ist", eröffnete der Ermittler, „weiß jemand mehr dazu? Nein, okay, dann nehmen wir das erst einmal so zur Kenntnis. Ich muss noch einmal darauf hinweisen, dass alles, was hier besprochen wird, diesen Raum nicht verlässt. Das ist ungemein wichtig, wenn ich nur einen oder eine dabei erwische, etwas ausgeplaudert zu haben, werde ich mich persönlich um das Verfahren kümmern, das nur vorab."

Die Gruppe wurde noch ernster, aber niemand sagte auch nur einen Ton, sie hörten Tom zu und notierten sich teilweise Stichpunkte auf ihre mitgebrachten Blöcke.

Tom teilte seine Überlegung mit, welche sich darum drehte, Kai Ramseeger eine Falle zu stellen, um in dessen Wohnung zu gelangen, um diese durchsuchen zu können. Ideen wurden eingeworfen, welche aber erst mal keinen Sinn hatten. Dann hatte doch ein Kollege einen guten Einfall. Dieser war auch deswegen gut, da es sich um eine Sache handelte, die nicht so überraschend oder absurd für Ramseeger klingen würde. Der Kollege Wagner war öfter mit Ramseeger unterwegs auf Streife und teilweise trafen sich die beiden zum Badminton in Troisdorf. Es wäre sicherlich ein Leichtes, ein solches Treffen zu organisieren, somit wäre Kai Ramseeger für ein paar

Stündchen abgelenkt und würde sicher keinen Verdacht schöpfen.

Tom gefiel diese Idee super und sofort wurde ein Termin notiert, wann es am besten passen würde. Freitagabends sollte es soweit sein und Tom wollte sich zu Hause in Ruhe Notizen machen, nach was sie unbedingt Ausschau halten sollten. Der erfahrene Ermittler kannte die Wohnung von Kai Ramseeger sehr gut, hatte er doch viel Zeit bei seinem „Freund" verbracht und so manche Party dort gefeiert, oder auf der „armen" Playstation rumgeballert.

Nachdem alles abgesprochen war, löste sich die Versammlung langsam auf. Tom sprach noch kurz mit Regina Sturm und verabschiedete sich dann auch.

Die Uhr im Präsidium zeigte 12 Uhr an und Tom bekam langsam Hunger, er rief auf dem Weg zu seinem Wagen Sabine Heinrichs an, um sie zum Mittagessen zu treffen.

Sabine hatte sofort zugesagt und die Beiden trafen sich bei Miebach, gegenüber vom Bonner Rathaus. Als Tom dort eintraf, saß Sabine schon vor dem Restaurant rechts an einem Tisch und winkte ihm freudig zu: „Hallo, Tom, da bist du, na wie geht's?"

„Ach, hey Bienchen, na", Tom nahm sie kurz in den Arm und begrüßte sie. „Alles prima, und im Fall geht es hoffentlich voran."

„Na, das ist doch super, dann lass uns mal was essen und die Mittagszeit genießen, was."

Tom setzte sich an den Tisch und schon wurde ihnen von einer netten Bedienung die Speisekarte gereicht. Das Smartphone des Ermittlers meldete sich kurz mit einem Hinweis. Tom schaute kurz darauf, ein Lächeln in seinem Gesicht war sofort zu erkennen.

„Na, was hast du denn für eine freudige Nachricht erhalten?", fragte Sabine neugierig.

„Ich kann morgen unseren neuen Wagen bei Autohaus Kempen abholen", Tom freudig.

„Ah, ein neues Auto? Super, kann ich mit?"

„Äh, klar, gerne, wenn du Zeit hast", Tom freute sich sichtlich über Sabines Angebot.

Die zwei bestellten sich jeweils einen Flammkuchen und dazu eine Apfelschorle, welches ihnen nach kurzer Wartezeit aufgetischt wurde. Nachdem das Essen in den Mündern verschwunden war, machten die beiden eine Zeit für die Fahrzeugabholung am nächsten Tag aus. Sabine musste wieder in die Gerichtsmedizin, da sie gerade heute Morgen einen neuen Fall auf den „Tisch" bekommen hatte, den sie heute noch erledigt haben wollte. Sie verabschiedete sich noch schnell bei Tom und war schon schnellen Fußes verschwunden.

Der Ermittler bestellte sich noch einen Milchkaffee und genoss diesen in aller Ruhe. Er liebte es, hier bei Miebach zu sitzen und die Leute zu betrachten, die dort saßen, aßen, tranken und auch diese, welche durch die Stadt liefen, um Besorgungen zu machen. Es war ein reges Treiben in der Stadt, was Tom sehr mochte.

Tom nahm sein Smartphone zur Hand und wählte die Nummer vom Autohaus in Meckenheim.

„Autohaus Kempen, Max Schäfer, hallo", kam es von der anderen Seite.

„Ja, hallo, Herr Schäfer, ich bin es, Tom Bauer."

„Ah, hallo, Herr Bauer, na wie geht's? Sie wollen sicher einen Termin für morgen, um Ihren Pkw abzuholen, was?"

„Ja genau, Sie haben den Nagel auf den Kopf getroffen. Sagen Sie, wann kann ich kommen? Ich habe den ganzen Vormittag frei zur Verfügung."

„Na, dann kommen Sie doch um 11 Uhr gleich rüber, dann können wir noch in Ruhe einen Kaffee zusammen trinken und alles erledigen. Ihr Wagen wurde heute angemeldet und wenn Sie möchten, können wir ihren jetzigen Pkw auch für Sie abmelden."

„Ach super, dass wäre klasse, dann also bis morgen um elf. Danke, Herr Schäfer, toller Service, tschüss bis morgen."

„Ja gerne, nicht dafür, bis morgen, Herr Bauer."

Tom war vergnügt, genoss den letzten Schluck von seinem Milchkaffee, zahlte und machte sich auf den Weg. Er ging noch kurz in der „Haarwerkstatt", einem kleinen

Friseurladen in der Innenstadt vorbei, um sich kurz die Haare schneiden zu lassen. Er musste eine Viertelstunde warten und schon kam er an die Reihe.

Nach dem Friseurbesuch machte sich Tom auf den Weg nach Hause. Er wollte noch den Rasen hinterm Haus mähen und den Nachmittag genießen. Eine halbe Stunde später war er zu Hause angekommen, er zog sich kurz um und stürzte sich auf den Rasenmäher, der in der Garage stand, schnell noch Sprit rein und los ging es. Als er wohl so ein Viertelstündchen bei der Sache war, vibrierte sein Smartphone in seiner Hosentasche. Tom schaute aufs Display und sah eine Nummer, die er aber nicht kannte, neugierig nahm er das Gespräch an.

„Tom Bauer, hallo?"

„Guten Tag, Herr Bauer", kam es mit leicht zittriger Stimme von der anderen Seite, „ich bin es Johanna Spor."

„Frau Spor? Hallo, wie geht es Ihnen? Warum rufen Sie mich an?"

Tom war etwas irritiert aber gefasst. Er erwartete eine Antwort musste aber kurz darauf warten.

„E… es geht so danke. Könnten Sie eventuell vorbeikommen und sich etwas ansehen? Hier bei uns im Haus, ich habe da etwas entdeckt, was mich nicht mehr schlafen lässt!" Johanna Spors Stimme wurde immer zittriger und sie hatte wohl zu weinen begonnen.

Tom schluckte kurz, fing sich aber schnell und antwortete: „Klar, Frau Spor, wenn Sie möchten, komme ich gleich heute noch rüber, ist ja nicht weit. Ich müsste nur noch schnell meinen Rasen fertig mähen.

„Ja, danke, Herr Bauer, das ist nett von Ihnen, sagen wir in einer Stunde?"

„Ja klar, kein Problem, ich bin in einer Stunde bei Ihnen, Frau Spor. Bis gleich." Tom hatte aufgelegt. Kurz war er etwas nachdenklich, doch dann wurde er wieder klar und mähte weiter.

16:00 Uhr

Tom war gerade mit dem Rasen fertig und schon wieder umgezogen, um zu Johanna Spor zu fahren, als plötzlich sein Smartphone erneut vibrierte. Er sah auf das Display und sah „Kai ruft an". Tom fackelte nicht lange und drückte das Gespräch einfach weg, etwas irritiert steckte er sein Phone wieder in die Hosentasche. Er schloss die Haustür hinter sich und setzte sich in seinen Wagen. Das Smartphone vibrierte erneut, wieder war es Kai Ramseeger. Dieses Mal nahm Tom das Gespräch an.

„Hey Tom, ich bin es, Kai!"

„Kai, hallo, du, ich habe leider keine Zeit, bin im PKW unterwegs, ciao." Tom hatte erneut aufgelegt und die Wut brodelte schon wieder in ihm auf: „Was will dieser Penner von mir? Der soll mir bloß nicht zu nahe, kommen sonst…" Tom versuchte sich zu beruhigen und atmete tief ein und aus, es gelang ihm. Er konzentrierte sich auf den Wagen und fuhr vom Hof die

Ahrtalstraße hinauf.

Kurze Zeit später war er auch schon in Fritzdorf vor dem Haus von Frau Spor angekommen, er stieg aus.

Johanna Spor hatte ihn schon durchs Fenster in der Küche erblickt.

Kaum war Tom an der Haustür angekommen, wurde diese auch schon geöffnet.

„Hallo, Herr Bauer, danke, dass sie so schnell Zeit für mich haben."

„Hallo, Frau Spor, nicht dafür, ich mache ja nur meinen Job", gab Tom freundlich zurück

„Kommen Sie herein. Kann ich Ihnen etwas zu trinken anbieten?"

„Och, ein Wasser wäre schon okay, danke Ihnen."

Der Ermittler wurde ins Esszimmer geleitet, wo er sich an den großen Tisch setzte und Johanna Spohr hatte ihm auch schon das Wasser in einem Glas gereicht. Tom nahm einen großen Schluck.

„Frau Spor, was haben Sie für mich? Sie klangen sehr bedrückt am Telefon", eröffnete Tom das Gespräch.

„Ach so, ja das, einen Moment bitte, Herr Bauer, ich bin sofort wieder bei Ihnen."

Johanna Spor verschwand kurz im Flur, doch im nächsten Augenblick war sie wieder bei Tom am Tisch angekommen und hatte eine kleine Papierbox in den Händen. Sie stellte diese auf den Tisch, sie setzte sich, atmete tief durch und öffnete die Schachtel.

Sofort obenauf konnte Tom einige schockierende Fotos entdecken.

„Ach du lieber Gott, was haben Sie denn da? Wo haben sie das her?", Tom war sehr betroffen, der Anblick hatte ihn etwas geschockt. In der kleinen Kiste aus Karton waren verstörende Bilder abgelegt. Tom fand Fotos von jungen Mädchen um die 15-18 Jahre alt. Alle waren geknebelt, gefesselt und ihre Augen hatte man mit Klebeband, wohl Panzertape, zugeklebt. Die Mädchen waren nur mit ihrer Unterwäsche bekleidet und hatten etliche Schürfwunden an ihren Leibern. „Schrecklich", dachte Tom nur und drücke den Deckel wieder auf die Box.

„I… i… ich fand diese Box im Schreibtisch meines Mannes, oben im Büro. I… i…ich weiß nicht, was das zu bedeuten hat Herr Bauer, bitte helfen Sie mir." Johanna Spor brach in Tränen aus, Tom reichte ihr ein Taschentuch und versuchte, sie zu beruhigen.

„Frau Spor, ganz ruhig, ich bin ja da und alles wird sich aufklären, das verspreche ich Ihnen, okay?"

Tom öffnete die Box dann doch wieder und schaute sich nach und nach den gesamten Inhalt an. Ein paar Mal musste er doch sehr schlucken und kurz innehalten. Es waren wirklich einige schockierende Dinge da aufgenommen worden. Dann kam etwas zum Vorschein, was Tom sofort als Plan eines Gebäudes erkannte. Dann waren da noch jede Menge Telefonnummern, mit denen konnte er aber im Augenblick nichts anfangen.

Der Plan jedoch interessierte Tom sehr. Er nahm ihn aus der Box und faltete ihn komplett auseinander. Nach kurzer Ansicht schlug es bei Tom wie ein Blitz ein: „Mann, das sieht doch aus wie das alte unbewohnte Gebäude unten in Niederbachem an der Straße", schoss es durch seinen Kopf, „das kann doch nicht sein, oder?" Dem Ermittler blieb kurz die Spucke weg.

„Frau Spor, einen Augenblick bitte, ich muss kurz telefonieren. Tom verließ das Haus, er lehnte sich draußen auf die Motorhaube seines Wagens und wählte eine Nummer auf seinem Smartphone.

„Regina, hey, ja, ich bin es, Tom Bauer, hallo. Du, ich bin da auf etwas gestoßen. Kannst du bitte einen Durchsuchungsbeschluss erwirken? Wir müssen uns unbedingt das alte Gebäude an der Konrad-Adenauer-Straße in Niederbachem ansehen. Du weißt schon, wir hatten doch damals diesen verschwunden Jungen dort wiedergefunden, er hatte sich doch dort versteckt. Ja, ja, genau das. Ich habe hier einen Plan in den Händen, der mir genau dieses Gebäude zeigt, ich müsste mich schon sehr irren, wenn es nicht so ist. Ja, super, danke dir, bis morgen also, ja, ja, danke, tschüss."

Regina Sturm, Toms Kollegin vom Revier auf der Bornheimer Straße in Bonn, leitete sofort alles in die Wege.

Tom ging wieder ins Haus zu Johanna Spor, er redete noch eine Weile mit ihr und konnte sie auch beruhigen, danach verabschiedete er sich und war schon wieder unterwegs nach Hause, die Box stand neben ihm auf dem Beifahrersitz.

Mittlerweile war es 18:30 Uhr und Tom hatte seinen Wagen vor der Garage abgestellt. Er war im Haus verschwunden und hatte es sich vor dem Kamin im Wohnzimmer gemütlich gemacht. Er goss sich noch einen guten Schluck Cao Ila in ein Glas und sackte etwas erledigt in seinen geliebten Sessel, um zur Ruhe zu kommen, was ihm allerdings nach den Geschehnissen des Tages etwas schwerer fiel als sonst. Seine Gedanken kreisten noch eine ganze Weile über die gefundenen Fotos und vor allem über den Plan des alten Gebäudes in Niederbachem.

Am Abend rief er Evelyn noch an und sprach lange mit ihr. Es wurde wirklich Zeit, dass sie und Lulu wieder nach Hause kommen würden. Er vermisste sie sehr.

Mittwoch, 21. Oktober

9:00 Uhr der Wecker klingelte, Tom wachte auf und stellte ihn ab. Er reckte sich und sprang dann aus den Federn. Schon war er im Bad verschwunden und die Dusche lief. Nach dem er im Bad fertig war, zog er sich schnell an, setzte sich mit einem Sprung aufs

Treppengeländer und rutschte auf diesem runter in den Flur. Mit einem Griff die Zeitung aus dem Einwurf gezogen und schon stand er in der Küche.

Es klingelte an der Tür, Tom schaute aus dem Fenster und sah Sabine vor dem Eingang stehen. Er lief zur Tür und öffnete: „Hey, guten Morgen, Sabine, na, alles fit?"

„Morgen Tom, ja, alles prima, Mann, bist du gut drauf."

„Komm rein, magst du einen Kaffee?"

„Klar, gerne, zwei Zucker bitte und etwas Milch", erwiderte Sabine Heinrichs.

„Mann, du glaubst nicht, was ich gestern Abend noch erlebt habe", schoss es aus Toms Mund.

„Was denn? Erzähl schon", erwiderte Sabine. Sie setzte sich zu Tom an den Tisch, er reichte ihr einen Kaffee und erzählte ihr, was am Vorabend los gewesen war.

Ihre Augen starrten ihn an und ihren Mund bekam sie kurz nicht wieder zu: „Was, das gibt es doch nicht. Wann könnt ihr ins

Gebäude? Hast du schon was erreichen können? Und wo sind die Fotos?"

„Ja, ja klar, ich hatte sofort Regina Sturm im Präsidium angerufen, und sie wollte alles erledigen, dass wir schnell handeln können. Die Box mit den Bildern und dem anderen Kram werde ich ihr dann in Niederbachem übergeben."

„Mann, das ist ja ein Ding, soll ich mit dabei sein, wenn ihr hinfahrt?"

„Ach ja, das ist gar nicht so schlecht, oder weißt du was, ich rufe dich besser an, wenn ich dich wirklich brauche. Es könnte ja sein, dass wir dort nichts finden werden."

„Klar, gute Idee." Sabine nahm Toms Vorschlag gerne an und Tom fuhr fort: „Jetzt lass uns gemütlich den Kaffee trinken und erst mal den neuen Wagen abholen, okay?"

„Klar, machen wir Tom, sehr gerne", antwortete Sabine.

Die beiden leerten ihre Becher und machten sich auf den Weg nach Meckenheim.

Beim Autohaus Kempen angelangt, sah Tom Herrn Schäfer schon vor dem Gebäude stehen, er telefonierte wohl.

Sie parkten den Wagen und kamen langsam auf Max Schäfer zu. Dieser war im Moment mit seinem Gespräch fertig und begrüßte die beiden freundlich.

Er geleitete sie ins Gebäude und wies ihnen jeweils einen Platz vor seinem Schreibtisch zu.

„Darf ich Ihnen einen Kaffee oder etwas Anderes zu Trinken anbieten?", fragte er nett.

Sabine gab sich mit einem Glas Wasser zufrieden und Tom bekam seinen Kaffee mit viel Milch und ohne Zucker.

„So, Herr Bauer, ich habe alles für Sie vorbereitet. Sie brauchen nur noch hier und hier zu unterschreiben und schon sind wir fertig. Das Eine ist für die Übernahme des neuen PKWs und das andere Schriftstück ist gleichzeitig die Vollmacht zur Abmeldung ihres alten Wagens."

Tom nahm seinen Füller aus der Jackeninnentasche, schraubte den Deckel auf, setzte diesen hinten auf den Füller und unterschrieb die vor ihm liegenden Papiere. Die drei unterhielten sich noch eine Weile, doch dann wurde Tom doch ziemlich nervös und sie mussten zu seinem neuen Wagen. Max Schäfer drücke Tom die dazugehörigen Schlüssel in die Hand und gratulierte ihm zu seinem Fahrzeug, welches wirklich schick dastand. Grau metallic mit schönen Alus, einfach klasse. Tom war begeistert, er packte noch seine restlichen Sachen aus dem BMW in den Kofferraum des Neuen SEATS und schon hatten sie sich von Max Schäfer verabschiedet.

Nachdem Sitz, Innenspiegel und Außenspiegel eingestellt waren, startete Tom den Motor, die Automatik auf „D" und los ging es. Sie winkten Herrn Schäfer noch zu, dann waren sie auch schon auf der Straße. Sabine war auch sehr aufgeregt und zappelte auf dem Beifahrersitz hin und her. „Los, Tom, fahr schon", meinte sie voller Neugier.

„Wow, der hört sich aber gut an, was? Mal gespannt, wie er sich auf der Straße verhält", überkam es Tom, er gab etwas mehr Gas und genoss die Fahrt. Sabine hatte es sich bequem gemacht und fühlte sich sicher im Auto ihres Kollegen und Freundes.

Es dauerte wohl so eine halbe Stunde, da waren sie auch schon in Werthhoven angekommen und auf die Einfahrt vor Toms Garage gefahren. Tom traute seinen Augen kaum, da stand doch der Mietwagen von Evelyn. Seine Frau und seine Tochter waren wieder da.

Er sprang voller Freude aus dem Auto und schon wurde die Wohnungstür aufgerissen und die kleine Lulu und Evelyn standen ihm gegenüber. Er schnappte sich die Kleine und drückte gleichzeitig seine Frau und küsste beide voller Glück. Er hatte Freudentränen im Gesicht und wollte seine beiden nicht mehr loslassen.

„Mann, das ist ja ein toller Tag, ihr seid wieder da, unser neues Auto ist da, wir sind endlich wieder komplett, ach wie wunderbar." Tom tanzte vor Glück. Evelyn und Lulu begrüßten Sabine, hatten aber auch Spaß daran Tom so vergnügt und glücklich zu sehen.

Dann wurde das neue Auto in Augenschein genommen und alle waren einfach nur begeistert.

Nachdem sich Sabine dann verabschiedet hatte, schnappte sich Tom seine „Mädels" und machte mit ihnen eine kleine Spritztour mit dem neuen Familiengefährt. Sie fuhren erst einmal in Richtung Oedingen/Birresdorf und bogen dann links ab Richtung Remagen am Rhein. Es war Toms Lieblingsstrecke, wenn sie zum Rhein hinunterwollten. Unten angekommen ging es weiter über die B9 Richtung Sinzig, dann weiter rechts ab nach Bad Neuenahr, kurz durch den Kurpark spaziert und wieder ab nach Hause. Alles waren sehr vergnügt und begeistert vom neuen PKW. Um 16:00 Uhr waren sie wieder daheim angekommen und betraten ihr Haus, alle waren jetzt doch sehr kaputt, vor allen Evelyn und Lulu von ihrer langen Ostfriesland Heimfahrt.

Dann klingelte Toms Smartphone.

Er nahm das Gespräch an, es war Regina Sturm, seine Kollegin.

„Ja Regina, hey, ja klar, wann? Okay, super, ich werde vor Ort warten, dann kann ich dir auch sofort etwas übergeben, was du dir näher ansehen solltest. Okay, ja, bis gleich."

Tom musste sich doch noch kurz von seinen Lieben losreißen und seiner Arbeit nachgehen. Regina hatte einen

Durchsuchungsbeschluss erwirken können und sie wollten sich gleich in Niederbachem treffen, um das alte Abrissgebäude zu durchsuchen.

„Du, Schatz, das war meine Kollegin aus Bonn, ich muss doch noch einmal los. Wird sicher etwas dauen", sprach Tom.

„Ach, kein Problem, du, ich werde Lulu schnell etwas hinlegen und dann noch rasch die Reisetaschen auspacken. Gibt also genug Ablenkung für mich, mach dir keine Gedanken", erwiderte seine Frau.

So machte sich Tom auf den Weg, er küsste seine beiden noch einmal und drückte sie fest an seine Brust: „Bis gleich, meine Schönen, ich freu mich schon, wieder nach Hause zu kommen."

Der Ermittler packte noch ein paar Dinge zusammen, verstaute diese im Kofferraum seines Wagens und fuhr los.

Kurze Zeit später war er schon in Niederbachem angekommen, Regina und ein paar weitere Kollegen warteten schon vor dem alten Gebäude an der Konrad-Adenauer-Straße. Tom parkte, stieg aus und nahm sein Zeug aus dem Kofferraum, die Box vom

Beifahrersitz hatte er auch dabei und übergab sie an Regina Sturm. „Was ist das?", fragte diese sofort.

„Schau hinein, aber nicht erschrecken, ist nicht so prickelnd, was du dort erblicken wirst", antwortete Tom.

„Dann warte ich besser damit, bis ich wieder im Büro bin, okay?"

„Ja klar, kein Thema."

„Wo hast du die Kiste her?", hakte Regina noch nach.

„Ach so, sorry, die hat mir Frau Spor gestern übergeben. Das ist doch die Ehefrau von unserem Toten im EKZ in Berkum."

Dann begrüßte sich der Rest der Truppe kurz, es gab noch ein paar Anweisungen vom Tom und Regina und los ging es ins Gebäude. Sie konnten durch eine Seitentür hineingelangen und verteilten sich dann gleich im ganzen Haus.

Erst gestaltete sich die Durchsuchung etwas schwierig, da überall Gerümpel herumlag, doch davon ließen sich die erfahrenen Beamten nicht abschrecken. Sie waren gerade mit der oberen Etage und dem Erdgeschoss durch, als ein lautes „Kommt schnell in den Keller!" die Stille unterbrach. Es war Regina Sturm, die dort rief, und alle stiegen rasch und etwas erschrocken die Stufen zum Keller hinab.

Regina stand vor einer geöffneten Tür und starrte sichtlich entsetzt in den Raum dahinter. Tom hatte sie zuerst erreicht und schaute schnell nach, was denn passiert war. „Regina, was ist los? Hast du was gefunden?"

„Ja, schau selbst. Oh Gott, wie kann man nur?" Sie war doch sehr erschüttert und verstört, dann wendete sie sich ab und lief nach oben, um Luft zu schnappen.

Tom ging näher und dann überkam auch ihn ein Schauer. Mitten im Raum Stand ein Tisch, auf dem verwelkte Blumen in einer Vase standen. Um diesen herum saßen drei mumifizierte Leichen und es roch furchtbar süß, ekelerregend. Tom konnte sofort erkennen, dass es sich wohl um weibliche Leichen handelte, sie hatten lediglich ihre Unterwäsche an und ihre Augen waren zugeklebt. Sofort kamen ihm wieder die Fotos aus der Box durch den Kopf geschossen. Der Ermittler schnappte sich schnell ein Stofftaschentuch aus seiner Jacke und hielt sich dieses vors Gesicht. „Was für eine Sauerei geht denn hier ab?", kam es nur aus seinem Mund. Andere Worte fielen ihm gerade nicht mehr ein, und auch er musst erst einmal hoch, raus aus dem Keller und dem Gebäude, um frische Luft zu schnappen.

Regina Sturm hatte sich draußen auf den Bordstein an der Straße gesetzt und war immer noch weiß vor Ekel im Gesicht und entsetzt über das, was sie gerade erblickt hatte. Sie zündete sich gerade eine Zigarette an, als Tom an sie herantrat, ihr Körper schien komplett zu zittern.

„Na, geht´s?", sprach Tom sie mit ruhiger Stimme an.

„Ja, ja, geht schon!", erwiderte sie gedrückt.

„Pass auf, du bleibst erst einmal hier sitzen und versuchst runterzukommen, und ich werde die SpuSi und Sabine von der Gerichtsmedizin anrufen, okay?"

„Ja, ist okay, danke, Tom." Regina zog einige Züge an ihrer Zigarette.

Tom griff nach seinem Smartphone, er wählte die Nummer von Sabine Heinrichs.

„Sabine Heinrichs, Gerichtsmedizin Bonn, hallo?"

„Hallo, Sabine, ich bin's, Tom, du musst unbedingt herkommen", meinte er aufgeregt.

„Ach Tom, du bist es, äh, hinkommen? Wohin denn? Alles in Ordnung bei dir?"

„Ja, nee, doch schon. Sorry, du musst unbedingt nach

Niederbachem zum alten Abrisshaus kommen. Es ist sofort an der Konrad-Adenauer-Straße, gegenüber dem ehemaligen

Küchenladen. Erkennst du sofort, ist eingezäunt und unsere Wagen stehen davor."

„Ja klar, kann ich machen, bin sofort unterwegs."

„Und bring bitte noch deinen Kollegen mit und die zwei von der SpuSi, okay?", legte Tom noch hinterher.

„Okay, wir kommen so schnell wir können", erwiderte Sabine, „bis gleich."

Tom verstaute sein Smartphone wieder in der Jackentasche und wendete sich seiner Kollegin zu, die immer noch sehr geschockt auf dem Bordstein saß.

Er überlegte kurz und hielt es dann für besser, sie nach Hause zu schicken, was sie dankend und leicht desorientiert annahm. Die anderen Kollegen warteten mit ihm zusammen auf das Eintreffen der SpuSi und der Gerichtsmedizin.

Es hatte wohl eine halbe Stunde gedauert, da kam auch schon Sabine mit ihrem Kollegen angefahren. Hintenan konnte Tom auch den Wagen der SpuSi entdecken.

Als alle ihre Fahrzeuge verlassen hatten, begrüßte Tom sie erst einmal und bereitete sie auf das, was sie nun erwarten würde, schonend und ausführlich vor. Allein darüber zu sprechen ließ es ihm kalt über den Rücken laufen. Das Team schnappte sich dann das erforderliche Equipment aus ihren Fahrzeugen und betrat das Gebäude. Sabine Heinrichs begab sich direkt in den Keller, um sich die Leichen anzusehen. Schon bevor sie besagten Raum betrat, hatte sie den furchtbaren, süßlichen Geruch in der Nase, welchen sie aber schon zur Genüge kannte. Sie setzte sich eine Maske mit Filter auf und ging in das

Zimmer. Auch sie war sehr erschrocken über den Anblick, der sich ihr darbot. Sie schluckte kurz und machte sich dann an die Arbeit. Erst einmal musste sie ihre Kamera herauskramen, um Fotos der Situation fest zu halten. „Unglaublich, wie die hier positioniert sind", dachte sie sich, „das muss schon jemand Gestörtes sein, anders kann ich mir das nicht vorstellen."

Sie knipste noch ein paar Bilder und packte die Kamera dann beiseite. Jetzt schaute sie sich die Leichen näher an und konnte ziemlich schnell feststellen, dass die drei schon mindestens zwei bis drei Monate hier sitzen mussten. Dadurch, dass der Raum komplett fensterlos und extrem trocken war, waren diese so gut erhalten und fast schon mumifiziert. Die Haut jeder einzelnen war lediglich total ausgetrocknet und völlig ledern. Die Körperflüssigkeiten waren wohl in den Abfluss, welcher sich direkt unter dem Tisch befand, abgelaufen und somit erklärte sich wohl auch der furchtbare Geruch.

Sabine holte sich ihren Kollegen zur Hilfe, um den Abtransport in die Wege zu leiten. Sie wollte sich die drei in der Gerichtsmedizin genauer ansehen.

Nachdem die Leichen im Wagen verstaut waren, machte sich Sabine, nachdem sie sich von allen verabschiedet hatte, mit ihrem Kollegen zurück nach Bonn.

Donnerstag, 22.Oktober

Tom war schon früh wach, er hatte es sich in der Küche am Tisch bequem gemacht und war dabei, seinen General-Anzeiger zu studieren. Der Kaffee duftete gut und Tom genoss die morgendliche Ruhe.

Es war mittlerweile 9:00 Uhr, Claudia hatte Lulu abgeholt und war mit der Kleinen in den Zoo nach Neuwied gefahren. Lulu hatte in dieser Woche noch keinen Kindergarten, da einige Betreuerinnen wohl erkrankt waren.

Evelyn schlief noch, und das war Tom auch sehr recht, hatten seine Mädels doch gestern eine lange Heimreise hinter sich gebracht.

Wieder einmal meldete sich Toms Smartphone. Er sah aufs Display, es war Sabine Heinrichs, er nahm ab.

„Hallo, guten Morgen, Sabine, was gibt es?"

„Hey Tom, guten Morgen", kam es von der anderen Seite.

„Einiges, ich habe mir gestern noch lange die drei Leichen aus dem Keller des Hauses in Niederbachem angesehen."

„Ja und, was kannst du mir zu denen sagen?", Tom mal wieder ungeduldig.

„Ich konnte feststellen, dass die alle drei mindestens schon zwei Monate tot sein müssen. Und dadurch, dass der Raum wohl offensichtlich so gut verschlossen, aber auch trocken war, haben sie sich so gut gehalten."

„Und weiter?"

„Die drei sind zwischen 15 und 17 Jahre alt. Sie wurden sicherlich mehrmals vergewaltigt, allerdings kann ich mit Sicherheit sagen, dass es sich hier nicht um einen Einzeltäter handelt. Ich habe verschiedene noch gut erhaltene Spermaspuren sicherstellen können."

Tom konnte gerade nichts sagen, er war sichtlich sprachlos.

Er musste sich kurz fangen und schlug Sabine dann vor, dass er sich schnell fertigmachen würde, um sich mit ihr in der Gerichtsmedizin zu treffen.

Dann verabschiedeten sich die beiden.

Tom trank den Rest seines Kaffees aus und begab sich noch einmal ins Bad, um seine Zähne zu putzen.

Dann weckte er seine Evelyn, um sich kurz mit einem Kuss von ihr zu verabschieden.

„Pass auf dich auf, mein Engel", sagte sie noch.

„Klar, mach ich doch immer", meinte Tom und verließ das Zimmer.

Er zog sich seine Bootsschuhe an und öffnete die Haustür, dann verschloss er diese hinter sich und setzte sich in seinen Wagen. Er startete den Motor und fuhr aus der Einfahrt, hoch die Ahrtalstraße entlang Richtung Fraunhofer Institut. Dann an der Kreuzung geradeaus am Wachtbergcenter vorbei.

Nach zwanzig Minuten etwa war er in Bonn angekommen und parkte seine Wagen wie immer direkt vor dem Tor der

Gerichtsmedizin.

Immer mit dem Hinweisschild der Kriminalpolizei hinter seiner Windschutzscheibe.

Er stieg aus, schloss den Wagen ab und klingelte an der Tür. Sofort wurde geöffnet und Sabine Heinrichs bat ihn herein.

„Na, alles gut bei dir?", begann sie.

„Ja, soweit alles prima, meine Mädels sind wieder zu Hause, könnte gerade nicht besser sein", antwortete Tom mit einem Grinsen im Gesicht.

Dann begaben sich die beiden sofort zu den Leichen, diese hatte Sabine in die Kühleinheit gelegt. Sie öffnete die erste Tür und zog den Einschub heraus. Darauf lagen in einem Leichensack verpackt, die sterblichen Überreste eines der gefundenen Mädchen.

Sabine öffnete vorsichtig den oben am Kopfende beginnenden Reißverschluss und zog diesen etwa bis zum Unterbauch der Leiche auseinander. Dann zeigte sie Tom diverse Hämatome bzw. zugefügte Verletzungen am Körper des Mädchens.

„Am Hals kannst du diese dunkle lange Verfärbung erkennen, dieses ist ein Würgemahl von einer Wäscheleine oder Ähnlichem, und mit Sicherheit auch die Todesursache. Alle anderen Verletzungen waren sicher sehr schmerzhaft und eine Qual für jede

Einzelne, aber den Tod konnten diese nicht herbeigeführt haben."

Tom lief es wieder mal kalt den Rücken herunter und er schüttelte sich leicht. „Mann, was für eine Sauerei, wir müssen diese Drecksäcke unbedingt drankriegen bevor die noch mehr Mist bauen."

„Klar, das wäre sicherlich förderlich", fügte Sabine hinzu. Auch sie hatte die ganze Sache doch mehr mitgenommen, als sie erwartet hatte. Man sah zwar so einige unschöne Dinge in diesem Job, aber junge Mädchen, fürchterlich zugerichtet und auch noch irgendwie ausgestellt, wie diese hier waren, das fällt den stärksten Baum, ist nicht jedermanns Sache.

Dann schloss Sabine den Reißverschluss wieder und schob die Leiche zurück in die Kühlung. Sie zeigte Tom noch die anderen beiden Opfer, und auch diese waren zum Schluss wohl erwürgt worden.

Tom hatte sich so manche Notiz in seinen Hemingway gemacht und stecke sich diesen gerade in seine Jackentasche, als Sabine ihn noch auf die Spermaspuren ansprach.

„Ach so, Tom", begann sie, „da sind ja noch die Spermaspuren, die ich sicherstellen konnte."

„Ja klar, hätte ich jetzt fast vergessen, was kannst du mir dazu sagen?" Tom war wieder voll in seinem Element.

Sabine kramte in einem Schnellhefter auf ihrem Schreibtisch. „Ach, da ist es ja, schau, hier ich habe drei verschiedene Spuren gefunden. Welche ich aber nicht zuordnen kann, da diese Kerle wohl noch nie strafrechtlich in Verdacht geraten sind."

„Ja klar, das ist das Problem", entgegnete Tom, „aber das werden wir jetzt ganz schnell nachholen, so wahr ich Tom Bauer bin." Der Ermittler kochte mal wieder vor Wut, alleine schon bei dem Gedanken, dass Kai Ramseeger damit zu tun hatte.

„Ich bin schon sehr gespannt, was morgen bei der Durchsuchung rauskommt und dann werde ich mir diese Drecksäcke vornehmen."

Sabine kannte Tom, wenn er sich einmal „festgebissen" hatte, war er nicht mehr zu bremsen, darum hatte er ja auch vor Jahren diesen Ermittlerposten angeboten bekommen und sofort zugesagt. Wenn es in Bonn und Umgebung besondere Fälle gab, wurde Tom sehr oft dazu gerufen. Er konnte sich immer schnell ein Gesamtbild der Sache machen und sich teilweise schnell in die Tätergedanken einschleichen.

„Du, Tom", meinte Sabine Heinrichs, „hast du noch Lust auf einen Kaffee oder Tee?"

„Nee, du, ich muss dringend noch ein paar Dinge erledigen, und vor allem wollen wir ja morgen in die Wohnung vom Ramseeger. Da muss ich mich noch etwas zu vorbereiten und mit den Kollegen von der Wache absprechen, sorry, aber nächstes Mal wieder, okay?" „Klar, kein Problem", nickte Sabine ihm zu.

Er verabschiedete sich von ihr und machte sich auf den Weg nach Wachtberg. Von unterwegs telefonierte er noch mit Evelyn und schlug ihr vor, etwas zum Essen einzukaufen. Er hatte Lust auf Burger bekommen und in Wachtberg am EKZ gab es ja diesen tollen Burger-Wagen. Evelyn war einverstanden, so dass Tom sich auf direktem Wege dorthin machte.

Er fuhr gerade noch an die Zapfsäule der Shell-Tankstelle am Wachtbergcenter, um den Wagen zu betanken, und dann sofort gegenüber zum Imbiss. Er bestellte zwei Käse-Schinken-Burger mit Fritten und für Lulu eine Portion Fritten mit Ketchup.

Nachdem er bezahlt hatte, macht er sich auf den Weg nach Hause. Kaum war er auf der Hofeinfahrt angekommen, sah er die kleine Lulu schon vor der Tür stehen, sie winkte ihm zu und freute sich.

Tom parkte den Wagen, stieg aus und begrüßte seine Tochter, er nahm sie bei der Hand und sie betraten gemeinsam das Haus.

Evelyn hatte am Tisch in der Küche schon die Teller vorbereitet und Besteck dazugelegt. Getränke waren auch bereitgestellt. Der Ermittler begrüßte seine Frau mit einem dicken Kuss und drückte sie an sich, dann setzten sich die drei an den Tisch und aßen.

Evelyn und Lulu hatte ihm noch so viel zu erzählen, so dass sie die Zeit vergaßen und nicht mitbekommen hatten, dass es schon 21 Uhr war.

„Oh je", sagte Tom, „seht mal, wie die Zeit vergangen ist, jetzt aber schnell ins Bett, Töchterchen", meinte er noch. Lulu gähnte auch schon vor sich hin, Evelyn nahm sie auf den Arm und trug sie hoch ins Zimmer. Tom räumte den Tisch ab stellte dann noch die volle Spülmaschine an.

Dann machte er sich noch rasch hoch zu Lulu ans Bett, um ihr eine gute Nacht zu wüschen. Sie war schon eingeschlafen und Tom gab ihr einen Kuss auf die Wange, deckte sie noch etwas zu und verließ das Zimmer.

Evelyn und Tom machten es sich noch mit einem Gläschen Whisky vorm Kamin gemütlich, sie plauderten noch eine Weile, bis sie sich dann auch in Bett begaben.

Freitag, 23. Oktober

8 Uhr, der Wecker klingelte und Tom schaltete ihn aus, er hatte nicht so gut geschlafen, da er doch etwas aufgeregt war, weil sie heute Kai Ramseegers Wohnung durchsuchen wollten. Er stand auf, machte sich im Bad zurecht, zog sich schnell an und verschwand unten in der Küche, um gemütlich seinen Morgenkaffee zu trinken. Die Zeitung hatte er nur flüchtig durchgeblättert und war mit seinen Gedanken komplett auf Abwegen.

Was würden sie wohl finden in Kais Wohnung?

Was würde dann passieren?

Was hatte Ramseeger mit Schmidt zu tun?

Welches dunkle Geheimnis hüteten die beiden?

Würde sich Kai schnell festnehmen lassen?

Ihm kreisten Gedanken um Gedanken durch den Kopf, es war fast nicht auszuhalten. Er trank seinen Kaffee aus, machte sich eine weitere Tasse und setzte sich wieder an den Tisch.

Evelyn hatte sich mittlerweile zu ihm gesellt und versuchte, ihn etwas zu beruhigen, was ihr auch ganz gut gelang. Sie genossen gemeinsam den Morgenkaffee und Tom war glücklich, dass sie wieder bei ihm war.

Das Telefon im Flur klingelte und Evelyn sprang auf, um in den selbigen zu laufen. Sie nahm den Hörer ab: „Evelyn Bauer, guten Morgen!

Ja, der ist noch da, wer spricht denn da? Ah, Frau Sturm, ja klar, einen Moment bitte."

Evelyn ging zurück in die Küche und übergab das Gespräch an Tom.

Sie hielt die Sprachmuschel zu, wobei sie ihrem Mann schon den

Hörer hinhielt: „Regina Sturm ist dran, ist wohl sehr wichtig!"

Tom übernahm: „Regina, guten Morgen, wie geht es dir? Was, wann soll das gewesen sein? Gestern, aha, und von wem habt ihr das erfahren? Ach, unsere Jungs haben ihn also weiter observiert, sehr gut. Ja, dann würde ich doch sagen, dass wir ihn uns sofort greifen und er festgenommen wird. Beweise gibt es ja zur Genüge. Nein, brauchst niemanden zu schicken, ich werde das selbst erledigen, ich hole ihn jetzt sofort in seinem Büro ab und bringe ihn dann zu euch auf die Wache. Macht schon mal die Zelle fertig. Bin mal gespannt, wie er sich da noch rausreden möchte.

Ja, okay, dann bis später, ciao." Tom beendete das Gespräch und nahm noch einen großen Schluck von seinem Kaffee. Evelyn saß ihm fragend gegenüber und Tom beruhigte sie schnell, dass alles in Ordnung sei. Er verabschiedete sich dann von ihr und machte sich auf den Weg zum Wachtbergcenter nach Berkum.

Tom lenkte seinen Wagen rechts an den fehlenden Pollern vorbei, direkt vor den Nebeneingang des Edeka-Marktes. Er stieg aus und ging schnellen Fußes durch das Geschäft, die Treppen hoch, am Büro der Sekretärin des Filialleiters vorbei, auf die Tür von Lothar Schmidt zu. Diese öffnete sich im Augenblick und Schmidt stand ihm direkt gegenüber und sah ihn fragend an. Tom fackelte nicht lange, er ergriff diesen sofort, drehte ihn um und verpasste ihm Handschellen.

„Hey, was soll das? Sind Sie jetzt total verrückt geworden? Sie tun mir weh, verdammt noch eins!", so Lothar Schmidt erschrocken.

„Ach, das tut Ihnen weh, aha, und was meinen Sie was mich das interessiert? Sie sind festgenommen, Sie haben das Recht zu Schweigen, sie haben das Recht einen Anwalt anzurufen, alles was sie jetzt sagen kann und wird gegen Sie verwendet werden!" Tom packte ihn noch etwas härter. „Mitkommen, aber dalli, sonst lernen Sie mich erst mal richtig kennen."

„Was soll das Ganze?", jammerte Schmidt, „Ich habe nichts getan."

Tom ignorierte sein Geschwafel, er schob ihn vor sich her die Treppe hinunter auf dem Weg zu seinem Fahrzeug. Er öffnete die hintere rechte Tür und setzte Schmidt hinein. Mittlerweile war doch noch ein Einsatzwagen der

Kollegen aus Bonn eingetroffen, einer der Jungs setzte sich dann sofort neben den Verhafteten hinten in Toms Wagen, dann ging es sofort los nach Bonn.

Die ganze Fahrt über beschwerte sich Schmidt lautstark und jammerte rum, doch Tom ließ das ziemlich kalt und er bereitete sich innerlich schon auf das Verhör vor, welches später noch folgen sollte.

Nach einer halben Stunde fuhren sie auf der Bornheimer Straße bei der Wache vor. Tom stellte den Wagen direkt neben dem Aufgang auf den Parkplatz für Dienstfahrzeuge. Der Kollege stieg aus, ging auf die andere Seite und wollte Schmidt aussteigen lassen. Als er die Tür jedoch geöffnet hatte, schlug ihm dieser mit den Handschellen geradewegs ins Gesicht und traf die Nase des Polizisten, wobei dieser rücklings auf den Hosenboden fiel. Tom hatte alles mitbekommen, er ergriff Schmidt hart und zerrte ihn hinein ins Gebäude. Zwei weitere Kollegen waren schon an der Seite des Niedergeschlagenen und kümmerten sich um ihn. Der Schlag hatte wohl gesessen, denn die Nase des jungen Polizisten war gebrochen und er wurde sofort ins Petruskrankenhaus auf dem Bonner Talweg gefahren.

Tom brachte Schmidt erst mal in eine Zelle und schloss ihn dort ein.

Man hatte ihm die Handschellen vorerst nicht abgenommen, weil dieser so aufbrausend reagiert hatte.

Sollte er doch erst einmal mit sich selber klarkommen, bevor er vernommen werden konnte.

Der Ermittler zog sich dann einen Kaffee am Automaten und setzte sich in sein Büro, um etwas runterzukommen.

Es klopfte und Regina Sturm betrat Toms Büro.

„Hey Tom, guten Morgen, was ist passiert? Da ist gerade ein Wagen von uns mit Volldampf aus der Garage gefahren."

Tom hatte sich kurz über die Akte des aktuellen Falls gebeugt und darin geblättert. „Ach, hallo, guten Morgen, Regina. Eigentlich alles gut, die Verhaftung ist halbwegs ruhig verlaufen, Schmidt lief mir ja geradewegs in die offenen Arme. Dann haben wir ihn hierhergebracht, und als Kollege Bähr ihn aus den Wagen lassen wollte, schlug dieser ihm wohl mit seinen Handschellen ins Gesicht."

„Was, ach du meine Güte, das hatten wir auch schon lange nicht mehr."

„Ja, und jetzt ist wohl ein Kollege mit ihm unterwegs ins Krankenhaus, um ihn versorgen zu lassen."

Regina Sturm teilte Tom noch mit, dass Kai Ramseeger heute nicht im Büro sei, er aber trotzdem heute Nachmittag zum Badminton verabredet war. Der Durchsuchung stand also nichts im Wege. Die Kollegin danke Tom noch für die gute Zusammenarbeit in Niederbachem, am Fundort der Mädchenleichen. Sie fühlte sich wieder gut und war über Schreck hinweg, der sie dort ereilt hatte. Dann wünschte sie ihm noch einen erfolgreichen Tag und verabschiedete sich, sie würden sich bei der Durchsuchung später wiedersehen.

Tom lenkte seine Konzentration wieder auf die Fall Akte. Er erweiterte diese auch schriftlich bezüglich der letzten Vorfälle, heftete den Ausdruck obenauf und schloss diese dann wieder in den Schrank.

Mittlerweile war es kurz nach zwölf und Tom bekam langsam Hunger, er beschloss Sabine anzurufen, um mit ihr zu Mittag zu essen.

Sie verabredeten sich mal wieder ins Miebach am Bonner Marktplatz. Tom trank seinen Kaffee aus, schmiss den Becher in den Mülleimer unter dem Schreibtisch und machte sich auf den Weg in die Stadt. Er meldete sich kurz bei den Kollegen ab und machte sich zu Fuß auf. Nach zirka 10 Minuten war er bei Miebach angekommen, er ging hinein und setzte sich an den Tisch direkt am Fenster, rechts neben dem Eingang, sein Lieblingsplatz in diesem Restaurant, wo er auch oft mit seiner Evelyn und Lulu saß.

Kurze Zeit später kam auch Sabine angelaufen, sie begrüßten sich kurz und bestellten sich dann ihr Mittagessen. Sabine nahm wie immer zu Mittag einen großen Salat, dieses Mal mit Putenbruststreifen und Tom seine geliebte Currywurst Pommes, die schmeckte ihm hier am besten.

Sie genossen ihre Mittagspause sichtlich und unterhielten sich über dies und jenes. Tom tat es immer sehr gut, seine

Freundin zu treffen, da sie genau wusste, wie er tickte, und das rechnete sie ihm auch hoch an.

Nach einer Weile verabschiedeten sich die beiden und machten sich wieder auf den Weg zu ihrer Arbeit. Tom hatte Sabine noch zum Abendessen am Wochenende eingeladen. Evelyn hatte ihn darum gebeten, denn auch für sie war Sabine eine gute Freundin geworden. Sabine Heinrichs nahm die Einladung gerne an und machte sich sofort eine Notiz in ihr Smartphone. „Bis Samstagabend also", rief sie noch und war schon in der Menschenmenge auf dem Marktplatz verschwunden.

Tom schlenderte durch die Fußgängerzone, vorbei am Starbucks, über den Friedensplatz, am Bönsch vorüber, direkt auf die Fußgängerampel zu. Er überquerte die Straße und lief dann entlang der Bornheimer Straße Richtung seiner Dienststelle.

Vor dem Eingang angekommen erblickte Tom auch schon den jungen Kollegen mit dem unübersehbaren Verband im Gesicht. Er betrat das Revier und ging geradewegs auf ihn zu.

„Hey Bähr, wie sieht`s aus? Alles klar?"

„Ach, Herr Bauer, ja, ist schon okay, der Schmerz ist auszuhalten, habe einfach nicht richtig aufgepasst."

„Tut mir echt leid, Mann, ich hätte ja auch dabeibleiben können, sorry", Tom mitfühlend.

„Ah, passt schon, ich muss weiter, Ihnen noch viel Erfolg bei dem

Verhör." Bähr verabschiedete sich und nahm an seinem

Schreibtisch Platz. Auf seinem Tisch lag schon eine große Packung Ibuprofen 600, wahrscheinlich um seinen sicher vorhandenen Kopfschmerz etwas im Zaum zu halten.

Tom begab sich noch kurz in sein Büro, um doch noch einmal die Akte zu studieren. Regina unterbrach ihn dabei, um ihm mitzuteilen, dass Schmidt in seiner Zelle voll ausgeflippt sei. Sie hatten ihn einfach in Ruhe gelassen, aber das Verhör würde wohl heute nicht stattfinden können. Tom war zwar etwas verärgert, aber das hatte sich schnell gelegt, er war schon wieder konzentriert über der Akte und machte sich schon Pläne für die Durchsuchung am Abend. Um 15 Uhr verabschiedete er sich im Revier und machte sich auf den Weg nach Hause. Regina Sturm wollte ihn kurz anrufen, wenn sie auf den Weg zu Ramseegers Wohnung waren.

Zu Hause angekommen begrüßte er erst einmal seine kleine Lulu, die ihm schon aus dem Küchenfenster zuwinkte. Sie kam direkt zur Haustür gelaufen und sprang ihrem Papa in die Arme. Im Haus kam dann noch Evelyn dazu und die drei knuddelten sich auf das Sofa im Wohnzimmer. Dann nach einer Weile gab es Vanillepudding mit heißen Kirschen, den Evelyn schon vorbereitet hatte.

„Hmmm, lecker, Liebes, das war jetzt genau das Richtige", sagte Tom nur und schob sich schon den nächsten Löffel in den Mund. Lulu tat es ihm gleich und alle waren sehr vergnügt dabei.

Tom schaute auf seine Uhr und erschrak etwas. „Ach Gott, schon halb sechs, da muss ich ja gleich los!"

„Ach, du musst noch einmal los?", fragte Evelyn.

„Ja, aber hatte ich dir doch gesagt. Wir müssen in Ramseegers Wohnung!"

„Stimmt, hast Recht, habe ich glatt vergessen. Wird es wohl länger dauern? Was meinst du? Weil, wenn nicht, würde ich mit dem Abendessen auf dich warten."

„Puh, schwer zu sagen, Schatz", antwortete Tom, „kommt darauf an, was wir finden, könnte sein, dass es richtig spät wird."

„Na gut, okay, dann esse ich mit Lulu allein, mache sie dann fürs

Bett fertig und warte dann vor dem Kamin auf dich, okay?"

„Ja, wenn du magst, gerne, aber leg dich ruhig hin, wenn du zu müde wirst, denn ich kann dir wirklich nicht sagen, was heute noch passiert."

Toms Telefon machte sich bemerkbar. Er schaute aufs Display und sah, dass es Regina Sturm war; er nahm das Gespräch an.

„Regina hey, ja, ja klar, ich bin sofort unterwegs. Ja, wir treffen uns dort, bis gleich also, ja, ciao."

Dann verabschiedete sich der Ermittler noch von seinen beiden Frauen und war schon im Flur verschwunden, um sich eine Jacke überzuziehen. Dann öffnete er die Wohnungstür, schloss diese hinter sich und setzte sich in seinen Wagen. Kaum hatte Tom den Motor gestartet, war er auch schon vom Hof gebraust und der Ahrtalstraße hoch aus dem Ort gefolgt. Es dauerte wohl eine gute Viertelstunde, bis er in Pech am Nachtigallenweg angekommen war. Regina und zwei andere Kollegen von der Polizei erwarteten ihn schon.

Sie begrüßten sich kurz, Tom und Regina erörterten ihren Schlachtplan und sie begaben sich gemeinsam zum Hauseingang. Tom zückte seinen Dietrich aus der Hosentasche und öffnete die Tür des Hauses schnell und geschickt.

Dann betraten sie das kleine Haus, schlossen die Tür hinter sich und schalteten das Licht ein. Tom erschrak kurz, denn als das Licht den Flur erhellte, saß ihm gegenüber Kai Ramseegers schwarzer Kater auf dem Schrank und starte Tom genau ins Gesicht. „Mann, bin ich erschrocken, gibt es ja nicht", und er scheuchte den Kater vom Schrank.

Die Kollegen und Regina hatten sich schon im Haus verteilt und mit der Durchsuchung begonnen. Tom ging schnurstracks in Ramseegers Schlafzimmer. Auch dort hatte er das Licht angeknipst und machte sich über dessen Schränke her.

Sie hatten sicher schon eine Weile im Haus gesucht, ohne zu einem

Ergebnis zu kommen, als Tom gerade einen weiteren Schrank im Schlafzimmer öffnete. Erst war dort nichts Besonderes zu finden, doch dann machte Tom auf dem Inneren des Schrankbodens ein Geheimfach aus. Er hob den kleinen Holzboden an und schob diesen zur Seite. „Uups, was haben wir den da," überkam es ihn, „das kommt mir aber sehr bekannt vor."

Er blickte auf eine etwas 15 x 20 cm große Pappschachtel, genau eine solche hatte er doch auch von Johanna Spor übergeben bekommen, schoss ihm sofort durch den Kopf.

Tom nahm diese an sich und öffnete den Deckel. Schon als er das oben aufliegende Foto erblickte, schloss er den Deckel wieder und atmete tief durch. „Bingo, jetzt hab ich dich, mein Freund." Der Ermittler rief Regina und seine Kollegen zusammen und sie brachen die Durchsuchung sofort ab. Keiner der anderen hatte sonst etwas finden können, aber das war nun nicht mehr wichtig.

Sie machten sich nach kurzer Absprache sofort auf den Weg zur Badmintonhalle nach Kessenich. Tom hatte darum gebeten, dass das Blaulicht nicht eingeschaltet werden sollte. Er wollte einfach nur hinfahren, um die

Halle zu betreten und Kai Ramseeger vor allen Anwesenden festzunehmen.

Kaum waren sie in Kessenich angekommen, parkten sie ihre Fahrzeuge direkt vor dem Badmintoncenter.

Gemeinsam betraten sie das Gebäude und gingen schnurstracks an der Information vorbei in die große Halle. Schnell hatten sie Ramseeger auf einem der Plätze ausgemacht und gingen auf diesen zu. Als er Tom erblickte, stand der Ermittler unmittelbar hinter ihm und fasste ihn hart am Oberarm, mit der anderen Hand schnappte sich Tom dessen Hand und drehte ihm diese auf den Rücken.

„Hey, Scheiße, das tut weh, was soll das?" Ramseeger verzog schmerzgeplagt das Gesicht.

Tom verzog keine Miene. „Sie sind festgenommen, alles was Sie sagen, kann gegen Sie verwendet werden, Sie haben das Recht auf einen Anwalt, wenn Sie sich keinen leisten können, wird Ihnen einer zur Seite gestellt."

Der Ermittler griff noch etwas energischer zu und führte Kai Ramseeger dann mitten durch die Halle raus an das Fahrzeug der Kollegen. Er öffnete eine der hinteren Türen und setzte den Festgenommenen auf die Rückbank.

„Wir sehen uns auf der Wache", Tom grinste Ramseeger hämisch an und schlug die Tür zu.

Die Kollegen waren schon eingestiegen, sie starteten den Motor und machten sich auf den Weg zur Dienststelle auf der Bornheimer Straße.

Regina Sturm war mit in Toms Wagen eingestiegen und sie fuhren den Kollegen hinterher.

Mittlerweile war es 20:00 Uhr und alle waren doch sehr erledigt vom Tag. Tom hatte sich noch mit Regina unterhalten und sie hatten sich entschieden, mit dem Verhör am Samstagvormittag zu beginnen.

Man verabschiedete sich noch und Tom machte sich dann auf den Weg nach Hause. Er hatte von unterwegs noch seine Evelyn angerufen, um ihr Bescheid zu geben, dann ging es so entspannt wie möglich weiter nach Werthhoven.

Tom ließ auf der Fahrt noch einmal den Tag Revue passieren und war mit dem Ergebnis doch recht zufrieden, endlich gab es ein Vorankommen in diesem unschönen Fall und eventuell war der Abschluss ja nicht mehr weit entfernt.

Zu Hause angekommen setzte er sich noch gemütlich mit Evelyn vor den Kamin und genoss dazu einen schönen Port Charlotte. Diesen Whisky hatte seine Frau ihm aus Ostfriesland mitgebracht, er mochte diesen sehr.

Samstag, 24. Oktober

Tom Bauer war schon früh aufgestanden, um den Vormittag optimal zu nutzen. Er saß in seinem kleinen Büro vor dem PC und trank dazu Kaffee. Er hatte sich einige Notizen für den Tag gemacht und bereitete sich schon mental auf die Verhöre vor. Er war sehr angespannt aber auch zufrieden. Konnte er doch endlich etwas im Fall vorweisen und es ging voran. Er war sich sicher, dass die beiden Festgenommenen mehr als nur Mitwisser waren.

Dann schrieb er noch offene Fragen in seinen Hemingway:

Warum musste Rick Schneider, der Bruder der Toten Nicole Schneider, sterben?

Woher stammte das Gift?

Wer hat das getan oder veranlasst?

Wer hat Nils Spor ermordet? Und warum?

Was war mit den Mädchen passiert, die im Abrisshaus in Niederbachem gefunden wurden?

Wer hatte diese so zugerichtet und anschließend so an einen Tisch gesetzt?

[184]

Tom schloss das Notizbuch und steckte es in die Jackentasche, diese hing über der Rückenlehne seines Stuhls.

Er trank seinen Kaffee aus und stellte den Kaffee-Pott in der Küche in die Spülmaschine und zog dann die Jacke über. Dann betrat er noch ganz still das Zimmer von Lulu, um ihr einen Abschiedskuss zu geben. Das Gleiche tat er auch bei Evelyn.

9:00 Uhr, Tom war gerade in Bonn bei der Polizeiwache angekommen. Er begrüßte kurz die Kollegen und Regina Sturm, dann begab er sich noch schnell in sein Büro um seine Konzentration etwas zu sammeln. Er schnappte sich die Akte zum Fall und blätterte darin. Zwischendrin stoppte er und las, dann blätterte er weiter um an weiteren Stellen kurz zu lesen. Er machte sich dabei wieder einige Notizen in seinen Hemingway.

Regina Sturm klopfte an die Tür. „Hey Tom, können wir? Lothar Schmidt sitzt schon im Verhörraum."

„Ja klar, ich komme." Tom stand auf steckte sein Notizbuch wieder in die Jackentasche und folgte Regina den Flur entlang ins letzte Zimmer auf der rechten Seite. Sie betraten den Raum mit der Nummer 116. Einen Raum vorher hatte man Kai Ramseeger an einen Tisch gesetzt. Zwischen den Räumen gab es keine Verbindung, außer einer großen Glasscheibe, welche wie ein Spiegel wirkte, und einem Lautsprecher in der Wand, der so eingestellt werden konnte, dass man Gespräche vom Nachbarraum mitbekommen konnte. Alles war jedoch abgeschaltet und wartete auf den Einsatz.

Tom setzte sich an den kleinen Tisch, genau Lothar Schmidt gegenüber. Dieser schaute ihn grimmig und übermüdet an. Ohne überhaupt etwas zu sagen, beobachtete der Ermittler sein angespanntes Gesicht und schaute ihm tief in die Augen, er konnte sehen wie Schmidt immer nervöser wurde.

Die Tür ging auf und Regina Sturm betrat den Raum, sie hatte noch schnell drei Kaffees am Automaten im Flur gezogen, diese stellte sie in der Mitte auf den Tisch. Sie bot einen davon Lothar Schmidt an und dieser nahm ohne Worte einen Becher an sich.

Tom reichte Schmidt noch eine Zigarette und auch diese schnappte Schmidt sich rasch. Er steckte diese zwischen die Lippen und Tom hielt ihm ein brennendes Streichholz hin. Schmidt zog ziemlich hastig an seinem „Glimmstängel" und verschluckte sich dabei wohl, er hustete heftig. Sein Gesicht wurde nun tiefrot, er schnappte schnell nach Luft, dann wurde er wieder ruhiger.

Regina und Tom betrachteten ihn nun gemeinsam, ohne jedoch ein Wort zu verlieren. Sie hatten mit dieser Strategie schon oft Glück gehabt und Zeit war auch genug.

Schmidt wurde immer nervöser und zappelte unkontrolliert auf seinem Stuhl hin und her.

„Was starren Sie mich so an? Was soll das? Warum werde ich hier festgehalten?"

„Oh, Herr Schmidt, so viele Fragen auf einmal?" Tom reagierte sofort.

„Ich möchte nur wissen...", Schmidt weiter.

„Sie möchten wissen?" Tom unterbrach ihn recht forsch. „Sie möchten wissen? Sie sind jetzt mal ganz ruhig, mein Lieber. Wir stellen hier die Fragen, und sie geben uns besser die richtigen Antworten, sonst wird das hier richtig „spaßig" für Sie, das verspreche ich Ihnen." Tom war ziemlich sauer, hatte sich aber noch gut im Zaum.

„Schauen Sie mal, Herr Schmidt, was ich hier habe!" Der Ermittler stellte die kleine Pappschachtel, welche er von Johanna Spor bekommen hatte, vor Schmidt auf den Tisch. Dieser wurde mit einem Male ganz ruhig und sein Gesicht schlagartig blass.

„Oh, alles gut, Herr Schmidt? Ist Ihnen schlecht? Ein Glas Wasser vielleicht?", Tom hämisch.

Schmidt schluckte mehrmals tief.

Tom verließ den Raum und schloss die Tür hinter sich. Er betrat den anderen Raum, in dem Kai Ramseeger am Tisch saß und schmollte. Tom setzte sich auch zu ihm an den Tisch und sah ihn sich erst einmal an. Ramseeger tat unbeeindruckt und starrte zurück. Doch auch ihm sah Tom an, dass er doch sehr nervös war, und ohne ein Wort zu sagen, stellte Tom auch Ramseeger die bei ihm im Haus gefundene Pappschachtel in der Mitte auf den Tisch. Dieser war urplötzlich nicht mehr so abwesend und fing am ganzen Körper zu schwitzen an, was Tom Bauer sofort auffiel.

„Na Kai, alles in Ordnung? Du siehst so angespannt aus!"

Ramseeger sagte kein Wort, er war in seinem Stuhl zurückgesackt und schwieg vor sich hin.

Im gleichen Augenblick hatte Tom auch diesen Raum wieder verlassen. Ein Kollege war zur Sicherheit im Zimmer verblieben und passte auf Ramseeger auf.

Tom betrat wieder Raum 116. Regina hatte sich weiter mit Lothar Schmidt unterhalten, doch war noch nichts

Richtiges dabei herausgekommen, er stellte sich einfach stur.

Der Ermittler setzte sich wieder an den Tisch. Er öffnete die Schachtel und breitete einige der der Bilder vor Schmidt auf dem Tisch aus. Dieser schluckte wieder und versuchte seinen Blick abzuwenden. Tom stand auf und richtete mit den Händen am Kopf des Gefangenen dessen Blick wieder auf die Fotos.

„Sehen Sie sich das ruhig an, Herr Schmidt, Sie kennen diese Fotos doch, tun Sie doch nicht so erschrocken. Das sind doch Bilder, die Sie oder Ihre Komplizen geschossen haben."

Tom setzte sich wieder hin und sah Schmidt auffordernd an. Dieser sagte nichts und hatte seinen Kopf gesenkt.

Mittlerweile hatte man die große Scheibe zwischen den beiden Räumen aktiviert, so dass man von einem Raum in den anderen sehen konnte, jedoch war der Lautsprecher noch ausgeschaltet.

Nun wartete man ab, was passieren würde.

Schmidt hob den Kopf und erblickte sofort Kai Ramseeger, der mit dem Rücken zu ihm gewendet im anderen Raum saß. Er stand ruckartig auf und wollte irgendetwas rufen, doch schon war das Fenster wieder erblasst und nichts mehr war zu sehen.

Kai Ramseeger hatte von der ganzen Aktion wohl nichts mitbekommen, denn seine Reaktion fiel aus.

Schmidt fing zu reden an, wie ein Wasserfall kam alles Mögliche aus seinem Mund, Tom und Regina hatten Probleme, ihm zu folgen und versuchten ihn zu beruhigen, was ihnen auch kurz gelang.

Er schob alle Schuld auf Ramseeger und Nils Spor und wollte sich aus allem rausreden.

Damit hatte Tom Bauer natürlich gerechnet, und deshalb wurde, unmittelbar nachdem Schmidt angefangen hatte zu reden, der Lautsprecher im Nebenzimmer eingeschaltet, so dass Kai Ramseeger jedes Wort wohl mitgehört hatte. Schmidt redete sich um Kopf und Kragen, doch Tom und Regina ließen es einfach zu und waren nun sehr gespannt, was Ramseeger dazu zu sagen hatte.

Nachdem Schmidt mit seinem Gerede aufgehört hatte, wurde er von einem Kollegen wieder in seine Zelle geführt, wo er sich erst mal etwas erholen sollte. Tom und Regina hatten sich darüber geeinigt, dass das Verhör am Montag weitergeführt werden sollte.

Die beiden jedoch betraten gemeinsam das Zimmer in dem Ramseeger etwas verstört am Tisch saß und grübelte.

Beide setzten sich und sagten wiedermal kein Wort. Ihr Gegenüber war sehr verschwitzt und zitterte am ganzen Körper.

„Na Kai, siehst ja aus, als hättest du einen Geist gesehen", sagte Tom.

„Was willst du von mir? Ich habe mit der ganzen Sache nichts zu tun, ich weiß nicht, wie Schmidt auf einen solchen Schwachsinn kommt. Ich sag jetzt nichts mehr, ich möchte einen Anwalt."

„Klar, gerne doch, bekommst du, aber damit werde ich mir bestimmt nicht das ganze Wochenende um die Ohren hauen. Machen wir also Montag weiter, ab in die Zelle mit ihm, mir wird schlecht, wenn ich ihn noch weiter betrachten muss." Tom stand auf und trat aus dem Raum in den Flur. Regina folgte ihm und sie gingen gemeinsam noch kurz in Toms Büro.

Nachdem sie abgesprochen hatten, wie es am Montag ablaufen sollte, verabschiedete sich Tom und machte sich auf den Weg nach Hause.

„Schönes Wochenende euch allen", hatte er noch in die Runde gewünscht und schon war er in seinem Wagen vom Hof gefahren.

Es war kurz vor 12:00 Uhr und Tom hatte Evelyn von unterwegs angerufen. Sie wollten sich beim Obsthof in Berkum treffen, um dort gemeinsam zum Mittag zu essen.

Als er dort ankam, warteten Evelyn und Lulu schon vor dem Eingang auf ihn. Er parkte, stieg aus und drückte seine beiden kurz fest an seine Brust, dann betraten sie das Gebäude. Schnell war ein Platz gefunden und sie machten es sich dort gemütlich. Tom saß wie immer auf dem großen Sofa vor den Weinregalen im hinteren Bereich der Halle, was er sehr genoss.

Tom und Evelyn schauten zusammen in eine Karte und Lulu hatte sich eine eigene gesichert, etwas lesen konnte sie ja schließlich schon. Gerade kam eine nette Bedienung an den Tisch und fragte nach den Getränken.

„Ich möchte eine Limo!", gab Lulu sofort von sich.

Evelyn war etwas verdutzt. „Lulu, wie sagt man?"

„Bitte, ich möchte bitte eine Limo", zog Lulu nach.

„Prima, mein Engel, genauso ist es richtig, super. Für mich bitte eine Apfelschorle, danke!"

Tom bestellte das Gleiche wie seine Frau und sie stöberten weiter in den Karten.

Jetzt wurden die Getränke serviert und Lulu nahm sofort einen Riesenschluck von ihrer Limo.

„Hmmm, lecker, das mag ich", sagte sie.

Dann bestellten die drei sich ihr Mittagessen. Die Kleine wollte gerne Kartoffelpüree mit Bratwurst und ihre Eltern nahmen den Bauernteller mit reichlich Gemüse, etwas Hähnchenbrust und einen Beilagen Salat.

Später, als sie mit dem Essen fertig waren, ging Tom noch mit seiner Lulu durchs Drachenlabyrinth und Evelyn hatte sich nach draußen gesetzt, um die letzten Sonnenstrahlen zu genießen. Als Tom und Lulu zurück waren, tranken sie noch gemeinsam einen Espresso und für die Kleine gab es ein Eis.

Sonntag, 25. Oktober

10:00 Uhr, die Bauers lagen noch schlafend im Bett, als es plötzlich ein Geschepper unten aus der Küche gab. Tom stand sofort senkrecht im Bett und hatte sich höllisch erschrocken. Evelyn stand neben ihm und war außer sich: „Was war das?"

„Keine Ahnung", antwortete Tom.

Und wieder schepperte es.

„Ach du meine Güte, Tom, was ist das?", Evelyn total verängstigt.

Tom sprang aus dem Bett und war schon die Treppe runter gelaufen. Er öffnete langsam die Tür zur Küche.

Erst erschrak er etwas, dann lachte er lauthals los.

„Hahahahahahaha was machst du denn da? Hahahahaha was wird das denn?"

Da stand die kleine Lulu mitten in der Küche und war von oben bis unten weiß wie ein Gespenst. Sie hatte wohl versucht, sich die Mehlpackung aus einem der oberen Schränke zu greifen, wobei sie die Balance auf dem Küchenhocker nicht halten konnte. Sie fiel auf den Hosenboden und die Mehl Tüte genau auf ihren Kopf.

Tom hatte vor lauter Lachen Tränen in den Augen. Mittlerweile stand auch Evelyn neben ihm im Flur und auch sie musste lautstark loslachen. Lulu war sicher erst erschrocken durch den Sturz, aber als sie ihre Eltern lachen hörte, konnte sich auch nicht mehr anders und tat es ihnen gleich.

„Ja, dann müssen wir wohl heute erst einmal die Küche wieder aufräumen, was?", lachte Tom weiter und begab sich ans Werk.

Es dauerte eine ganze Weile, doch dann war alles wieder sauber und an seinem Platz. Evelyn führte dann mit Lulu noch die Arbeit fertig aus, welche die Kleine eigentlich angestrebt hatte.

Sie nahmen Mehl und lauwarmes Wasser und vermengten dieses. Dann kramten sie einen Teil von Toms angesammelten Zeitungen aus der Eckbank und rissen diese in kleine Stücke, es war ein großer Haufen Papierschnipsel. Dann musste Tom einen großen blauen Luftballon aufblasen und diesen verknoten. Der Ballon kam nun mitten auf den Küchentisch auf eine kleine Schüssel als Haltevorrichtung. Jetzt nahmen sich Evelyn und Lulu jeweils einen großen Pinsel zur Hand und schmierten Schnipsel für Schnipsel mit der vorbereiteten Mehlwasserpaste ein, um diese dann auf den Ballon zu kleben. Nach den Zeitungsschnipseln kamen noch einige bunte Papierschnipsel obenauf, bis keine Zeitung mehr zu sehen war.

Am Nachmittag, als alles angetrocknet war, durfte Lulu den Ballon mit einer Nadel zum Platzen bringen. Nun wurden noch ein paar Öffnungen mit der Schere eingeschnitten und ein kurzer Stab mit ein paar Drähten am Werk befestigt. Fertig war Lulus Martinslaterne, und sie war mächtig stolz darauf, das konnte man ihr sofort ansehen.

Es war ein Riesenspaß und der Schreck vom Morgen war schnell vergessen.

Montag, 26. Oktober

7:00 Uhr, Tom Bauer war schon aufgestanden, er saß komplett angezogen und fertig für die Arbeit am Tisch in der Küche, wobei er gerade die letzten Seiten im General-Anzeiger durchblätterte. Seinen Kaffee hatte er schon getrunken, denn der Ermittler wollte früh im Büro auf der Bornheimer Straße sein, um mit den Verhören weiterzukommen.

Tom war voll motiviert und konnte es gar nicht abwarten, den Fall eventuell abzuschließen. „Wer weiß", dachte er sich, „aber auf jeden Fall sind wir ein ganzes Stück weiter danach." Er stand auf, schnappte sich im Vorübergehen noch seinen braunen Cord Blazer vom Kleiderhaken im Flur und machte sich auf den Weg.

Es war gerade 7:30 Uhr, als Tom seinen Wagen in der Tiefgarage der Polizeiwache / Bornheimer Straße parkte. Er stieg aus, schloss ab und stieg die Treppen zum Revier rauf.

„Guten Morgen, alle zusammen", schmiss er in die Runde, als er durch die Eingangstür trat. Er ging sofort weiter in sein Büro, wobei er sich im Vorübergehen noch einen Kaffee am Automaten zog.

„Es wird Zeit, dass ich mir wieder meine Kapselmaschine ins Büro stelle", dachte er noch laut, da kam auch schon

Regina Sturm um die Ecke. „Guten Morgen, Tom, habe ich da gerade Kapselmaschine gehört?", fragte sie nach.

„Ja, genau, guten Morgen. Ja, ich hatte immer meine Espresso- Kapselmaschine im Büro stehen, bevor ich damals von hier wechselte, denn dieses Zeug hier aus dem Automaten wirkt doch eher abführend, finde ich."

Regina hatte ein Grinsen im Gesicht. „Ja, da hast du wohl Recht, mein Lieber, das geht mir damit genauso."

Dann betraten die beiden gemeinsam Toms Büro und setzten sich an seinen kleinen Beistelltisch, um noch weiteres Vorgehen abzusprechen. Es dauerte nicht lange, da stand Regina auf und wünschte noch gutes Gelingen, dann verließ sie das Büro.

Das Verhör sollte um 10:00 Uhr weitergeführt werden, denn die Anwälte von Ramseeger und Schmidt hatten sich angemeldet und wollten dabei sein.

„Das ist mir sogar sehr recht", dachte Tom, „denen wird heute sicher ein Licht aufgehen, das verspreche ich."

Er setzte sich an seinen Schreibtisch und bereitete sich weiter vor, indem er wieder die Akte zur Hand nahm und seine letzten Einträge noch einmal durchlas. Tom schaute auf die Uhr und sah, dass es noch reichlich Zeit gab, die er nutzen könnte.

Es klopfte an der Tür.

„Ja bitte!", erwiderte der Ermittler.

Dann wurde diese aufgestoßen und Regina Sturm kam noch einmal herein. Sie hatte ein größeres Paket auf den Armen und hielt dieses Tom entgegen.

„Hier, schau mal, das hatte ich am Samstag noch in der Stadt gefunden, soll ein kleines Dankeschön sein. Schön, dass du wieder hier im Büro bist und uns unterstützt, danke, Tom."

Tom fehlten erst einmal die Worte und mittlerweile hatten sich noch mehr Kollegen ins Büro geschlichen, um bei der Übergabe des Geschenkes dabei zu sein. Alle strahlten ihn an und wünschten alles Gute.

Er nahm das Paket an sich, stellte es erst einmal auf den kleinen Tisch, denn sein Schreibtisch war übersät mit Notizen. Dann nahm er einen Brieföffner zur Hand, um das Klebeband einzuritzen. Als er dann schließlich den Deckel öffnen konnte, um das etwas kleinere Paket aus der Verpackung zu heben, erblickte er seine geliebte Lavazza Espressomaschine.

„Wow, Leute, das kann ich doch nicht annehmen, ihr seid ja beknackt." Er strahlte über beide Wangen.

„Doch, das kannst du, Tom, das kannst du, und noch einmal herzlich willkommen zurück", erwiderte Regina Sturm und die Kollegen und Kolleginnen klatschten Beifall.

„Super, echt super, vielen Dank euch allen. Jetzt mache ich mir erst einmal einen richtigen Kaffee, danke!" Damit hatte Tom natürlich nicht im Traum gerechnet und er war baff.

Dann kehrte wieder Ruhe in seinem Büro ein und Tom stellte die ausgepackte Maschine wieder an den Platz, wo auch seine erste gestanden hatte. Die Stelle auf dem kleinen Sideboard war ja noch frei. Er öffnete unbewusst die darunter befindliche Schiebetür und schaute auf einen vollen Schrank Espressokapseln.

„Ich glaube es ja nicht, die sind ja total verrückt hier", er musste kurz schlucken. „Das musste doch nicht sein! Aber na gut, wenn das so ist, dann genehmige ich mir sofort einen davon." Er nahm ein Päckchen aus dem Schrank und schloss diesen wieder. Nachdem er die Maschine mit Wasser befüllt hatte, zog er sich den ersten Espresso nach Jahren wieder in seinem Büro. Wie das duftete, er konnte es kaum abwarten, diesen zu genießen.

Er setzte sich mit seiner Tasse an den Schreibtisch und ließ erst einmal seine Nase über dem Kaffee kreisen, um den wohligen Duft aufzunehmen. Dann war das erste Tässchen auch schon verschwunden und Tom war nun optimal für das Verhör vorbereitet. „Wie in guten alten Zeiten", dachte er noch, als es auch schon wieder an der Tür klopfte und Regina Sturm hereintrat.

„Na, es scheint dir ja richtig gut zu gehen, was? Prima, dann lass uns doch beginnen, oder?"

„Ja, ja klar, ich bin gespannt, wie es weitergeht. Sind die Anwälte schon da?"

„Ja, gerade eingetroffen. Sind beide etwas nervös, wie mir scheint."

„Och, das kann ich gar nicht verstehen!" Tom hatte ein Grinsen im Gesicht und war aufgestanden.

Dann gingen sie gemeinsam rüber zur 116. Sie betraten den Raum. Da saß Lothar Schmidt und neben ihm sein Anwalt, Anton Klaas, den Tom ja schon kennengelernt hatte.

Sie begrüßten beide und setzten sich den Anwesenden gegenüber an den Tisch. Anton Klaas starrte Tom mit ernsten Blicken an und wartete wohl darauf, endlich was sagen zu dürfen.

Tom hatte die Kollegen davon in Kenntnis gesetzt, bitte den Lautsprecher, der die beiden Räume miteinander vernetzt, einzuschalten. Die Tür des Verhörraumes wurde noch einmal geöffnet und ein Kollege kam herein. Er ging zu Tom an den Tisch, neigte sich nach vorn und flüsterte ihm etwas zu, dann verließ er den Raum wieder und schloss die Tür.

„Okay, dann fangen wir doch einfach an!", eröffnete Tom Bauer. Er konnte sofort sehen, dass Anton Klaas etwas sagen wollte, doch dazu ließ er es nicht kommen.

„Herr Schmidt, Sie sitzen hier, weil Sie verdächtigt werden, an mehreren hässlichen Morden beteiligt zu sein. Des Weiteren wird Ihnen der Mordversuch an einen Polizeibeamten zur Last gelegt und natürlich die Körperverletzung an unserem Kollegen Bähr."

Der Anwalt kochte förmlich und wollte Tom wieder ins Wort fallen.

„Sie, Herr Anwalt, und das mit allem Respekt, warten bitte, bis ich ausgeredet habe!"

„Bitte, was? Das kann doch nicht Ihr Ernst sein?" Anton Klaas zersprang fast.

Tom ignorierte ihn und wendete sich wieder Lothar Schmidt zu:

„Herr Schmidt, ich weiß, Ihr Anwalt wird Ihnen gleich sagen, dass Sie sich nicht zu dem Ganzen äußern müssen, aber ich sage Ihnen auch, dass dies besser für Sie wäre. Ich werde Sie mit den vorhandenen Beweisstücken erdrücken, glauben Sie mir." Tom lehnte sich in seinem Stuhl zurück und erteilte nun Anton Klaas das

Wort: „Jetzt dürfen Sie, Herr Anwalt."

Anton Klaas konnte man die Wut förmlich ansehen. Er holte mehrere Male tief Luft, um etwas runterzukommen, und fing dann an.

„Herr Bauer, ich finde es eine bodenlose Frechheit, wie Sie hier mit meinem Mandanten und meiner Person umherspringen. Was

glauben Sie eigentlich, wer Sie sind?"

Tom verzog keine Miene und schaute Klaas einfach nur tief in die Augen.

„Herr Bauer, glauben Sie, dass sie damit durchkommen?"

„Ja, Herr Klaas, das glaube ich", Tom forsch.

„Aha, na gut. Herr Schmidt, ich kann Ihnen nur raten, sagen Sie ab sofort kein Wort mehr zur Sache. Lassen Sie mich reden und Sie sind hier schneller raus, als Sie denken."

Tom musste lachen „Jetzt bleiben Sie doch mal ernst, Herr Klaas, da glauben S.ie doch selber nicht dran."

„Herr Bauer, das wird ein Nachspiel haben, das können Sie mir glauben." Anton Klaas musste aufpassen, die Fassung nicht zu verlieren, er atmete wieder tief durch und wartete ab, was nun passieren würde.

Genau wie schon am Samstag, stellte Tom ganz belanglos die kleine Pappschachtel auf den Tisch. Er öffnete diese und legte ein Foto nach dem anderen schön ausgebreitet, für jeden sichtbar auf den Tisch.

Lothar Schmidt wurde wieder wie erwartet blass und sein Anwalt musste noch mehr schlucken „Das alles beweist erst einmal noch gar nichts, Herr Bauer. Woher haben Sie diese Fotos?" Anton Klaas schaute Tom fragend an.

„Diese Schachtel mit den Bildern, Herr Klaas, habe ich von Frau Johanna Spor bekommen. Das ist die Frau des ersten Opfers in diesem Fall."

„Ja, und was hat das Ganze mit meinem Mandanten zu tun?"

Tom legte weitere Fotos mit Bildern von teils ausgezogenen jungen Mädchen auf den Tisch, einige zeigten ziemlich brutale Szenen und die gesamte Runde war sehr schockiert.

„Herr Bauer", forderte Anton Klaas, „Herr Bauer, kommen Sie zum Punkt, was hat mein Mandant damit zu tun?"

Dann zog Tom ein Bild aus dem Karton, auf dem mehrere Personen abgebildet waren. Jeder erkannte sofort Lothar Schmidt, Kai Ramseeger und Nils Spor. Dazu legte Tom noch einen kleinen Zettel, wohl von einem Notizblock stammend, auf den Tisch. Auf diesen standen Telefonnummern.

„Diese Nummern haben wir allesamt überprüfen lassen. Das sind die kompletten Rufnummern der drei auf dem Foto gezeigten Personen Herr Klaas." Tom war nun auch sehr ernst geworden, doch blieb er souverän und klar.

Anton Klaas schien zu grübeln! Dann wendete er sich Lothar Schmidt zu und flüsterte ihm etwas ins Ohr. Beide drehten sich dann wieder zu Tom und Regina um und Schmidt fing an zu reden. Tom nahm sich schnell das Diktiergerät zur Hand, welches auf dem Tisch bereitlag. Er wollte schauen, ob es eingeschaltet war. Alles war bereit und sie lauschten den Worten des Angeklagten.

„Ich bin ja erst durch Kai Ramseeger überhaupt zu dieser Sache gekommen. Ja genau, Ramseeger war es, der mich eines Tages anrief und mir eine Idee auftischte, die ich reizvoll fand."

„Die Sie reizvoll fanden?" Tom Bauer war außer sich, er kochte vor Wut. „Sie fanden es reizvoll, junge Mädchen zu entführen und zu quälen? Was ist bei Ihnen kaputt, Herr Schmidt?"

„Nein, so war das nicht", legte Schmidt nach: „Nein, so war das nicht gedacht. Wir wollten die doch nur etwas necken, dass es so endet, wie es dann geendet ist, war nicht geplant."

„Ach, das war nicht so geplant, und das ist Ihnen erst nach drei oder vier Morden aufgefallen, oder was?" Tom war wirklich kurz davor, aufzuspringen und Schmidt an die Gurgel zu gehen.

„Es reizte uns halt einfach weiterzumachen, war doch alles so gut durchdacht", meinte Schmidt weiter mit kaltem Blick, ohne eine Miene zu verziehen.

„Also Leute, ich weiß nicht, wie es euch geht, aber ich brauche eine kurze Pause, sonst begehe ich gleich noch einen Mord!" Tom stand auf und verließ den Raum wutentbrannt. Regina folgte ihm kopfschüttelnd. Sie gingen zusammen in Toms Büro und Tom machte erst mal zwei Espresso fertig. Er reichte einen davon Regina und setzte sich zu ihr an den kleinen Besprechungstisch.

Keiner von beiden sagte ein Wort, sie genossen den Espresso und versuchten, sich wieder auf die Sache zu konzentrieren. Die Anspannung war ihnen förmlich anzusehen.

Nach einer kurzen Weile standen die zwei auf und begaben sich wieder zum Raum 116, wo die anderen Beteiligten auf sie warteten. Sie setzten sich an den Tisch und Tom schaltete das Aufnahmegerät wieder ein, welches er gerade abgeschaltet hatte, als er den Raum verließ.

„Herr Schmidt, wollen Sie uns noch etwas sagen, oder war es das?", Tom ganz ruhig.

„Ich, ich wollte nur noch einmal festhalten, dass man mich dazu überredet hat, ich wollte das nicht!"

„Jetzt platzt mir doch gleich der Kragen!" Tom konnte sich nicht mehr zurückhalten. „Sie wollten das nicht, Herr

Schmidt? Sie sind überredet worden, Herr Schmidt? Haben Sie gerade vor, uns zu verarschen, oder wie soll ich das deuten? Meine Güte, Sie haben vier junge Mädchen auf dem Gewissen und Rick Schneider nicht zu vergessen! Und Sie wollen uns erzählen, Sie wollten das alles nicht? Ich bin gespannt, was wir noch alles zu hören bekommen, Sie „armer" Kerl."

Tom stoppte und drehte sich Regina Sturm zu: „Ich brauche dich gerade Mal unter vier Augen, bitte!"

„Ja klar, lass uns vor die Tür gehen."

Sie verließen den Raum erneut und gingen kurz im Flur auf und ab. Tom hatte ihr mitgeteilt, dass er nun erst einmal zu Ramseeger wolle, um hoffentlich dessen Ausführung der Geschichte zu erfahren. Regina stimmte zu und sie betraten den Raum.

„Guten Morgen, Herr ...?" Tom schaute den Anwalt von Ramseeger fragend an.

„Phillip von Stein, guten Morgen, Herr Bauer."

„Ja, guten Morgen", antwortete Tom kurz.

Dann begrüßte auch Regina den Anwalt und Kai Ramseeger und die beiden setzten sich zu den Anwesenden an den Tisch. Auch hier lag ein Aufnahmegerät bereit, das Tom sofort einschaltete.

„Ich hoffe, man konnte hier alles gut verstehen, was drüben im Nachbarraum gesprochen wurde?", wollte Tom Bauer wissen.

Die Anwesenden nickten kurz. Von Stein kam kurz zu Wort und Tom hörte gespannt mit Regina zu.

„Ich möchte nur bemerken, dass auch mein Mandant eine Aussage zur Sache machen möchte!"

„Das haben wir befürchtet", antwortete Tom etwas forsch. „Wir sind auch schon sehr gespannt, das kann ich Ihnen sagen."

Kai Ramseeger hatte einen hochroten Kopf und man konnte direkt sehen, dass er sehr unter Druck stand. Dann fing er zu erzählen an und alle hörten neugierig zu.

„Erst einmal möchte ich betonen, dass ich nicht der Drahtzieher bei dieser Sache bin, egal was Schmidt da gerade losgelassen hat. Ich habe niemanden getötet oder misshandelt!"

„Und du glaubst, dass ich dir das abnehme, oder was? Also, Kai, wenn du hier nicht mit der Wahrheit rauskommst, dann Gnade dir Gott, ich werde dich für eine lange Zeit einsperren lassen." Tom war wirklich geschockt über die Worte die Kai Ramseeger da sprach.

„Kai, du bist hier, weil dir angekreidet wird, dass du vier Menschen, von denen wir wissen, mit auf dem Gewissen hast. Dir wird außerdem Folter und Körperverletzung mit Todesfolge vorgeworfen. Und nun sitzt du hier vor uns, um uns mitzuteilen, dass du völlig unschuldig bist? Mir fehlen gelinde gesagt die Worte."

Kai Ramseeger hatte den Kopf gesenkt und sein Anwalt wippte nervös auf seinem Stuhl hin und her. Tom und Regina schauten sich das Schauspiel eine Weile an und brachen das Verhör dann ab.

„Okay", fing Tom Bauer an, „wir werden Morgen weitermachen, eventuell kommt Herr Ramseeger ja in den nächsten Stunden zur Besinnung, und die Pause wird uns sicher allen guttun. Sagen wir morgen um 10:00 Uhr?"

„Ja, ist okay", bestätigte von Stein und auch Regina Sturm willigte ein. Ramseeger wurde von einem Kollegen wieder in seine Zelle geführt. Lothar Schmidt ereilte das Gleiche. Im Flur gab es einen kurzen Tumult, als sich die beiden Angeklagten begegneten.

„Du Drecksack!", hatte wohl Ramseeger laut begonnen, „warum kannst du nicht einfach die Klappe halten?"

„Bist doch selber schuld, wegen dir sitzen wir doch hier", hatte Schmidt geantwortet.

„Was, bist du bescheuert? Du hast doch mit dem Scheiß angefangen, wer hatte denn die Idee mit den Drogen?"

Und so gab wohl ein Wort das andere, bis es eskalierte. Doch hatte man die beiden schnell wieder unter Kontrolle und führte sie weiter ab.

Dem Team kam dieses nur entgegen, hatten sich die zwei doch gegenseitig beschuldigt! Was wollte man mehr als ein öffentliches Geständnis.

Tom setzte sich zufrieden wieder in sein Büro, es war mittlerweile 12:00 Uhr und er wollte zur Mittagspause schreiten. Regina gesellte sich kurz zu ihm und lud ihn zum Kaffee Spitz ein, um dort zu essen. Tom nahm die Einladung gerne an und sie machten sich sofort auf den Weg.

Am Nachmittag hatte Tom noch lange im Büro verbracht und den Tag Revue passieren lassen. Er hatte seinen Bericht geschrieben und war kurz davor, Feierabend zu machen, als es plötzlich hektisch wurde.

Ein Kollege kam in sein Büro gestürzt, um ihm mitzuteilen, dass Schmidt gerade versucht habe, sich in seiner Zelle zu erhängen. Zum Glück war gerade ein anderer Kollege zur Stelle und konnte dieses verhindern. Tom stand auf und rannte zur Zelle, wo Schmidt untergebracht war, um sich ein Bild von der Situation zu machen.

„Wie konnte das passieren?", sprach er einen Kollegen an. „Habt ihr denn nicht darauf geachtet? Mann, Leute, ihr wisst doch, immer Gürtel, Schnürriemen oder auch Krawatten und anderes Zeugs zu sichern, damit so etwas nicht passiert. Ihr macht doch den Job nicht erst seit gestern, oder doch? Mann, Mann, Mann." Tom war echt sauer.

Nach kurzer Überlegung wies er zwei Kollegen an, den Verletzten zum Krankenhaus zu bringen und nicht von seiner Seite zu weichen, auch wenn dieser über Nacht bleiben müsste.

Man folgte Toms Anweisungen sofort und endlich wurde es wieder ruhig im Revier. Der Ermittler ging noch einmal kurz ins Büro und machte dann Feierabend, er verabschiedete sich noch von Regina Sturm und den anderen anwesenden Kollegen. Dann machte er sich auf den Weg nach Hause.

Als Tom Bauer zu Hause angekommen war, ließ er sich erst einmal ein Bad ein, um etwas Entspannung zu genießen. Evelyn war mit Lulu noch in der Stadt unterwegs, das hatte Tom erfahren als er von Unterwegs mit seiner Evelyn telefonierte. Die beiden turnten noch im IKEA umher und wollten danach auch heimkommen.

Tom schaltete das kleine Radio im Bad an und setzte sich in die Badewanne. Er hatte sich einen Tee zubereitet und genoss diesen nun völlig tiefenentspannt. Es dauerte nicht lange und er war eingenickt.

Er wurde erst wach, als er das Geraschel von einem Haustürschlüssel vernahm. „Das müssen Evelyn und Lulu sein", dachte er noch und schon stand die Kleine im Bad neben der Wanne.

„Hallo, Papa, wir waren einkaufen", rief sie ihm zu.

„Ja, hallo, meine Süße, super, und hattet ihr Spaß?"

„Ja, das war ganz prima."

Im gleichen Augenblick kam auch Evelyn ins Bad und begrüßte Tom mit einem Kuss.

„Na, mein Lieber, wie war dein Tag?", begann sie.

„Ach, du, ich muss sagen, ich bin sehr zufrieden, aber auch echt kaputt. Die Sache geht voran und mehr kann ich leider nicht dazu sagen, dass würde zu sehr ins Detail gehen. Sieht alles sehr gut aus im Moment." Tom hielt sich mit seiner Antwort etwas zurück, aber auch weil Lulu mit im Raum war.

Evelyn und die Kleine verließen dann das Bad, um das Abendessen vorzubereiten. Heute sollte es Flammkuchen geben, worauf sich Tom sehr freute. Er stieg dann auch aus der Wanne, trocknete sich ab und zog seinen Hausanzug drüber, diesen hatte er sich vorher bereitgelegt.

Nach dem Essen hatte der Ermittler heute mal wieder die schöne Aufgabe übernommen, die kleine Lulu ins Bett zu bringen.

Nachdem sie ihre Zähne geputzt hatte, sprang sie schnell in ihre Koje und Tom hatte zwischenzeitlich was zum Vorlesen herausgesucht.

Es dauerte keine Viertelstunde, da war Lulu auch schon eingeschlafen. Tom deckte sie richtig zu, löschte das kleine Licht auf dem Nachttisch und ging leise aus dem Zimmer. Er ließ die Tür einen Spalt offen, so konnten sie mitbekommen, falls die Kleine schlecht träumte.

Er ging die Treppe hinunter und setzte sich zu seiner Evelyn auf die Couch. Sie schauten sich noch gemeinsam eine Doku im TV an und gingen dann auch ins Bett. ▨

Dienstag, 27. Oktober

7:00 Uhr, der Wecker klingelte, Tom drückte diesen aus und sprang schnell aus den Federn. Im Bad war er schnell fertig. Er zog sich seine bequeme Cordhose an, dazu wählt er ein Polo mit langen Armen und natürlich bunte Socken. Es war ja so und so sein Motto, dass die Welt schon grau genug sei, da sollte man wenigstens selber dazu beitragen, diese etwas farbenreicher zu gestalten.

Auch wenn es nicht immer passte, was er da so auswählte. Ihm war das egal und so kannten, aber mochten ihn auch alle.

Evelyn war an diesem Tage mal wieder früher unterwegs, denn sie hatte mal wieder so einiges im Büro vorzubereiten, und das konnte sie am besten, wenn sie ungestört war.

Gerade klingelte es an der Wohnungstür und im gleichen Augenblick wurde diese auch schon aufgeschlossen. Es war Claudia, die mit einem fröhlichen „Guteeeen Morgeeen" alle begrüßte.

Tom ging ihr entgegen und begrüßte sie mit einer kurzen Umarmung.

„Na, Claudi, alles gut bei dir?"

„Ja, alles prima, und selbst?"

„Ja, kann nicht genug klagen, alles gut. Du, die Kleine habe ich noch nicht gehört, musst mal schauen, eventuell schläft sie noch, okay?"

„Klar, kein Problem, Tom, mach ich doch gern", antwortete Claudia ihm.

In diesem Moment kam schon eine Antwort aus der oberen Etage: „Hallooooo, Claudi, ich bin schon wach."

Tom verabschiedete sich und machte sich auf den Weg nach Bonn ins Büro.

Das Smartphone meldete sich und Tom nahm das Gespräch an. „Hey, guten Morgen, Sabine, na wie geht's Dir? Warst ja ein paar Tage nicht zu erreichen!"

„Hey Tom, grüße Dich. Alles super, war ein paar Tage mit meinem Freund auf dem Motorrad unterwegs. Hatte etwas Pause nötig, war echt prima. Du, was macht dein Fall? Gibt es was Neues?"

„Oh ja, du wirst überrascht sein, wie weit wir gekommen sind!"

Tom brachte Sabine auf den neusten Stand und sie war wirklich sehr überrascht, sie gratulierte Tom und wünschte ihm weiterhin viel Erfolg.

„Wir sehen uns ja am Samstag zum Essen", betonte Sabine noch und verabschiedete sich dann.

Mittlerweile war Tom bei der Polizeidienststelle angekommen und fuhr mit seinem Wagen in die Tiefgarage.

Wie immer begrüßte er im Eingangsbereich seine Kollegen und Kolleginnen und machte sich dann auf in sein Büro. Kaum hatte er sich einen Kaffee zubereitet, nahm er sich auch schon die aktuelle Fall-Akte zur Hand und studierte diese erneut. Den Bericht, den er am Tag zuvor geschrieben hatte, las er auch noch einmal durch. Er ergänzte noch das ein oder andere Detail und fertigte dann eine To-do Liste für die kommenden Stunden an.

Kaum war er damit fertig, klopfte es auch schon an der Tür und Regina Sturm trat herein.

„Hallo, guten Morgen, Tom, und alles gut? Hast du dich entspannen können?"

„Guten Morgen Regina, ja, alles gut. Wann können wir weitermachen?", erwiderte Tom.

Du, ich habe gleich noch ein längeres Meeting bezüglich eines anderen Falls, ich denke wir können erst nach der Mittagspause weiter loslegen mit den Verhören! Ist das okay für dich?"

„Ja, kein Thema, ich wollte auch noch ein paar Sachen vorbereiten, und telefonieren muss ich auch noch. Ich werde dann anschließend noch kurz bei Sabine in der Gerichtsmedizin vorbeischauen, um noch ein paar Informationen zu bekommen."

„Na prima, dann bis später also." Regina hatte den Raum schon wieder verlassen.

Tom war wieder einigermaßen vertieft in seine Arbeit, und als er zwischendurch auf seine Armbanduhr schaute, musste er feststellen, dass es schon wieder fast 11:00 Uhr war. Er schloss die gerade durchgesehene Akte und legte seinen Stift beiseite, dann zog er sein Jackett über und machte sich auf den Weg zur Gerichtsmedizin. Draußen war es trocken und etwas windig, so beschloss Tom, den kurzen Weg zu Fuß zurückzulegen. Nach zwanzig Minuten etwa war er am Labor angekommen und klingelte an der Tür, es knatterte und die Tür ließ sich aufstoßen. Sabine

Heinrichs stand oben am Treppenabsatz. „Ach, hallo, guten Morgen, Tom, komm doch hoch, ich habe mir gerade einen Kaffee gemacht, magst du auch einen?"

„Och, wenn du mich so fragst, gerne. Guten Morgen, Bienchen, na wie schaut`s?"

„Ach so weit alles Gut, ich hatte ein paar kleine Fälle zwischendurch und, wie gesagt, war ich ein paar Tage mit Frank auf dem Motorrad unterwegs. War echt klasse. Was macht der Fall? Du sagtest, ich würde überrascht sein?"

Tom holte kurz Luft und nahm einen Schluck am gereichten Kaffee „Ja, es hat sich nun doch unerwartet so einiges getan, was ja auch Zeit wurde."

„Okay, soll heißen?", Sabine neugierig.

„Lothar Schmidt und Kai Ramseeger haben wir festgenommen, wir vernehmen sie seit zwei Tagen intensiv. Beide sind plötzlich sehr gesprächsbereit. Einer versucht dem anderen den Schwarzen Peter zuzuschieben. Ich komme mir etwas vor wie im Kindergarten. Dann gestern nach dem Verhör hat Lothar Schmidt versucht, sich das Leben zu nehmen, nur, weil einer unserer Jungs es verpasste, ihm Gürtel und weiteres zu entwenden."

„Was, ehrlich, das kann doch nicht wahr sein, oder?"

„Doch, leider ja, er liegt nun im Petrus-Krankenhaus zur Kontrolle, er soll aber bis heute Nachmittag wieder bei uns im Revier sein. Ich werde dann gleich mit Regina Sturm die Verhöre weiterführen."

„Na das hört sich ja doch danach an, dass ihr endlich mehr als nur eine Spur habt, was? Prima, ich gratuliere."

„Wie sieht es eigentlich mit den Leichen der Mädchen aus? Soll ich die noch hier in der Kühlung belassen, oder kann ich sie für die Beerdigung frei geben?" Hakte Sabine Heinrichs noch nach.

„Ich würde dich bitten, damit noch etwas zu warten, okay? Ich werde dir umgehend Bescheid geben, ich denke, höchstens diese Woche noch. Wir haben ja noch keine hundertprozentige Spur, die uns zu den Festgenommenen führt, außer den vorhandenen Fotos. Ich werde heute noch dafür sorgen, dass wir die Speicheltests von denen bekommen", gab Tom zur Antwort.

Die zwei tranken dann noch einen Kaffee zusammen und Tom machte sich dann wieder auf den Weg ins Büro.

Es war gerade 12:00 Uhr und Tom ging kurz beim Dönerladen am Berta-von-Suttner-Platz vorbei, um sich etwas zum Essen mitzunehmen.

[217]

Im Büro angekommen, setzte er sich erst einmal in sein Zimmer und nahm seine Mahlzeit zu sich. Anschließend genehmigte Tom sich noch einen Espresso, dabei legte er sich bequem in seinem Bürostuhl zurück. Er machte ein kleines Nickerchen, wobei er sein Smartphone auf eine Viertelstunde stellte. „Für alle Fälle", dachte er noch.

Kurze Zeit später begab Tom sich noch vorne zu seinen Kollegen in die Bereitschaft, um etwas zu plaudern. Einige kannten ihn schon sehr lange und sie mochte ihn sehr als Kollegen, das Freundschaftliche überwog im gesamten Revier.

Es dauerte nicht lange und die Anwälte der beiden Verhafteten standen am Empfang, Tom übernahm sofort und führte sie in die jeweiligen Verhörräume. Er gab ihnen kurz zu verstehen, dass sie noch einen Moment warten müssten, da Tom noch auf seine Kollegin warten würde. Und Anton Klaas, dem Rechtsanwalt von Lothar Schmidt, teilte Tom noch mit, dass dessen Mandant am Vortag ein Suizidversuch unternommen hatte. Es wäre aber alles soweit okay und er würde aber gleich wieder in die Wache gebracht und das Verhör könne weitergehen. Man bot den Anwesenden zur Überbrückung einen Kaffee an, was diese gerne annahmen.

Nach zirka 10 Minuten war Regina Sturm auch da und die Kollegen brachten auch im Augenblick Lothar Schmidt zurück, es konnte also endlich weitergehen.

Regina Sturm betrat mit Tom Bauer zusammen das Zimmer, in dem Kai Ramseeger mit seinem Anwalt, Phillip von Stein, saß. Nach der Begrüßung setzten sie sich den Anwesenden gegenüber an den Tisch und Tom schaltete das Aufnahmegerät erneut an.

Ramseeger fing sofort zu erzählen an: „Ich will nur noch darauf hinweisen, alles das, was dieser Schmidt gestern da von sich gegeben hat, ist so nicht ganz richtig."

„Ja, aber dann werden sie uns ja aufklären, Herr Ramseeger, nicht wahr?", entgegnete Regina Sturm etwas burschikos.

„Da bin ich aber mal gespannt", fügte Tom hinzu und schaute seine Kollegin dabei etwas skeptisch an.

Ramseeger hielt kurz inne, er überlegte wohl noch und dann flossen die Worte aus seinem Mund: „Also, das war so…"

„Einen Moment gerade noch", schob Tom dazwischen. Er winkte den Kollegen, der mit im Raum stand, kurz zu sich an den Tisch und flüsterte ihm etwas zu. Dieser ging dann wieder zurück an seinen Platz und gab Tom nach einem

Augenblick per Handzeichen Bescheid, dass nun alles bereit sei. Er hatte sich darum gekümmert, dass der vorhandene Lautsprecher, der die Räume miteinander verband, angeschaltet wurde.

„Okay, wir können, sorry, dass ich unterbrechen musste." Der Ermittler entschuldigte sich kurz.

Kai Ramseeger schaute etwas fragend, fing aber dann zu reden an. Tom notierte sich natürlich wieder das ein oder andere Wort, doch das meiste wurde eh aufgezeichnet, und er konnte sich somit auf die Aussage konzentrieren.

Wie schon erwartet beschuldigte Ramseeger, Lothar Schmidt bei allem, was er so ansprach. Er hätte ihn mit in die Sache gezogen und eigentlich sei doch Schmidt auch alles schuld, und überhaupt sei er doch nur mit dabei gewesen, weil man ihn bedrängt hätte.

„Mann, Herr Ramseeger, jetzt machen sie doch mal halblang. Man hat sie bedrängt? Einen Kerl über 190cm groß und kräftig? Einer, der schon bald 15 Jahre als Polizist seinen Dienst verrichtet? Was wollen Sie uns da erzählen? Das glaubt Ihnen doch kein Mensch", überkam es Regina Sturm. Man konnte ihr sofort ansehen, wie sauer sie gerade war.

Ramseeger schien etwas perplex und sagte erst mal nichts mehr.

Tom nahm das Wort an sich: „Herr Ramseeger, was war eigentlich mit Nils Spor? Warum musste er sterben? Können Sie mir dazu auch was sagen?"

„Nils Spor, da kann ich nichts zu sagen." Ramseeger reagierte sehr laut und gereizt: „Damit habe ich nichts zu tun, das war sicher auch der Schmidt, kam mir ja immer etwas durchgeknallt vor, der Typ!"

Mittlerweile war die Zwischenscheibe in den beiden Räumen mal wieder aktiviert worden und die beiden Verhafteten erblickten sich fast zeitgleich. Dieses Mal hatte man sie so herumgesetzt, dass sie sich sofort sehen mussten, wenn die Scheibe aktiviert wurde.

Kai Ramseeger blieben sofort die Worte im Halse stecken, wie es schien, und Lothar Schmidt war aus seinem Stuhl hochgefahren und flippte völlig aus. Der Lautsprecher war auch immer noch eingeschaltet und die zwei warfen sich mit bösen Worten Schuldzuweisungen an den Kopf. Man ließ sie einige Zeit gewähren, doch als es dann zu laut wurde, schaltete man den Lautsprecher und die Scheibe ab.

Die Kontrahenten beruhigten sich nur langsam, und es wurde mal wieder eine kurze Pause eingelegt, um die Situation etwas runterzufahren.

[221]

Tom Bauer und Regina Sturm wechselten den Raum, sie betraten gerade die 116 und setzten sich mit an den Tisch. Anton Klaas hatte die Arme vor dem Körper verschränkt, mit einer Hand stützte er seinen Kopf, er dachte wohl nach.

Lothar Schmidt hatte immer noch einen hochroten Kopf und schwitzte, der Schweiß tropfte ihm vom Kinn aufs Hemd, man hatte ihm ein Handtuch gereicht, doch er zog es vor, dieses voller Wut in eine der Zimmerecken zu schmeißen.

Die beiden Ermittler sahen sich das ganze Schauspiel eine Weile an und entschieden sich dann, das Ganze doch weiter auf den nächsten Tag zu verschieben. Die Anwälte willigten ein und die Gefangenen brachte man zurück in ihre Zellen.

Tom wies die Kollegen noch an, dass jemand Schmidt überwachen sollte, falls der wieder auf eine verrückte Idee kommen sollte. Dann verabschiedeten sie sich von den Anwälten und waren schon wieder in ihren Büros verschwunden.

Die Uhr zeigte schon wieder halb fünf und Tom entschied sich, nachdem er seinen Bericht fertig hatte, für heute Schluss zu machen und nach Hause zu fahren.

Evelyn stand am Fenster in der Küche und konnte sehen wie Tom mit dem Wagen auf die Einfahrt fuhr. Sie lief sofort zu Tür und begrüßte ihn mit einer dicken Umarmung. Sie teilte ihm mit, dass Lulu diese Nacht bei Claudia Kern bleiben würde. Sie wären mit mehreren Kindern zum Übernachten dort eingeladen, da Claudia einen Vorleseabend organisiert hatte.

„Ach, das finde ich aber nett", sagte Tom, „da wünschen wir doch viel Spaß."

Er drückte seine Evelyn noch einmal und sie gingen dann ins Haus. Drinnen stand frischer Rotwein in einer Karaffe bereit, den hatte Evelyn schon umgegossen, damit dieser etwas „atmen" konnte. Sie goss schnell zwei große Gläser ein und reichte eines davon ihrem Tom. „Weißt du eigentlich was wir heute haben, mein Schatz?", eröffnete sie.

„Oh Gott, was habe ich jetzt schon wieder verpennt?" Tom grübelte. „Nein, Kennenlerntag, nicht wahr?"

„Yepp", Evelyn musste schmunzeln. „Ich habe extra einen Tisch in der Bayrischen Botschaft reserviert, bei Sven und Coretta. Die beiden haben sich sehr darüber gefreut."

„Oh super, gute Idee, mein Engel, wann sollen wir da sein?"

„Ich habe so für 20:00 Uhr gedacht, ist doch okay, oder?"

„Ja klasse, ich freu mich, dann geh ich gerade unter die Dusche und zieh mir was Frisches an." Tom prostete

[223]

seiner Evelyn zu und gab ihr einen dicken Kuss, er trank einen großen Schluck und machte sich dann auf ins Bad.

Es dauerte nicht lange und schon war Tom geduscht und umgezogen. Evelyn hatte sich so lange mit einem Glas Wein vor den Kamin gesetzt. Er setzte sich zu ihr und sie genossen ihren Wein zusammen. Dann zog er eine kleine Schachtel aus rotem Samt aus seiner Hosentasche und kniete sich vor Evelyn auf den Boden.

Sie schaute ihn fragend und gleichzeitig überrascht an.

„Was passiert nun?" Sie war sehr aufgeregt.

„Ja, Schatz, heute ist ja unser Kennenlerntag, und da dachte ich auch schon vor ein paar Tagen dran."

„Was, du hattest es gar nicht vergessen? Och Tom", ihr kamen die Tränen.

„Ich wollte dir halt was Besonderes besorgen und hoffe, dass es dir gefällt."

Evelyn übernahm die kleine rote Schachtel und öffnete sie mit zittrigen Händen. „Ach du meine Güte, Tom, der hat doch sicher ein Vermögen gekostet, du verrückter Kerl."

Ein silberner Ring mit einem größeren und zwei kleinen Diamanten strahlte sie an, die Freudentränen waren nun nicht mehr aufzuhalten „Mein Gott, Tom, ist der schön, vielen Dank, mein Engel." Und Evelyn fiel ihrem Tom um den Hals.

„Du brauchst mir doch nicht zu danken, mein Schatz, ich bin doch froh, dass ich dich habe, und dass ihr zwei endlich wieder zu Hause seid", erwiderte Tom. Er drückte seine Frau fest an sich und hielt sie eine Weile in den Armen.

„So, und nun lass uns fahren, ich habe wirklich Hunger."

„Hach, du bist immer so schön romantisch", lachte Evelyn ihn an.

Und so machten sich die beiden auf den Weg nach Bad Neuenahr zu ihren Freunden ins Restaurant.

Dort angekommen parkten sie ihren Wagen vor deren Wohnung und machten sich zu Fuß auf den Weg zum Restaurant. Nach ein paar Metern auf dem Gehweg an der Ahr entlang hatten sie ihr Ziel auch schon erreicht. Coretta stand gerade vor dem Eingang und hatte sich eine Zigarette angezündet. Sie hatte die beiden sofort gesehen und kam ihnen schon entgegen, um sie mit einer Umarmung zu begrüßen.

„Na, ihr Süßen, da seid ihr ja, euren Tisch habe ich schon vorbereitet, kommt rein."

Kaum waren sie im Restaurant, rannte auch schon die kleine Emy auf sie zu und sprang Tom in die Arme.

Auch Sven hatte sie begrüßt und geleitete sie dann gemeinsam mit Coretta und Emmy zum Tisch. Dieser war schön eingedeckt und mit bunten Blumen geschmückt.

Die Dame des Hauses hatte sich mal wieder selbst übertroffen.

Nachdem die beiden mit einem leckeren Rotwein mit ihren Freunden angestoßen hatten, wurde ihnen die Karte gereicht.

Für Tom gab es eine schmackhafte Haxe mit Sauerkraut und Bratkartoffeln und Evelyn nahm das Kassler mit Kartoffelpüree und Salat.

Beide genossen das gute Mahl und den Anschließenden gemütlichen Abend im Restaurant. Coretta und Sven hatten sich später noch zu ihnen gesellt und Emy gab ihr Bestes zur Unterhaltung dazu.

Mittwoch 28. Oktober

Der Vorabend steckte Tom Bauer noch in den Gliedern, sie waren erst um kurz vor zwei mit dem Taxi zu Hause angekommen. Und es waren doch einige Gläser Wein mehr geworden, als sie sich eigentlich vorgenommen hatten.

„Naja egal, da muss ich jetzt wohl durch", dachte sich Tom, als er aus dem Federn stieg und geradewegs aufs Bad zulief. Er wollte unbedingt schnell unter die Dusche, was ihm dann auch ziemlich guttat. Als er dann fertig war und sich schließlich angezogen hatte, machte er sich auf runter in die Küche. Die Zeitung schnell aus dem Einwurf gezogen und bedacht darauf, dass es jetzt einen schönen starken Kaffee geben würde, schritt er durchs Haus. Er wollte gerade die Zeitung auf dem Tisch ablegen, als er folgendes auf der Titelseite las:

Vermisst wird die 19-jährige Bettina Müller aus Oberbachem.

Bettina war am Tag ihres Verschwindens mit einer Blue Jeans, braunen Stiefeln und einem schwarzen Lederblouson bekleidet. Des Weiteren trug sie eine rote größere Handtasche bei sich.

Bettina hat dunkle, kinnlange Haare und ein schmales Gesicht, dazu auffallend grüne Augen.

Sie kam an diesen Tag von der Universität Bonn nicht mehr nach Hause.

Die Polizei bittet um Ihre Mithilfe!

Wer hat die junge Frau gesehen?

Wer kann Angaben dazu machen, wann sie die Uni verlassen hat, und ob sie eventuell in Begleitung war?

Zeugen melden sich bitte bei der Polizei Bonn, Bornheimer Straße. Andere Dienststellen nehmen natürlich auch Hinweise zum Verschwinden der jungen Frau entgegen.

„Was geht denn hier ab? Warum hat man mir auf der Dienststelle nichts gesagt?"

Tom haute der Artikel völlig um und aus der Bahn. Er legte die Zeitung auf den Tisch und nahm den Hörer seines Telefons zur Hand. Er wählte die Nummer von Bettina Sturm. Es klingelte kurz und dann nahm Regina das Gespräch an. Tom fragte sie sofort auf den Punkt kommend nach dem neuen Fall. Sie war anscheinend genau so überrascht darüber und wollte ihm umgehend Bescheid geben, wenn sie etwas herausbekommen würde, teilte sie ihm noch mit. Tom verabschiedete sich und beendete das Gespräch. Er hatte sich mittlerweile einen Kaffee zubereitet und setzte sich an den Tisch, um weiter im General zu blättern. Seine Ruhe war komplett dahin und er konnte sich auf keinen Artikel richtig konzentrieren, also schlug er das Blatt zu und trank seinen Kaffee schluckweise aus. Nachdem er die Tasse in die Spülmaschine gestellt hatte, zog er sich noch seinen braunen Cord-Blazer über und machte sich auf den Weg ins Büro nach Bonn.

Die ganze Fahrt über ging dem Ermittler der gelesene Artikel nicht aus dem Kopf und Wut stieg in ihm auf. Konnte es tatsächlich sein, dass, bevor man die zwei Personen festgenommen hatte, diese schon wieder ein Mädchen entführt hatten? Und warum stand erst heute etwas davon in der Zeitung? Hier stimmte etwas nicht, oder die Kollegen von der Polizei hatten nicht

nachgedacht, als sie die Vermisstenanzeige herein-
bekommen hatten.

Als Tom seinen Wagen vor dem Präsidium geparkt hatte,
ging er sofort in die Leitstelle um rauszubekommen, wer
die Anzeige aufgenommen hatte. Auch die Kollegen der
Dienststelle waren erstaunt und konnten Toms Frage erst
einmal nicht beantworten. Sie stöberten die Anzeigen der
letzten Tage am Computer durch.

„Hier, ich hab was", Klaus Mertens ein Kollege rief Tom zu
sich.

„Da, schau, die Anzeige kam am Freitag letzter Woche
rein und Kai hatte sie aufgenommen, aber so wie es
aussieht nicht als offenen Fall eingestellt", so Klaus
Mertens weiter.

„Kai Ramseeger? Ich werde bekloppt, der verflixte
Schweinehund. Na warte, lass mich den gleich sehen, der
bekommt was zu hören." Tom war völlig außer sich und
musste tief durchatmen, damit er nicht ganz ausflippen
würde. Er begab sich in sein Büro und setzte sich erst
einmal an seinen Schreibtisch. Bettina Sturm betrat sein
Büro und begrüßte ihn.

„Ich bin gerade richtig geschockt", fing Tom zu reden an,
„da haben diese Drecksäcke wohl kurz bevor wir sie
einbuchteten noch ein weiteres Mädchen geschnappt
und sie irgendwo versteckt? Zieh dir das mal rein!"

„Was, woher weißt du?", Bettina geschockt.

„Ich blätterte heute Morgen im General und stieß zufällig auf die Anzeige, hier sieh!" Tom hielt seiner Kollegin die aufgeschlagene Seite mit dem Artikel unter die Nase.

„Ach du meine Güte, das gibt es doch nicht, oder?"

„Mann, das ist wirklich der Knaller", antwortete Regina, „wir müssen unbedingt herausbekommen, wo sie ist und sie da rausholen, bevor wir noch eine Leiche auf dem Tisch liegen haben." „Klar müssen wir, aber schnellstens, wer weiß, wie es ihr geht? Kannst du bitte dafür sorgen, dass man Schmidt und Ramseeger in die Verhörräume bringt, bitte?"

„Natürlich, mach ich sofort."

„Danke dir, ich komme direkt, muss mich gerade noch etwas sammeln." Tom sank in seinem Stuhl zurück und versuchte, sich weiter runterzufahren. Er atmete tief ein und aus, und so konnte er wieder etwas zur Ruhe kommen. Dann stand er auf, ging über den Flur rüber zu den Verhörzimmern. Er schaute kurz durch die Sichtfenster in den Türen und konnte somit auch sehen, dass sich Kai Ramseeger heute in der 116 befand. Er saß am kleinen Tisch mitten im Raum und sah sehr nervös aus. Tom betrat den Raum, dann setzte er sich ohne ein Wort zu sagen Ramseeger gegenüber an den Tisch und beobachtete ihn. Dieser wurde immer unruhiger. „Was? Was siehst du mich so an?"

„Das weist du doch genau, oder? Überleg doch mal?" Tom versuchte ruhig und überlegen zu bleiben, denn alles andere wäre jetzt fehl am Platz.

Ramseeger wurde immer nervöser und fing übel an zu schwitzen, doch er sagte nichts. Tom ließ ihn jedoch immer noch in Ruhe. Im Gegenteil, er stand noch einmal auf und verließ ohne Worte den Raum. Er schloss die Tür hinter sich und betrat sofort den anderen Verhörraum, in dem Lothar Schmidt zappelnd am Tisch saß. Auch da setzte sich Tom wieder ohne Worte an den Tisch und schaute Schmidt erst einmal fragend an. Wie schon Ramseeger, wurde auch Schmidt extrem nervös und war plötzlich schweißgebadet.

„Na, Herr Schmidt, sie wollen mir doch sicher noch etwas sagen, nicht wahr?", begann Tom ruhig aber bestimmend.

Lothar Schmidt schaute ihn an und senkte dann seinen Kopf, um den Ermittler nicht mehr ansehen zu müssen. Er sagte auch nichts, sondern schwieg vor sich hin.

Tom kochte mittlerweile und hielt sich dennoch zurück, damit die Sache nicht eskalieren würde. Jetzt betrat auch Regina Sturm den Raum und setzte sich neben ihm an den Tisch. Tom flüsterte ihr kurz etwas zu und verließ dann wieder den Raum. In beiden Räumen stand jeweils zusätzlich ein Kollege der Dienststelle bereit, um die ganze Sache unter Kontrolle zu halten.

Tom Bauer betrat wieder die 116 und setzte sich erneut mit an den Tisch.

„Was war denn mit der Vermisstenanzeige am letzten Freitag?", begann Tom herausfordernd, aber bestimmt.

„Vermisstenanzeige, welche Vermisstenanzeige?" Ramseeger war sehr aufgeregt.

„Kai, jetzt hör doch auf mich verarschen zu wollen! Meinst du ich bin blöd, oder was? Du hast am Freitag letzter Woche eine Anzeige aufgenommen. Steht doch alles im Computer. Wieso wurde diese nicht weiterbearbeitet, will ich wissen?"

„Ach so, das!" Ramseeger versuchte sich dumm zu stellen.

„Also, jetzt flipp ich gleich aus, Kollege. Du willst mich tatsächlich veräppeln? Kai, du befindest dich auf ganz dünnem Eis, verstehst du das nicht? Ab hier gibt es kein Zurück mehr, wenn du verstehst was ich meine. Ich habe die Anzeige gerade gelesen, und du willst mir nun mitteilen, dass diese nicht so wichtig ist, oder was?" Tom war vom Stuhl aufgestanden und hatte sich hinter Ramseeger gestellt.

Dieser versuchte, Tom ständig im Blickfeld zu haben, denn es machte ihn immer unruhiger, dass der Ermittler hinter ihm rumlief.

„Och, mach ich dich nervös? Das tut mir aber leid! Mann, Kai, mach endlich deinen Mund auf, du reitest dich immer

[232]

tiefer in den Sumpf!" Tom war nun doch sehr laut geworden und schlug mit der Hand auf den Tisch. Kai Ramseeger zuckte kurz zusammen.

„Wohin zum Teufel habt ihr die Kleine verschleppt? „Kai, verdammt noch eins, mach den Mund auf und sprich!"

Doch Ramseeger schwieg weiter und schaute Tom nur an.

Wieder einmal verließ Tom den Raum. Er teilte den Kollegen mit, dass er eine kurze Pause benötigen würde und setzte sich in sein Büro. Regina folgte ihm nach.

Die zwei tranken erst einmal einen Kaffee und schwiegen sich an.

Tom war tief in Gedanken versunken und versuchte, klare Überlegungen in seinem Kopf zu formulieren.

„Hast du so etwas schon einmal erlebt? Es gibt keinen Ausweg mehr für ihn und er sagt nichts!", eröffnete Tom.

„Du, ich hab auch keine Ahnung, was der damit bezweckt. Ich weiß nur, dass wir unbedingt herausbekommen müssen, wo das Mädchen ist!", antwortete Regina Sturm.

„Das werden wir, da brauchst du dir keine Sorgen zu machen, das werden wir", erwiderte Tom sicher.

Nach einer kurzen Pause waren die beiden Ermittler wieder auf dem Flur unterwegs und betraten den Raum, in dem Lothar Schmidt saß. Dieser hatte das gesamte letzte Verhör mithören können, denn Tom ließ vor der Vernehmung den Lautsprecher aktivieren.

Und kaum hatten sie sich zu Schmidt an den Tisch gesetzt, fing dieser auch schon zu erzählen an. Erst einmal kam nur wirres Zeug aus seinem Mund und Tom musste ihn stoppen und auf den Boden der Tatsachen zurückholen.

„Herr Schmidt", begann Tom, „Herr Schmidt, kommen Sie mal wieder runter. Ihre Beschuldigungen und Vorwürfe interessieren uns gerade reichlich wenig. Sie sind an der Sache genauso beteiligt, wie Kai Ramseeger das ist. Und mir ist völlig egal, was sie noch alles loswerden wollen. Sagen sie mir lieber, wo sie die Kleine versteckt haben, bevor sie den nächsten Mordfall auf ihrem Konto haben."

Erst schwieg Schmidt, doch dann kam er wohl doch zur Einsicht und versuchte, seine Worte wohl richtig auf die Reihe zu bekommen. Tom und Regina schauten ihn erneut fragend an.

„In Pech", kam es leise aus seinem Mund.

„Was, Herr Schmidt, was haben sie gesagt?" Tom hakte nach.

„In Pech, in meinem Haus im Keller", erwiderte Schmidt.

„Bitte? Im Keller ihres Hauses?" Tom war sprachlos und gleichzeitig aber auch erleichtert. Das Verhör wurde umgehend abgebrochen. Er ließ die Verhafteten sofort von den Kollegen wieder in ihre Zellen bringen. Tom, Regina Sturm und zwei weitere Kollegen machten sich direkt auf, um nach Pech zu fahren und das Mädchen zu befreien. Mit quietschenden Reifen war Tom vom Parkplatz vorm Präsidium gestartet und hatte die blaue Leuchte auf sein Wagendach gestellt, das Martinshorn war eingeschaltet. Ein Polizeiwagen fuhr ihm nach. Regina saß neben ihm und bat ihn darum, nicht so zu rasen. Tom Bauer hatte ihr aber nicht so richtig zugehört und wollte einfach nur schnell dafür Sorge tragen, dass das Mädchen befreit würde. Also gab er Gas.

Etwa zwanzig Minuten später war die Einsatzgruppe in Pech vor dem Haus von Lothar Schmidt angekommen. Alle stiegen schnell aus den Fahrzeugen und Tom öffnete mit dem Hausschlüssel, den er gerade von Schmidt bekommen hatte, den Eingang zum Haus.

Sofort suchten sie den Kellerabgang, sie öffneten die Tür und stiegen rasch die Stufen hinab. Nichts war zu hören außer dem Brummen der Heizungsanlage. Es hatte nicht lange gedauert bis sie in einem Raum standen, in dem es noch eine weitere Tür gab, die hinter einem Regal versteckt war.

Kaum war dieses zu Seite geschoben worden, stürmte Tom auch schon durch die dahinterliegende Tür.

Der Raum war wohl komplett mit Styropor ausgekleidet und es gab nur ein schwaches Licht, was durch eine alte Glühbirne an der Decke erzeugt wurde.

In der rechten Ecke des kleinen Raumes stand eine Art Käfig und darin lag wohl ein Haufen alter Decken, wie es schien. Doch als die Ermittler näher herangingen, konnten sie sehen, dass wohl etwas zugedeckt darunterlag. Tom nahm einen Ziegenfuß, der an der Wand gegenüber hing, zur Hand, und versuchte damit, das vorhängende Schloss zu sprengen, was ihm auch sofort gelang.

Er zog langsam Decke für Decke beiseite und blickte plötzlich in das total ängstliche Gesicht eines jungen Mädchens.

„Pscht, ganz ruhig, alles ist gut. Ich bin Polizist und werde dich jetzt hier herausholen. Du brauchst keine Angst mehr zu haben, es ist vorbei." Tom hielt der gefunden Bettina Müller seine Arme entgegen. Sie zitterte am ganzen Körper und die Angst stand ihr im Gesicht geschrieben, doch sie bewegte sich langsam auf Tom zu und er konnte sie erst einmal in seine schützenden Arme schließen. Regina Sturm zog sich ihre Jacke aus und legte sie der jungen Frau über.

Tom stand dann mit ihr auf und führte sie langsam die Stufen nach oben durchs Haus und setzte sie dann vor dem Haus in den Wagen der Kollegen. Regina setzte sich dazu und hielt sie fest.

Tom wies die Kollegen an, sofort in die Uniklinik zu fahren, um das Mädchen untersuchen zu lassen und nicht von ihrer Seite zu weichen. Er selber machte sich wieder auf den Weg zur

Polizeidienstelle nach Bonn.

Dort angekommen, setzte er sich in sein Büro und fertigte den Bericht des Tages an. Er war doch sehr erleichtert, dass man Bettina Müller noch lebend gefunden hatte. Dann lies er sich die Telefonnummer der Eltern des Mädchens heraussuchen, um diese sofort an zu rufen.

Er hatte die Nummer gewählt und holte noch einmal tief Luft, der Hörer wurde abgenommen: „Anne Müller, hallo", kam es aus der Leitung.

„Frau Müller, hallo, ich bin Tom Bauer von der Polizei in Bonn!" „Ha... haben Sie meine Tochter gefunden? Was ist mit ihr? Ist sie noch am Leben?" Frau Müller war wohl in Tränen ausgebrochen.

„Frau Müller, alles ist gut, beruhigen sie sich. Wir haben ihre Tochter gefunden und es geht ihr gut."

„Sie haben sie gefunden? Oh mein Gott, danke, danke, danke. Wo ist sie? Können wir sie sehen?"

„Ja, können sie, sie ist in der Uniklinik. Fahren sie ruhig dort hin, es wird ihr guttun, sie jetzt zu sehen", antwortete Tom und schon hatte Frau Müller den Hörer aufgelegt.

Tom ging es jetzt auch etwas besser, und er hatte sich auch wieder beruhigt, obwohl es in ihm kochte. Er tippte die letzten Zeilen in seinem Bericht und schaltete dann den Computer aus.

„Puh, was für ein Tag", dachte er noch und legte sich in seinem Stuhl zurück. In diesem Moment betrat Regina sein Büro setzte sich ihm gegenüber an den Tisch und atmete auch erst einmal erleichtert tief durch. Sie hatte noch die Eltern des Mädchens im Krankenhaus begrüßt und zu ihrer Tochter geführt. Danach war sie auch mit dem Taxi zur Wache gefahren. Auch ihr konnte man ansehen, dass die Anspannung etwas nachgelassen hatte.

„Das wäre erst einmal erledigt, was!" sagte sie befreit. „Die Kollegen sind noch vor Ort und kommen gleich nach."

Tom nickte ihr zu. „Ja, das ist gut, gibt denen ja auch ein wenig Sicherheit nach der ganzen Geschichte. Ist ja zum Glück alles gut verlaufen, was?"

„Ja, da hast du wohl Recht, mein Lieber", antwortete Regina. „Willst du noch mit Ramseeger sprechen, oder sollen wir morgen weitermachen? Mich würde es schon interessieren, was der dazu zu sagen hat!"

„Nee, heute nicht mehr, ich brauch ne Pause, sorry!" Sagte Tom und hielt sich dabei, mit den Armen auf die Tischplatte gestützt, den Kopf fest.

„Klar Tom, verstehe ich", Regina legte ihm eine Hand auf die Schulter. „Gut gemacht, Herr Kollege!" Dann verließ sie Toms Büro und schloss die Tür.

Tom war noch weiter in Gedanken versunken und hatte sich noch einen Kaffee zubereitet. Er schrieb wie jeden Tag seinen Bericht und stöberte noch einmal in der Schachtel mit den Fotos, die sie bei Ramseeger gefunden hatten. Als letztes auf dem Schachtelboden lag ein zusammengefaltetes Stück Papier. Erst hatte er es gar nicht registriert, doch dann erblickte er den in einer Ecke ganz klein zusammengelegten Zettel. Tom nahm diesen heraus und faltete ihn vorsichtig auseinander und las:

Unbedingt Nils beobachten. Er macht Anstalten, alles auffliegen zu lassen. Was machen wir mit ihm, ohne dass wir sofort auffliegen?

Lothar darauf ansprechen und dann schnell eine Lösung finden. Nils ist doch Zuckerkrank, kann doch kein großes Problem sein den irgendwie loszuwerden!

Hoffentlich wird bald die blöde Kiste in Niederbachem abgerissen, nicht, dass dort noch jemand herumstöbert. Oder wir müssen die Leichen noch woanders entsorgen!

Tom sackte abermals in seinem Stuhl zurück und war wieder sichtlich geschockt. Er nahm den Hörer seines Telefons zur Hand und wählte die Nummer von Regina. Es dauerte etwas, dann jedoch nahm sie das Gespräch an: „Ja, Tom, was ist denn?"

„Hey Regina, kommst du gerade noch einmal rüber in mein Büro, ich bin da auf etwas gestoßen?"

„Ja klar, bin schon unterwegs".

Kurz darauf betrat Regina etwas aufgeregt Toms Büro und setzte sich zu ihm an den Tisch. Er legte den gefundenen Zettel vor ihr auf die Tischplatte. Sie nahm diesen an sich und las ganz ruhig. Dann konnte Tom sofort sehen, wie ihren Augen plötzlich immer größer wurden, sie schluckte mehrmals tief und starrte Tom an.

„Also, eindeutiger geht es nicht, was? Der plante doch ganz klar den Mord an Nils Spor, oder?"

„Ja klar, das sehe ich auch so, und wie du siehst, wussten die auch, dass der Spor zuckerkrank war."

„Also, Tom, wie willst du weiter verfahren? Hast du schon einen Plan?"

„Hm, nicht so richtig! Ich überlege auch gerade noch, was es mit der anderen Leiche auf sich hat."

„Welche andere Leiche?"

„Naja, wir hatten vor einiger Zeit diesen Leichenfund in Pech, wo ein junger Mann tot auf einer Bank gefunden wurde", so Tom weiter.

„Ach klar, habe ich ja in deiner angelegten Akte gelesen. Rick Schneider, nicht wahr? Sag mir, was denkst du?"

„Das war ja der Bruder von Nicole Schneider, die wir damals im Mehlemer Bach in Niederbachem gefunden hatten. Rick Schneider,

25 Jahre alt, Student in Bonn. Er wurde ja vergiftet. Wir ahnten damals noch nicht warum, aber jetzt geht mir so langsam ein Licht auf."

„Sag schon, was denkst du?" Regina war ganz angespannt vor Neugier.

„Also, was wäre, wenn dieser Rick, der ja nebenbei im Edeka oben im Wachtberg Center jobbte, den dreien auf die Schliche gekommen ist, und dieses natürlich melden wollte? Den mussten die doch um die Ecke bringen, oder nicht? Wäre doch alles aufgeflogen! Der war denen doch voll in die Quere gekommen." Tom kombinierte gerade alles miteinander und war sich sicher, dass er kurz davor wäre, den Fall ganz aufzudecken.

„Da hast du wohl recht, Tom", bestätigte Regina Sturm ihn.

„Was willst du nun tun?"

„Ganz klar, ich werde die beiden morgen weiter verhören, aber dieses Mal ohne Unterbrechung. Wir haben alles, was wir benötigen, in der Hand, um sie für einige Jahre in den Bau zu befördern. Und morgen werde ich dafür sorgen, dass es dazu kommt."

Tom schaute seine Kollegin mit einem klaren Blick in die Augen und sie wusste sofort, dass er nun zum finalen Schlag ansetzen würde, sie kannte ihn lange genug und traute ihm alles zu. Dann wollte sie ihn wieder in Ruhe lassen, um seine Konzentration nicht weiter zu stören, und so wünschte sie ihm noch einen schönen Feierabend und verließ das Büro.

Der Ermittler schrieb sich noch ein paar wichtige Erkenntnisse in seinen Hemingway und steckte das Buch dann wieder in seine Jackentasche. Dann zog er die Jacke über, stand auf und schob seinen Stuhl ganz an den Schreibtisch heran. Er ging im Büro auf und ab und war in Gedanken versunken. Doch dann brach er auch damit ab und packte seine Sachen „So, jetzt ist aber Schicht für heute", dachte er noch und machte sich auf den Weg zu seinem Wagen. Es war 18:00 Uhr und eigentlich wollte Tom sofort nach Hause fahren, doch dann machte er doch noch einen Abstecher hoch zur Uniklinik auf dem Venusberg. Er wollte kurz noch einmal nach der jungen Frau schauen und sehen, ob alles in Ordnung sei. Als er seinen Wagen in eine der Tiefgaragen platziert hatte, machte sich Tom auf den Weg zur Station. Auf dem Flur angekommen, sah er sofort den Kollegen, der immer noch auf einem Stuhl vor dem Zimmer des Mädchens saß und Wache hielt. Tom erlöste diesen von seinem Dienst und schickte ihn guter Dinge in den verdienten Feierabend. Er konnte sich nicht vorstellen, dass es noch jemanden gäbe, der dem Mädchen gefährlich werden könnte.

Tom schaute kurz durch das kleine Fenster in der Tür und konnte sehen, dass die Eltern der jungen Frau auch noch im Zimmer waren. Er klopfte an und betrat den Raum.

„Hallo, guten Abend, Tom Bauer, Polizei Bonn, na wie sieht es aus?"

Die Eltern begrüßten Tom und bedankten sich vielmals, dass ihre Tochter noch am Leben war. Bettinas Mutter drückte Tom so fest, dass es ihm fast peinlich wurde. Er war sichtlich stolz und versicherte den Anwesenden auch noch, dass die Täter gefasst seien und ihrer gerechten Strafe nicht entgehen würden. Dann verabschiedete sich Tom und machte sich weiter auf den Weg nach Hause. Kurz hielt er inne, nahm seinen Hemingway aus der Jackentasche und machte sich noch weitere Notizen. Dann steckte er diesen wieder zurück in die Tasche.

„Herr Bauer?", kam es aus einem Zimmer im Flur.

Tom drehte seinen Kopf in die Richtung und erblickte den Stationsarzt. Dr.med. Christoph Maas stand auf dem Clip an seinem Revers.

„Ja bitte!"

„Hallo, Herr Bauer, gut, dass ich Sie noch sehe. Man sagte mir, dass Sie bestimmt noch kurz vorbeischauen würden", so Dr. Maas weiter.

„Was gibt es, Herr Doktor?"

„Naja, nichts Großartiges, ich wollte Ihnen nur sagen, dass wir die junge Dame wohl morgen nach Hause schicken können. Ihr geht es soweit gut und alle Untersuchungen sind abgeschlossen. Und sie ist wohl auch nicht sexuell angegangen worden, alle Tests hierzu waren negativ, also wirklich Glück gehabt, die junge Dame."

„Puh, dann waren wir ja wirklich im richtigen Moment bei ihr. Super, vielen Dank Ihnen, Herr Doktor! Einen angenehmen Abend noch."

Dann machte sich Tom weiter auf den Weg zu seinem Wagen in die Tiefgarage. Er setzte sich hinein und nahm erst einmal sein Telefon zur Hand, um Evelyn anzurufen. Nachdem er dies erledigt hatte, startete er den Motor und trat die Heimfahrt an.

Als Tom in Werthhoven sein Haus betrat, roch es schon im Flur köstlich nach etwas Gutem. Kaum hatte er seine Jacke an die Garderobe gehängt, kam auch schon die kleine Lulu aus der Küche gelaufen: „Hallo, Papa, da bist du ja!", rief sie und sprang Tom in die Arme, er drückte sie und freute sich auch zu Hause zu sein.

„Du Papa, wir haben Flammkuchen gemacht und ich hab der Mama dabei geholfen!"

„Wow, prima, mein Engel, da freu ich mich aber drauf. Ich habe einen Riesenhunger." Dann betrat er mit seiner Kleinen auf den Armen die Küche. Evelyn hatte gerade noch ein Blech aus dem Ofen geholt und war gerade dabei, den Flammkuchen mit einem Rollmesser zu zerteilen.

„Na, hallo, mein Schatz, war ein langer Tag heute, was?"

„Oh ja, das kann man wohl sagen, aber das war auch gut so, denn wir konnten einiges erledigen und sind nun einen großen Schritt weitergekommen. Und so, wie es im Moment aussieht, sind wir Lösung des Falles nicht mehr weit entfernt." Er gab seiner Evelyn einen Begrüßungskuss und setzte sich mit Lulu an den vorbereiteten Tisch. Seine Frau hatte Weißwein und Gläser auf den Tisch gestellt und für Lulu gab es Apfelsaft. Dann genossen die drei das gemeinsame Mahl und waren sehr vergnügt dabei. Lulu erzählte von ihrem Tag mit Claudia, und ihre Eltern hatten so manches Mal etwas Probleme, ihr zu folgen, da sie immer gerade sprechen wollte, wenn sie in den Flammkuchen gebissen hatte. Sie haben sehr gelacht und das war für alle das Wichtigste, wenn sie zusammen waren.

Später am Abend hatte Tom nach dem Bad seine Tochter ins Bett gebracht und wie immer etwas vorgelesen. Nachdem sie eingeschlafen war, machte er das Licht aus und verließ das Zimmer wieder, wobei die Tür immer einen Spalt geöffnet gelassen wurde.

Tom hatte sich noch in sein kleines Büro gesetzt und öffnete gerade noch die Post. Evelyn hatte ihm alles, was wichtig war, auf seinen Schreibtisch gelegt. Darunter war ein Schreiben der Stadt Bonn. Er öffnete dieses zuerst und fand darin eine Anfrage, die speziell ihn betraf:

Sehr geehrter Herr Bauer,

wir wenden uns mit diesem Schreiben an Sie, weil wir denken, dass Sie die richtige Person für unser Anliegen sind.

In der Vergangenheit gab es ja nun doch einige Fälle von Entführung bis Mord an jungen Menschen in unserer Stadt und deren Umgebung. Wir haben uns deswegen dazu entschieden, ein Präventionsprogramm ins Leben zu rufen, welches jungen Menschen dabei helfen soll, sich in ihrer Umgebung richtig zu verhalten und in Gefahrensituationen das Richtige zu tun. Wir denken, dass Sie, Herr Bauer, durch ihre langjährige Erfahrung dazu beitragen könnten, dass unsere Gesellschaft sicherer wird und unsere Kinder selbstsicherer, aber auch geschützter durchs Leben gehen.

Die Stadt Bonn denkt daran, dieses Programm in den Schulen anzusetzen, denn Vorbeugung ist wichtig. Des Weiteren sollten wir Kurse auch in diversen Firmen anbieten, bei denen wir den Mitarbeitern den richtigen Umgang bezüglich gefährlicher Situationen im Alltag näherbringen wollen. So könnten diese ihre Minderjährigen auch zu Hause darauf sensibilisieren.

Herr Bauer, die Stadt Bonn wäre Ihnen sehr dankbar, wenn Sie die Aufgabe eines Schulungsleiters in dieser Richtung übernehmen würden. Über eine Vergütung müsste selbstverständlich noch verhandelt werden.

Mit besten Grüßen

Werner Schwarzenborn

Stadtdirektion Bonn

Tom legte das Schreiben zur Seite und war sofort in Gedanken versunken. Es war natürlich eine Ehre für ihn, eine solche Aufgabe zu übernehmen, doch wie würde es mit dem zeitlichen Aufwand aussehen? Welche Tage oder Stunden würde er hierfür blocken können?

Er dachte noch eine Weile nach und kam dann zu dem Entschluss, erst einmal mit Herrn Schwarzenborn zu telefonieren, um sich zu einem Gespräch zu treffen.

Dann packte er sein Material für den nächsten Tag zusammen und begab sich ins Schlafzimmer. Evelyn lag auch schon im Bett und war wohl unter ihrem Buch eingeschlafen. Tom nahm es ihr langsam und vorsichtig aus den Händen, legte es zur Seite auf den Nachttisch und deckte seine Frau richtig zu.

Dann ging er noch kurz ins Bad und machte sich fertig, um auch ins Bett zu gehen.

Donnerstag, 29. Oktober

Tom war wie immer früh aus den Federn gesprungen und saß schon am Küchentisch und las seinen General-Anzeiger. Er wollte heute unbedingt dafür sorgen, dass die beiden Verhafteten ihre Speichelprobe abgäben, um eine hundertprozentige Sicherheit in der Sache zu bekommen. Es gab ja immer noch die Spermaspuren, bei den aufgefundenen Leichen von Niederbachem.

Claudia war auch schon da und war bei Lulu oben, um sie für den Kindergarten fertigzumachen. Evelyn lag noch im Bett, denn sie hatte an diesem Tag frei und wollte mal richtig ausschlafen, um sich später mit einer Freundin in der Stadt zu treffen.

Tom zog sich an und machte sich auf den Weg zur Arbeit.

Im Büro angekommen, setzte er sich erst einmal zu seinen Kollegen in der Bereitschaft, um etwas zu plaudern und den ersten Kaffee zu genießen. Bettina kam etwas später hinzu und hakte sich schnell in die Unterhaltung mit ein.

Kurz danach machten sich die beiden auf zu den Verhörräumen.

Schmidt und Ramseeger hatte man schon vorgeführt und sie in die Räume gesetzt. Tom und Regina betraten den Raum, in dem Ramseeger saß und gesellten sich dazu. Tom nahm seinen Hemingway zur Hand und zog den zusammengefalteten Zettel, den er in der Box gefunden hatte, zwischen den Seiten hervor. Er faltete ihn auseinander und legte ihn vor Kai Ramseeger auf den Tisch. Dieser versuchte mal wieder, nicht anwesend zu sein und schaute abwesend im Raum umher.

„Kai", sprach Tom ihn bestimmend an, „Kai, sieh dir diesen Zettel an! Was hast du dazu zu sagen? Und versuch nicht, mich zu belügen, ich bin gerade nicht in der Laune dazu."

„Hab ich noch nie gesehen", kam es aus Ramseegers Mund.

„Kai, ist dir eigentlich klar, was hier gerade passiert? Was ist mit dir passiert, dass du so beschränkt bist? Diesen Zettel, Kai, habe ich in der Schachtel gefunden, die wir in deiner Wohnung sichergestellt haben. Und glaube mir, ich kenne deine Handschrift sehr genau, das sollte dir doch klar sein! Also noch einmal, was hat es mit diesem Schreiben auf sich?" Tom kochte vor Wut, doch er wusste das er sich beherrschen musste, sonst würde er hier nicht weiterkommen.

Doch Kai Ramseeger sagte nichts, er saß irgendwie gelangweilt auf seinem Stuhl und sah Tom nur grinsend an.

Tom verließ den Raum und Regina folge ihm. Sie besprachen kurz etwas im Flur und gingen dann weiter in den nächsten Raum zu Lothar Schmidt. Dieser saß Nägel kauend auf seinem Stuhl und sah irgendwie verwahrlost aus. Seine Unterarme schienen zerkratzt zu sein, denn es waren überall rote Striemen zu sehen. Die Ermittler setzten sich mit an den Tisch und begannen sofort mit dem Verhör. Dieses Mal stellte Regina Sturm die Fragen!

„Guten Morgen, Herr Schmidt", begann sie, „können Sie uns was zu den Ermordeten Spor und Schneider sagen?"

Lothar Schmidt zuckte etwas zusammen, war dann aber wieder etwas ruhiger, und auch er sagte kein Wort.

„Herr Schmidt, können Sie uns was dazu sagen? Machen sie den Mund auf!" Regina war nun auch etwas lauter geworden.

„Ich weiß nichts, ich bin unschuldig!", stammelte Schmidt.

„Ach, Sie sind unschuldig?", klemmte sich Tom dazwischen. „Na klar, Sie haben mit der ganzen Sache nichts zu tun, was? Leute, jetzt platzt mir aber gleich der Kragen."

Tom wies den Kollegen zu sich und sagte ihm, er solle doch bitte Sabine Heinrichs anrufen und sie ins Revier bestellen. Sie möchte bitte Material mitbringen, um endlich die Speicheltests zu machen. Der Kollege verließ den Raum und kam kurze Zeit später wieder zurück und gab Tom das Okay. Dieser hatte zusammen mit Regina noch einige Fragen an Lothar Schmidt gerichtet, doch seine Lippen waren versiegelt.

Dann hatten die beiden auch schon den Raum verlassen und warteten nun gemeinsam auf das Eintreffen von Sabine Heinrichs. Nach einer halben Stunde betrat diese auch schon das Revier und begrüßte die Kollegen. Sie unterhielten sich kurz und machten sich dann auf, um die Proben zu bekommen.

Beide, Ramseeger und auch Schmidt, ließen sich ohne Gegenwehr die Probe entnehmen. Sabine verabschiedete sich und war schon wieder unterwegs zur Gerichtsmedizin, um das Ergebnis zu bekommen.

Man brachte Schmidt und Ramseeger wieder in ihre Zellen zurück.

Tom Bauer saß in seinem Büro und fertigte gerade den Bericht des Tages an. Er wollte im Anschluss zu Johanna Spor nach Fritzdorf fahren, um zu sehen, ob mit ihr alles in Ordnung sei und ihr die aktuelle Situation schildern. Es war mittlerweile 13:00 Uhr, als er sich dann auf den Weg machte. Nach einer halben Stunde etwa war Tom in Fritzdorf angekommen und gerade auf dem Hof der Spors eingefahren. Die kleine Tochter Lena saß draußen auf der Schaukel unter der großen Eiche, die links vorm Eingang vor dem Haus stand. Sie begrüßte Tom und lief gleich ins Haus, wohl um ihre Mutter zu holen.

Johanna Spor trat vor die Eingangstür: „Hallo, guten Tag, Herr Bauer, kommen Sie doch herein, ich habe soeben Kaffee zubereitet."

Tom nahm dieses Angebot dankend an und folgte ihr nach. Er wurde ins Esszimmer geleitet, wo er sich an den großen Tisch setzte. Johanna Spor gesellte sich nach ein paar Minuten zu ihm, sie stellte ein kleines Tablett mit Kaffee und Gebäck auf den Tisch und schenkte erst einmal frischen Kaffee in die Tassen auf dem Tablett. Tom bedankte sich, gab Milch und Zucker in sein Getränk und genehmigte sich erst einmal einen Schluck. „Hmmm, der ist aber sehr gut, Frau Spor, danke dafür!"

Sie setzte sich zu ihm an den Tisch und nickte dankend. „Was führt Sie zu mir, Herr Bauer?", fragte sie sofort nach.

Tom nahm noch einen Schluck vom Kaffee und formulierte gerade im Kopf noch die Antwort: „Ich wollte eigentlich nur sehen, wie es Ihnen mittlerweile geht! Ist ja wohl alles nicht so einfach. Und dann wollte ich Sie natürlich darüber informieren, wie es im Fall vorangeht. Was Sie auch interessieren dürfte", sagte er dann.

Johanna Spor nickte erneut und saß neugierig an ihrem Platz.

„Sagen Sie, Herr Bauer, gibt es denn was Neues? Sind Sie denn vorangekommen?" Sie war sehr gefasst und sah so aus, als könnte sie im Moment besser mit all dem Erlebten umgehen.

„Ja", sagte Tom, „wir sind wirklich einen großen Schritt weitergekommen. Wir haben zwei Personen festnehmen können und wir sind, so wie es gerade aussieht, kurz vor dem Durchbruch. Es sind leider auch einige schlimme Dinge mehr passiert, aber dazu darf ich Ihnen nichts Weiteres berichten."

„Klar, das verstehe ich, Herr Bauer!" Johanna Spor nickte wieder. Sie wusste ja auch, dass ihr Mann wohl in die ganze Sache verstrickt war und hielt sich mit weiteren Fragen zurück.

„Ich werde Sie natürlich weiter auf dem Laufenden halten, Frau Spor, und wenn sie irgendetwas benötigen oder einfach nur reden wollen, zögern Sie nicht und rufen Sie mich an, okay?"

Johanna Spor nickte wieder. „Das ist sehr nett von Ihnen, Herr Bauer, danke dafür", fügte sie noch hinzu.

„Ach so, Frau Spor, könnten Sie mir die Zahnbürste oder einen Kamm Ihres Mannes geben? Ich bräuchte diese für einen Test?"

Johanna Spor stand ohne zu zögern auf, verließ den Raum und war nach einigen Minuten wieder anwesend und übergab Tom die angefragten Dinge und setzte sich wieder an den Tisch, ohne überhaupt nachzufragen, warum er diese brauchen würde. Der Ermittler zog eine kleine Rolle Plastikbeutel aus der Innentasche seiner Jacke und tütete die beiden überreichten Gegenstände jeweils in eine davon ein. Dann legte er beides vor sich auf den Tisch und nahm wieder die Kaffeetasse an sich, er genehmigte sich ein Stück vom gereichten Gebäck und nachdem er alles verspeist hatte, verabschiedete er sich von Johanna Spor. Sie geleitete ihn noch zum Ausgang und dankte ihm für den Besuch.

Tom fuhr nun sofort Richtung Bonn, um Sabine Heinrichs die Zahnbürste und den Kamm von Nils Spor zu überreichen. Er war sich schon sehr sicher, dass er damit einen Volltreffer landen würde. Kurz darauf klingelte er auch schon bei der Gerichtsmedizin am Tor. Sabine hatte ihn schon durchs Fenster in der ersten Etage erblickt und öffnete schnell die Tür: „Hey Tom, na, alles klar? Was machst du hier?"

„Hallo, Bienchen, ich habe dir noch etwas mitgebracht. Kannst du bitte versuchen, davon eine DNA zu bekommen?" Und er hielt ihr die beiden Plastiktüten vors Gesicht.

„Klar, kann ich, gib schon her!" Sie schnappte ihm das Material aus der Hand und verschwand eine Etage weiter oben im Labor, Tom folgte ihr.

„Mit den Proben von heute Morgen bin ich übrigens auch schon durch", sagte Sabine.

„Ach, und?"

„Ja, ich habe diese mit den gesicherten Spermaspuren verglichen. Und ich habe zwei hundertprozentige Übereinstimmungen gefunden, und zwar mit Lothar Schmidt und Kai Ramseegers DNA."

Tom konnte nicht anders: „Jawoll!", rief er laut, „Jawoll, genau das hatte ich vermutet, jetzt hab ich euch, ihr Misthunde!" Ein Grinsen zog sich über sein Gesicht und er war sich sicher, dass auch die neue Probe eine Übereinstimmung ergeben würde.

„Okay Sabine, dann lass ich dich wieder allein, sag mir bitte umgehend Bescheid, wenn du das Ergebnis hast, okay? Ich muss unbedingt zurück ins Büro."

Tom verabschiedete sich von seiner Kollegin und machte sich auf den Weg zur Bornheimer Straße. Kaum war er im Büro angekommen, hatte er auch schon Regina Sturm aufgesucht um ihr die gute Nachricht mit zu teilen. Auch Regina war sichtlich zufrieden und zusammen machten die Beiden sich einen Plan, wie sie nun weiter vorgehen wollten.

Dann hatte sich der Ermittler in sein Büro zurückgezogen, er hatte sich gerade einen Espresso zubereitet und saß damit an seinem Schreibtisch, vor sich die Akte zum aktuellen Fall liegen. Er las konzentriert darin und machte sich wieder einmal Notizen in seinen Hemingway. Er studierte auch die Anfänge des Falles noch einmal und war sichtlich ergriffen, als ihm das Ganze erneut Revue passierte „Ist wirklich so viel Schreckliches in der letzten Zeit passiert? Und wo soll das noch hinführen? Was ist nur los mit den Leuten?", fragte er sich.

Dann wurde seine Konzentration gestört. Es klopfte an der Tür zu seinem Büro.

„Herein", sagte Tom kurz.

Klaus Müller, ein Kollege, betrat den Raum: „Tom, gerade hat

Sabine Heinrichs angerufen! Sie sagte nur, dass die Probe von Nils Spor auch übereinstimmen würde. Du wüsstest dann schon Bescheid."

„Ach, da brat mir doch einer… ja super, danke dir, Klaus, gute Nachricht, guuute Nachricht!" Tom strahlte übers ganze Gesicht. Er zog sich noch einen Espresso und setzte sich zurück an seinen Schreibtisch. Heute machte es ihm besonders Freude, seinen Bericht zu tippen. Als er seinen Espresso getrunken und fertig geschrieben hatte, stand er auf und ging rüber zu Regina ins Büro.

Er klopfte kurz an und trat ein: „Du Regina, ich habe einige Neuigkeiten, die dich interessieren werden", sagte er mit einem breiten Grinsen.

Regina Sturm schaute ihn an. „Okay, lass hören!"

Tom ging vor ihrem Tisch auf und ab und hatte dabei die Hände in die Hosentaschen gesteckt.

„Ich war doch vorhin noch bei Johanna Spor, weißt schon, die Frau von Nils Spor, dem ersten Opfer."

„Ja klar, und?"

„Ich habe sie nach der Zahnbürste und nach einem Kamm ihres

Mannes gefragt und sie hat mir ohne zu zögern beides überreicht." „Tom, kannst du bitte das Gerenne abstellen

[256]

und dich setzen, ich werde sonst verrückt, bitte?",
stoppte Regina ihn kurz.

Der Ermittler setzte sich sofort.

„So, und weiter?", wollte Regina Sturm dann weiter-
wissen.

„Naja, ich habe beides sofort zu Sabine in die
Gerichtsmedizin gebracht. Und was soll ich dir sagen,
auch diese DNA stimmt mit einer der am Tatort
gefundenen überein. Wir haben also alle drei Täter
identifiziert."

„Nee, oder? Mensch Tom, das ist klasse, das heißt wir
haben die Richtigen hier einsitzen und brauchen
eigentlich noch nicht einmal ein Geständnis von denen."
Regina sackte mit einem tiefen Seufzer in ihrem Stuhl
zurück. „Wow, das ist wirklich super, Tom!"

„Von wegen kein Geständnis, ich will wissen, was mit Rick

Schneider und Nils Spor abgegangen ist und wer die zwei
um die

Ecke gebracht hat! So leicht kommen mir die beiden
Schweinehunde nicht davon!", legte Tom etwas
aufgeregt nach.

„Klar, das verstehe ich, das sollten wir auch als Nächstes
angehen und uns weiter vortasten. Da brauchen wir
schon eine Aussage zu!"

Dann verabschiedete sich Tom von seiner Kollegin und teilte ihr noch mit, dass er für heute Schluss machen würde!

„Ach so, Regina", sagte er noch, „ich werde morgen später ins Büro kommen, da ich noch einen Termin bei der Stadtverwaltung wahrnehmen muss, okay?"

„Klar Tom, kein Problem, warte ich halt auf dich, habe ja genug zu tun. Dann also bis morgen", entgegnete seine Kollegin.

Tom fuhr noch am Wachtbergcenter vorbei, um einige Besorgungen zu machen, Evelyn hatte ihm am Morgen eine Einkaufsliste hingelegt, da sie heute später am Abend erst heimkommen würde, hatte sie ihm gesagt.

Er stieg aus und nahm die große orangefarbene Einkaufstasche aus dem Kofferraum und ging in den Edeka-Markt.

Es hatte nicht lange gedauert, da war Tom auch schon fertig und hatte alles gefunden, was auf der Liste stand, er bezahlte an der Kasse und verließ den Laden wieder. Im Blumengeschäft besorgte er noch schnell ein Sträußchen Gerbera für seine Evelyn.

Zu Hause angekommen, hatte er den Einkauf schnell in die Küche getragen und war gerade dabei, alles an seinen Platz zu verteilen, als es an der Tür klingelte. Er öffnete und ein Paketzusteller grinste ihn freundlich an. „Können

Sie eventuell ein Päckchen für Schäfer entgegennehmen?", Fragte dieser.

„Klar gerne, geben Sie her. War mal wieder keiner da, was?"

Tom unterschrieb auf dem kleinen Bildschirm des Scanners und schon war der Zusteller wieder verschwunden.

Das Päckchen nahm Tom an sich und legte es im Flur auf das kleine Schränkchen. Dann machte er sich weiter ran, die Einkäufe einzuräumen.

Als er damit fertig war, goss er sich noch eine kalte Coke aus dem Kühlschrank in ein Glas und setzte sich in sein Büro, um seine Post zu lesen und sich auf den nächsten Tag vorzubereiten. Wie immer lag sein Hemingway bereit auf dem Tisch und die kleine Schreibtischlampe war eingeschaltet. Er hatte wohl so eine Stunde konzentriert arbeiten können, als er die Eingangstür hörte. Sie wurde kurz geöffnet und dann wieder verschlossen.

„Papa, Papa", hörte er nur und schon sprang die kleine Lulu in sein Büro und ihm sofort auf den Schoß.

„Na, mein Schatz, wie geht es dir?", sagte er nur und drückte seine Tochter an sich. Kurz darauf betrat auch Claudia Kern das Zimmer und begrüßte Tom.

„Ach, hallo, Claudi, na alles gut? Habt ihr einen schönen Tag gehabt?"

„Ja, hey Tom, ja, war alles prima, die Kleine war echt wieder super brav. Ich habe sie nach dem Kindergarten abgeholt und dann sind wir noch etwas in der Stadt gewesen. Wir haben Kakao getrunken und Waffeln mit Kirschen und Sahne gegessen. Hat richtig Spaß gemacht."

„Ach Claudi, danke, dass du immer da bist, was würden wir wohl ohne dich machen, danke." Tom drückte sie kurz und hatte im gleichen Augenblick einen Fünfzig-Euro-Schein aus seiner Geldbörse gezückt und diesen Claudia Kern in die Hand gedrückt. „Danke Dir", sagte er erneut.

„Mann, Tom, das kann ich doch nicht annehmen!" Claudia war etwas verblüfft.

„Doch, das kannst du, meine Liebe, das kannst du. Du kannst dir gar nicht vorstellen, was du uns für eine Hilfe bist, also nimm es und kauf dir was Schönes", entgegnete Tom.

„Ach Tom, das mach ich doch gerne, aber danke!" Dann verabschiedete sich Claudia und machte sich auf den Weg nach Hause.

Gleich darauf klingelte es wieder an der Tür. Tom setzte Lulu an seinen Schreibtisch und sagte ihr, sie solle kurz warten. Er ging zur Tür, öffnete diese und schaute nach, wer dort war. Frau Schäfer, die Nachbarin stand vor der Tür und hatte einen gelben Zettel in der Hand. „Hallo, guten Abend, Herr Bauer, ich hatte eine Nachricht im Briefkasten, dass sie ein Päckchen für uns entgegengenommen haben?"

„Hallo, Frau Schäfer, ja das habe ich, ein Moment bitte."
Tom schnappte das Päckchen vom Schrank im Flur und
übergab es ihr.

„Vielen Dank Herr Bauer, da haben wir schon drauf
gewartet, das sind unsere Reiseunterlagen, vielen Dank
und einen schönen Abend Ihnen!"

„Gerne geschehen, nicht dafür Frau Schäfer, und gute
Reise."

Und schon war Frau Schäfer wieder verschwunden und
Tom kümmerte sich weiter um seine Lulu, die oben im
Büro auf ihn wartete. Er hatte große A3 Blätter
herausgeholt und nun waren die beiden dabei, eines
davon mit Wachsmalkreide bunt anzumalen. Nachdem
alles farbig war, nahm Tom eine schwarze Kreide und
übermalte alles. Lulu schaute ihn fragend an. „Aber Papa,
was machst du denn da?", wollte sie wissen.

„Einen Moment noch, mein Engel, gleich wirst du es
sehen!", antwortete er. Er gab Lulu einen Kratzer und
nahm selber auch einen zur Hand. Dann zeigte er ihr, was
man damit anstellen konnte. Tom kratzte kleine und
große Fischfiguren in das Schwarz, diese leuchteten nun
bunt hindurch. Lulu war begeistert und tat es ihm so gut
sie konnte gleich. Nach kurzer Zeit hatte man das Gefühl,
ein buntes Aquarium vor sich zu haben, so viele Fische
und anderes Getier hatten sie aus dem Schwarz gekratzt.
Zum Schluss brachte Lulu noch ihren Namen in eine Ecke
an und stand nun stolz vor dem Werk.

„Oh, ist das toll, Papa, können wir das in mein Zimmer hängen?"

„Klar, meine Süße, machen wir sofort." Tom nahm noch vier Heftzwecken aus einem Döschen von seinem Schreibtisch und ging dann mit Lulu in ihr Zimmer, um ihrem Wunsch gleich nachzukommen. Schnell war ein freier Platz gefunden und die Kleine war Feuer und Flamme für ihr neues Bild.

Dann wurde die Haustür wieder geöffnet und ein „Ich bin zu

Hause" hallte durch den Flur. Lulu war aufgesprungen, sprang die Treppenstufen hinunter und ihrer Mama auf die Arme. Tom war auch runtergekommen, die drei drückten sich gemeinsam.

„Mama, du musst gleich unbedingt das neue Bild in meinem Zimmer sehen, Papa und ich haben es gemalt und aufgehängt, es ist so schön."

„Ja, meine Süße, machen wir gleich, ich muss nur vorher was essen okay?", antwortete Evelyn lächelnd.

Dann ging es gemeinsam in die Küche, um zu sehen, was es denn zu Abend geben würde. Sie einigten sich auf Pizza. Gut, dass Tom alles besorgt hatte, so konnte es gleich ans Werk gehen.

Sie hatten den Teig aufs vorbereitete Backblech gelegt und Lulu half dabei, diesen nun zu belegen. Schnell war alles fertig und der Ofen vorgeheizt worden. Tom schob nun die Pizza auf der mittleren Schiene in den Ofen und stellte die Uhr auf 25 Minuten.

Lulu war mit Evelyn oben im Kinderzimmer. Mama hatte sich das tolle neue Bild angesehen und dann die Kleine bettfertig gemacht. Lulu streifte ihren Schlafanzug über, schnell noch die Pantoffeln an und schon saßen sie am Esszimmertisch, wo sie auf die fertige Pizza warteten. Sie nippten gerade an ihrer Apfelschorle.

Tom hatte die Pizza aus dem Ofen genommen und mit dem Rollmesser zerteilt. Jetzt kam er mit dem gesamten Blech ins Esszimmer und stellte es in der Mitte des Tisches auf die Holzunterlage, die er vorher bereitgelegt hatte. Er nahm Lulus Teller und suchte ihr ein schönes Stück aus, legte es darauf und reichte ihr diesen zurück. Sie machte sich sofort darüber her. Auch Evelyn und sich legte er ein Stück auf die Teller und so genossen sie gemeinsam das leckere Mahl.

Nach dem Essen hatte Evelyn den Tisch abgeräumt und Tom war im Begriff, das „Mensch ärgere Dich nicht"-Spiel aus dem Wohnzimmerregal zu holen. Lulu war ihm hinterhergelaufen und konnte es kaum abwarten, mit ihren Eltern mal wieder zu spielen. Kaum hatten sie mit dem Spiel begonnen, war auch schon klar, dass Lulu gewinnen würde, Tom und Evelyn hatte einfach keine Chance gegen ihre Kleine.

Freitag, 30.Oktober

8:00 Uhr, der Wecker klingelte und Tom hatte diesen mal wieder so unglücklich mit seiner Hand erwischt, dass er vom Nachttisch fiel und mit einem lauten Geschepper am Fußboden zerschellte.

„Ach nö, nicht schon wieder", dachte Tom noch schlaftrunken. Er stand auf und beseitigte den Schaden sofort. Wieder einmal musste er daran denken, dass er einen neuen Wecker würde besorgen müssen. Evelyn war durch Krach nicht einmal wach geworden, sie schlief weiterhin tief und fest und das war Tom auch recht, er ging ins Bad und stellte sich erst einmal unter die Dusche. Als er damit fertig war, suchte Tom sich seine braune Cordhose und ein gemütliches Hemd aus dem Kleiderschrank. „Schnell noch die Haare gekämmt und ab runter in die Küche, um gemütlich einen Kaffee trinken", dachte er sich.

Die Uhr schlug 8:30 Uhr und Tom war etwas erschrocken, hatte er doch um 9:30 Uhr seinen Termin im Stadthaus. „Na jetzt aber los", schoss es ihm durch den Kopf. Und schon saß er in seinem Wagen, seine Tasche und Jacke hatte er auf den Rücksitz gelegt.

Knappe 45 Minuten später war er am Stadthaus angekommen und parkte gerade seinen PKW auf einen der Parkplätze in der Tiefgarage. Dann ging er zum Fahrstuhl und wählte auf dem Touchscreen die Etage. Es dauerte nur kurz und schon öffnete sich die Tür vom

Fahrstuhl. Er trat ein, die Tür schloss sich wieder und ab ging es nach oben.

In der 6. Etage hatte er den Lift verlassen und stand nun vor einem riesigen Büro, wo etliche Telefone zu klingeln schienen, es war ein Gewusel von Menschen, was ihm persönlich zu fiel sein würde, aber er musste ja hier nicht arbeiten. Er ging durch die Abteilung, an einem Tisch saß eine junge Dame, er las auf dem Schild, das auf dem Tisch stand: „Elena Meyer".

„Entschuldigen Sie, Frau Meyer!", begann er vorsichtig.

Die Dame schaute ihn etwas überrascht an. „Ja bitte, Herr?"

„Tom Bauer mein Name", antwortete er, „Tom Bauer, Polizei Bonn, ich habe einen Termin um 9:30 Uhr bei Herrn Schwarzenborn. Können Sie mir eventuell sagen, wo ich ihn finde?"

„Ja gerne, Herr Bauer, gehen Sie einfach weiter diesen Gang entlang und dann dort hinten im Glaskasten finden sie Herrn Schwarzenborn." Sie lächelte ihn freundlich an.

„Oh, vielen Dank und einen schönen Tag Ihnen", bedankte sich Tom und ging weiter.

Dann sah er schon das Türschild links neben der Eingangstür. Werner Schwarzenborn hatte ihn schon erblickt und winkte ihn zu sich herein. Er telefonierte gerade und wies Tom mit einer Geste einen Stuhl an seinem Schreibtisch zu. Eine Sekretärin fragte Tom, ob er einen Kaffee oder etwas Anderes zu Trinken wünsche. Der Ermittler nahm dankend an und bekam ein Glas Wasser gereicht. Nach ein paar Minuten legte Werner Schwarzenborn dann auf und begrüßte Tom herzlich: „Na, guten Morgen, Herr Bauer, schön, dass Sie so schnell Zeit für uns haben."

„Gerne geschehen, Herr Schwarzenborn."

„Ich habe hier eine Broschüre, die unsere Abteilung zusammen mit der Polizei zusammengestellt hat. Diese würde ich Ihnen gerne geben und Sie sagen mir, was sie davon halten oder ob dieses, was wir dort aufführen, überhaupt umsetzbar ist. Wäre das okay für Sie?"

„Na klar, mach ich gerne", Tom nahm das Material an sich und fing sofort zu lesen an. „Bis wann brauchen Sie eine Antwort?"

Schwarzenborn überlegte kurz. „Sagen wir in der nächsten Woche? Oder wie passt es Ihnen am besten, Herr Bauer? Wir sollten, glaube ich, nichts übers Knie brechen!"

„Nächte Woche ist okay, dann habe ich alles gelesen und würde mich bei Ihnen melden, dass passt ganz gut, denke ich", erwiderte Tom.

„Na prima, dann danke ich Ihnen schon einmal vorab, Herr Bauer." Schwarzenborn stand auf und gab Tom die Hand.

Tom bedankte sich auch und vor allem für das Vertrauen was man ihm entgegenbrachte, dann verabschiedete er sich noch freundlich und verließ die Abteilung wieder.

„Einen schönen Tag noch, Frau Meyer", wünschte er noch im Vorübergehen an deren Schreibtisch, was sie lächelnd erwiderte.

Und schon stand Tom wieder vor dem Fahrstuhl, er wählte KG auf dem Display. Es dauerte wieder nicht lange und die Tür öffnete sich, er trat ein und schon ging es abwärts.

Es hatte nur wenige Minuten gedauert, da war Tom auch schon auf dem Revier eingetroffen. Regina Sturm erwartete ihn schon. „Hey, guten Morgen, Tom, na, wie war dein Termin?"

„Hallo, guten Morgen, Regina, alles gut, ich erzähl dir nachher mehr dazu, okay?", antwortete Tom.

Regina nickte und ließ Tom erst mal durch in sein Büro, damit dieser richtig ankommen konnte und sich seiner Jacke entledigen würde. Der Ermittler betrat sein Büro und hängte sein Jackett auf den Kleiderständer in der Ecke, dann setzte er sich an seinen Schreibtisch und legte die Unterlagen der Stadtverwaltung vor sich auf den Tisch. Er schlug den Umschlag auf und versuchte sich auf den Inhalt zu konzentrieren, dazu hatte er sich eine Flasche Wasser und ein Glas auf den Tisch gestellt. Das Glas wurde sofort gefüllt und Tom genehmigte sich einen großen Schluck.

Es klopfte an der Tür und Regina betrat sein Büro und setzte sich zu ihm an den Tisch. „Hey, ich habe da noch eine „Überraschung" für Dich!"

„Was, eine Überraschung? Wofür? Habe ich irgendetwas verpasst?", antwortete Tom etwas zögerlich.

„Naja, Überraschung kann man wohl nicht so richtig dazu sagen, aber gefallen wird es dir bestimmt!"

„Ja was denn? Wartest du jetzt das ich es dir aus der Nase pule?", Tom neugierig.

„Also gut, vorhin als du noch in der Stadt warst, kam ein Kollege zu mir und teilte mir mit, dass Lothar Schmidt uns etwas sagen wolle. Genauer gesagt, er wollte uns ein Geständnis abgeben."

„Was? Ist das wahr? Was sitzen wir dann noch hier? Lass uns zu ihm gehen!" Tom war von seinem Stuhl hochgesprungen, sein Ermittlerhirn war wohl soeben geweckt worden.

„Ja, Tom, machen wir ja, wir müssen nur noch auf dessen Anwalt warten. Herr Klaas hatte mitgeteilt, dass er um 11:00 Uhr hier sein wollte."

„Okay, dann haben wir ja noch etwas Zeit, was? Tom hatte auf die Uhr an der Wand geschaut, welche gerade 10:30 anzeigte. Dann setzte er sich wieder hin und fuhr seine Aufregung etwas runter.

„Da bin ich ja mal echt gespannt, was der uns zu erzählen hat?", sagte Tom und widmete sich wieder seiner Lektüre vom Stadthaus.

Regina war aus dem Büro gegangen und gab Tom noch zu verstehen, dass sie ihm gleich Bescheid geben würde, sobald Anton Klaas im Hause wäre. Tom nickte kurz.

Es dauerte nicht lange und schon war es soweit. Toms Telefon klingelte und er konnte im Display schon sehen, dass es Regina war, er nahm den Hörer ab und sagte, er wäre sofort da. Dann legte er auf und war schon im Flur unterwegs zum Verhörraum. Anton Klaas saß schon mit seinem Klienten am Tisch in der 116. Regina war auch schon anwesend und ein Kollege aus der Dienststelle stand mit im Raum.

Tom Bauer trat ein und begrüßte alle, er setzte sich dann zu Regina an den Tisch, packte das Aufnahmegerät in die Mitte und schaltete es ein.

„So, Herr Schmidt, ich habe vernommen, dass Sie uns etwas zu sagen haben? Na dann legen sie mal los", begann Tom ganz ruhig. Anton Klaas saß ohne Regung neben Schmidt und war wahrscheinlich genauso gespannt wie die Ermittler, die ihm gegenübersaßen.

Lothar Schmidt atmete mehrmals tief durch und legte dann tatsächlich los:

„Also, alles hat damit angefangen, als ich eines Tages mit Nils Spor mit dem Wagen von Oberbachem nach

Niederbachem unterwegs war. Wir kamen gerade an der Haltestelle oberhalb von

Kürrighofen vorbei, als uns dort eine junge Dame auffiel. Nils hielt sofort an, drückte von der Fahrerseite aus mein Seitenfenster herunter und sprach die Kleine an. Mir war es erst etwas unwohl, doch dann wurde es doch auch interessant für mich, denn das Mädchen hatte sofort reagiert und war nicht abgeneigt, sich mit uns zu unterhalten. Sie erzählte so einiges über sich und dann fragte Nils sie prompt, ob sie nicht ein Stück mit uns fahren wolle. Sie hatte nichts dagegen und stieg zu uns in den Wagen."

„Sie stieg einfach zu Ihnen ins Auto? Ohne zu zögern?", wollte Tom wissen.

„Ja, das sagte ich doch, sie stieg einfach ein."

„Und weiter, was passierte dann?" Tom kochte etwas.

„Wir fuhren erst einmal weiter und unterhielten uns mit ihr. Nils schlug dann vor, nach Pech in meine Wohnung zu fahren und es kamen keine Einwände. Als wir angekommen sind, betraten wir das Haus und ich öffnete sofort eine Flasche Rotwein. Erst wollte die Kleine nicht, doch dann nahm sie doch ein Glas und trank. Plötzlich setzte Nils sich neben dem Mädchen auf die Couch und betatschte sie. Es schien ihr zu gefallen, denn sie tat nichts dagegen.

Es klingelte an meiner Haustür, wir waren etwas erschrocken, denn wer konnte das sein? Ich beruhigte mich aber schnell, denn als ich durch den Spion in der Tür sah, konnte Ich Kai Ramseeger ausmachen und öffnete schnell. Er trat herein. Wir gingen zusammen ins Wohnzimmer, wo Nils immer noch mit dem Mädchen saß. Sie hatte mittlerweile nur noch ein Hemdchen und ihre Jeans an."

„Und das hat euch wohl sehr gefallen, oder was? Tom versuchte ruhig zu bleiben, obwohl er kurz vorm Zerplatzen war.

„Also, wie gesagt, sind wir dann ins Wohnzimmer, dort haben wir uns dazugesetzt und erst einmal nur zugesehen. Kai war sofort bei der Sache und schüttete das Glas der Kleinen, welches gerade leer war, wieder mit Rotwein voll."

„Oh bitte, verschonen Sie uns mit Details, was ist danach passiert? Warum musste das Mädchen sterben?" Tom lief mittlerweile im Raum auf und ab, er zitterte vor Wut am ganzen Körper und versuchte, sich zu beherrschen.

Lothar Schmidt führte seine Geschichte weiter aus:

„Später, als wir mit dem Wagen Richtung Niederbachem unterwegs waren, fing die Kleine an auszuflippen, sie schrie und schlug plötzlich um sich. Wir hielten kurz an und Kai, der mit hinten im Wagen saß, hatte wohl einen Moment nicht aufgepasst und das Mädchen war aus dem

Wagen gesprungen. Sie war nicht mal richtig angezogen und lief trotzdem schnell davon!"

„Ach, und das hat euch gewundert, oder was? Dass die Kleine eventuell schreckliche Angst hatte, das ist euch wohl nicht in den Sinn gekommen, oder wie? Nach diesem Satz verließ Tom den Raum und setzte sich zur Beruhigung in sein Büro, er konnte nicht mehr, das war zu viel. Sollte doch Regina sich diesen Mist weiter anhören, dachte er.

Nach einer halben Stunde kam auch Regina Sturm zu Tom ins Büro und setzte sich an den kleinen Tisch in der Ecke. Sie war blass und es schien, als hätte sie sich übergeben müssen.

„Alles okay?", fragte Tom.

„Ja, ja, geht schon wieder, sei froh, dass du rausgegangen bist,

Tom. Da erzählt dieser Sack doch tatsächlich ganz cool, wie sie die Kleine beseitigt haben!"

Tom schluckte. „Was, ehrlich? Und wie ist es geschehen?"

Regina nahm alle Kraft zusammen. „Also, Nicole ist ja aus dem Wagen gesprungen und fortgelaufen. Sie hatten sie aber schnell eingeholt und sie vor dem Mehlemer Bach wieder in ihre Gewalt gebracht. Weil sie schrie, hielt Nils Spor ihr wohl den Mund zu, angeblich so lange, bis die Kleine zusammenbrach. Kai Ramseeger zog dann, seiner Aussage nach, eine kleine Spritze aus der Jackentasche. Er setzte diese dem Mädchen direkt hinten in den Rücken und drücke den gesamten Inhalt in ihren Körper. Dann ließen sie Nicole einfach dort liegen und machten sich aus dem Staub." Regina hatte Tränen in den Augen und verlor fast die Fassung. „Sorry, aber das übersteigt meine Vorstellung", sagte sie noch und verließ kurz das Büro.

Nach ein paar Minuten kam sie wieder zurück, setzte sich hin und erzählte weiter: „Also, wo waren wir? Ach ja, dann erzählte er noch, dass Ramseeger ihm gesagt hätte, dass er immer etwas Gift im Hause haben würde. Es gab wohl in Pech so viele streunende Katzen, und er hatte öfters einfach eine Schale Futter vor die Tür zum Garten gestellt und dieses mit dem Gift versehen, um endlich das ganze Katzenviech loszuwerden."

„Aha, Mann, der ist doch völlig krank, der Typ!", überkam es Tom.

„Ja, das denke ich auch. Aber nun wird es noch kranker, warte ab", legte Regina nach.

„Okay, leg los!"

„Nils Spor hatte wohl angekündigt, aus der ganzen Sache auszusteigen. Dieses gefiel Kai Ramseeger wohl überhaupt nicht, er raste vor Wut, sagte Lothar Schmidt. Er ist nach dessen Aussage eines morgens in Schmidts Büro im Edeka aufgetaucht und wollte von ihm wissen, ob Nils Spor an diesem Tage im Hause sein würde. Was ihm Schmidt dann sofort bestätigen konnte, denn Spor war zufällig gerade im Lager und kontrollierte wohl den Bestand durch.

Ramseeger sei dann ziemlich sauer aus dem Büro gelaufen und Lothar Schmidt folgte ihm nach, wie er uns erzählte. Im Lager kam es dann wohl zu einem Streit zwischen Spor und Ramseeger. Schmidt versuchte diesen angeblich zu schlichten, was ihm aber nicht gelang. Im Verlauf dieser Auseinandersetzung hatte Ramseeger dann plötzlich eine Spritze in der Hand. Er hat Spor von hinten gepackt und ihm die Nadel in den Hals gerammt und leergedrückt. Spor wurde anscheinend sofort ruhiger und es war wohl nur ein kurzer Augenblick und dann fiel er vornüber auf den Boden. Schmidt sagte noch, dass der wohl noch ein wenig zuckte, doch dann war keine Regung mehr zu sehen gewesen."

Tom saß mit offenem Mund an seinem Schreibtisch und war total entsetzt, dass konnte man in seinem Gesicht sehen. Er hatte gerade keine Farbe im Gesicht und Regina machte sich etwas Sorgen um ihn. „Tom, alles klar bei dir?"

„Ah, ja, ja, schon gut. Geht mir wohl gerade so nahe, weil ich mit Ramseeger doch lange eng befreundet war. Konnte ja nicht ahnen, dass er so eine kalte Bestie ist, also, dass muss ich gerade etwas sacken lassen, einen Moment, Regina, bitte."

Tom Bauer stand auf und ging aus dem Büro, er lief sofort zum WC, um sich schnell mit kaltem Wasser durchs

Gesicht zu waschen. Dann trocknete er sich ab und ging zurück in sein Büro. Regina stand gerade an der Kaffeemaschine und war im Begriff zwei Tassen zuzubereiten. Sie stellte diese auf den Tisch und setzte sich wieder zu Tom, der schon Platz genommen hatte.

„Na, alles gut? Kann es weitergehen?", fragte sie ihn.

„Ja, alles okay, du kannst loslegen", antwortete er ruhig.

„Dann komme ich nun zum Schluss. Da war ja noch der Mord an Rick Schneider, der saß ja da auf der Bank in Pech!"

„Ja, ich weiß, habe ihn ja selber dort gesehen und untersucht", sagte Tom kurz.

„Schmidt erzählte, dass er und Ramseeger diesen zufällig oben beim Burger-Wagen gegenüber der Tankstelle angetroffen hätten. Rick Schneider hatte dort angeblich lautstark verkündet, dass er kurz davor wäre, zu erfahren wer seine Schwester damals ermordet habe. Die zwei wurden natürlich schnell hellhörig und in einem Moment, wo sich Schneider dann darauf konzentrierte, seine Bestellung zu zahlen, habe Ramseeger, sie standen wohl nur zur dritt am Imbiss, eine Spritze aus der Tasche gezogen und die ganze Ladung in das seitlich neben ihm liegende Päckchen gepresst. Schneider hatte davon natürlich nichts mitbekommen, er nahm im Anschluss seine Bestellung und ging davon."

Regina stoppte und schaute Tom an. Er saß da, die Ellenbogen auf den Tisch gestemmt und mit seinem Gesicht zwischen den Händen, als wenn er nichts mehr hören wollte.

„Tom, alles gut?"

„Ja, ja klar, alles okay, ich frage mich nur die ganze Zeit, was da für eine Zeitbombe durch die Gegend gelaufen ist und was da noch hätte alles passieren können, wenn wir den jetzt nicht gefasst hätten?" Tom schüttelte den Kopf und war doch sehr ruhig dabei.

„Naja, und mehr kann ich dir auch nicht sagen", fuhr Regina fort. „Angeblich sind Ramseeger und Schmidt dann weg vom Imbiss und ihrer Arbeit weiter nachgegangen, als wenn nichts passiert wäre."

„Klaro, und wir werden abends gerufen, weil man Rick Schneider tot auf einer Bank sitzend gefunden hat. Das erklärt auch warum der schon so lange da gesessen haben muss. Der ist wohl direkt vom Imbiss runter zur besagter Bank gefahren, um in Ruhe zu essen. Was für eine Sauerei!" Tom konnte sich nicht mehr zurückhalten.

„Komm, lass uns sofort einen Transport veranlassen, ich möchte, dass die beiden im Moment nach Euskirchen gebracht werden, ich kann sie hier nicht mehr ertragen, und Ramseeger wird uns eh nichts mehr zu Sache sagen, das können wir vergessen."

Er nahm gleich seinen Telefonhörer zur Hand und veranlasste bei den Kollegen in der Bereitschaft, dass man einen Wagen zum Abtransport ordern solle. Dann ging Tom mit Regina zurück in den Verhörraum. Lothar Schmidt war wohl soeben dabei, seine Aussage zu unterzeichnen.

Die beiden setzten sich wieder mit an den Tisch. Anton Klaas wollte gerade etwas sagen, als Tom ihm mal wieder ins Wort fiel: „Sorry, Herr Klaas, aber bevor Sie jetzt mit irgendwelchen Worten kommen von wegen Strafnachlass oder Haftminderung, möchte ich Ihnen erst noch folgendes mitteilen!"

Anton Klaas fühlte sich über den Mund gefahren und lief im gleichen Augenblick blutrot an. Tom hatte das Gefühl, er würde gleich platzen.

„Ich kann Sie verstehen, Herr Klaas, aber warten Sie nur einen Augenblick ab und sie werden schnell verstehen, warum ich Sie unterbrach!", führte der Ermittler weiter aus.

Der Lautsprecher und die Glasscheibe, welche die beiden Verhörräume miteinander verbunden, wurden angeschaltet, so dass Kai Ramseeger im Raum gegenüber alles mitbekommen konnte.

„Wir hatten ja kürzlich Speichelproben von den hier anwesenden Verdächtigen nehmen lassen", begann Tom dann, „und die Probe von Nils Spor haben wir von seiner Zahnbürste bzw. über seinen Kamm erhalten können."

Es wurde plötzlich ganz ruhig im gesamten Raum und auch aus Ramseegers Zimmer hörte man keinen Mucks.

„Ja, und was soll ich Ihnen sagen, gerade heute Mittag haben wir das Ergebnis erhalten. Somit gibt es bei allen dreien Verdächtigen eine hundertprozentige Übereinstimmung der DNA, welche wir am

Fundort der Opfer in Niederbachem in Form von Spermarückständen sicherstellen konnten!"

Tom hatte ein hämisches Grinsen im Gesicht und schaute dabei in die leicht blassen Gesichter von Klaas und dessen Klienten Lothar

Schmidt. Aus dem Nebenzimmer kam nur ein „Verdammte

Scheiße!", und dann sah Tom noch wie Ramseeger vor lauter Rage seinen Stuhl voll in die Glasscheibe warf. Der Kollege im Nebenzimmer hatte Mühe, ihn wieder zu beruhigen.

Der Ermittler schien nicht sehr beeindruckt davon zu sein, im Gegenteil, er war gerade voll in seinem Element und redete einfach weiter:

„Lothar Schmidt, Kai Ramseeger, Sie sind damit beide offiziell verhaftet. Sie werden des sechsfachen Mordes angeklagt. Des Weiteren wird Ihnen Entführung und Vergewaltigung in vier Fällen vorgeworfen. Weiter haben wir da noch den versuchten Mord an einen Polizeibeamten und die Körperverletzung eines weiteren

Kollegen. Sie werden noch heute in die Euskirchener Strafanstalt überführt, wo sie auf ihren Prozess warten."

Dann ging Tom Bauer ohne weitere Worte aus dem Raum und auch Ramseeger würdigte er keines Blickes.

Es hatte nur kurz gedauert da stand auch schon der Transporter aus Euskirchen vorm Revier und die Täter wurden abgeführt.

Tom hatte sich in sein Büro zurückgezogen und war dabei, seinen Bericht zu tippen. Ihm war ein riesiger Stein von der Seele gefallen und das konnte man ihm auch ansehen. Als er fertig war, nahm er ein letztes Mal die Akte zum Fall in die Hände, schaute kurz drüber und schlug sie dann mit Zufriedenheit im Gesicht zu. Er stellte sie zu den anderen Akten in das große Regal und setzte sich ganz ruhig auf seinen Stuhl am Schreibtisch.

Regina Sturm hatte ihn noch kurz besucht und ihm zum erfolgreichen Abschluss gratuliert. Tom konnte nicht anders und tat es ihr gleich: „Wir sind einfach mal ein richtig gutes Team, meinst du nicht auch?", sagte er und schaute sie dabei dankend an. „Ohne dich hätte ich das sicher nicht so schnell geschafft!"

Regina dankte ihm und ließ ihn dann wieder allein.

Tom schnappte sich ohne lange nach zu denken seine Jacke von der Garderobe und freute sich auf einen erholsamen Feierabend.

ENDE

Zeitfracht Medien GmbH
Ferdinand-Jühlke-Straße 7
99095 Erfurt, Deutschland
produktsicherheit@kolibri360.de